위령촉루

慰靈燭涙

위령촉루 4

강재영 新무협 판타지 소설

초판 1쇄 찍은 날 § 2004년 2월 5일
초판 1쇄 펴낸 날 § 2004년 2월 15일

지은이 § 강재영
펴낸이 § 서경석

편집장 § 문혜영
편집책임 § 권민정
편집 § 장상수 · 유경화
마케팅 § 정필 · 강양원 · 이선구 · 김규진 · 홍현경

펴낸곳 § 도서출판 청어람
등록번호 § 제1081-1-89호
등록일자 § 1999. 5. 31
어람번호 § 제2-0329호

주소 § 경기도 부천시 원미구 심곡1동 350-1 남성B/D 3F (우) 420-011
전화 § 032-656-4452 팩스 § 032-656-4453
http://www.chungeoram.com
E-mail § eoram99@chol.com

값 8,000원

ISBN 89-5505-994-9 04810
ISBN 89-5505-870-5 (SET)

강재영 신무협 판타지 소설

慰靈燭淚

4

변신(變身)

도서출판
청어람

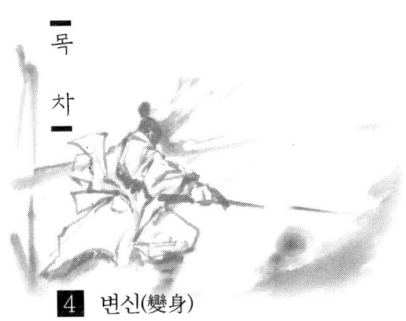

등장 인물

심의령:천패궁의 함정에 빠지나 의형들의 도움으로 탈출, 복수에만 연연하던 마음을 벗고 뜻을 세움.

이무력:전(前)개봉지부. 개봉 연좌를 겪으며 정신적 폐인이 됨. 주소추의 계획으로 미끼가 되어 의령에게 죽임을 당함.

진영:의령 등 일곱 의형제의 맏형. 의령을 감싸려다 사경에 처함.

유성혼:진영의 다섯 번째 의동생. 임교연을 연모하나 받아들여지지 않음. 형제들을 위해 자신을 희생함.

임교연:진영의 여섯 번째 의동생. 의령을 마음에 두고 유성혼의 진의를 의심한다.

우문설:천패궁의 철살대 명부전의 전주. 의령을 함정에 빠뜨리고 진영에게 치명상을 입힘.

남고화:의령에게 구출된 현무교의 간자. 의령을 교육하다 마음이 끌리게 됨.

금수아:금지민과 진영의 딸. 고화와 의령을 이어주려 애씀. 아비의 존재를 모르고 큰 여인.

금지민:현무교의 실질적 지도자. 진영의 옛 연인. 현무교를 위해 진영의 동생들을 이용한다.

남옥당:현무교의 대장로로 고화의 친조부. 금지민과 함께 현무교를 이끄는 인물. 진영에게 호감을 갖고 그들 의형제를 돕기 위해 노력함.

형설건:한광후 밑에서 황하의 치수를 담당하던 인물. 한광후의 뒤를 이어 황하와 싸우는 농부.

풍각초, 화무옥, 동복, 변쾌:월강과 함께 천패궁에 입궁하는 인물들.

25장 복수와 희생

끼이이이이야아아아악—

시린 달빛이 파랗게 빛나는 밤하늘.

귀를 찢는 호곡성(號哭聲)은 마차가 멈춰 선 관도 주변의 초지(草地)를 한숨에 양단했다.

의령을 가운데에 몰아넣고 막 발동하려던 이십팔명부진에 한순간의 작은 빈틈이 생겨났다. 수천의 귀신이 호곡하는 듯한 울부짖음은 절정에 이른 도객들의 발진조차 정지시킨 것.

스물여덟의 칼이 멈칫한 그때.

진의 가운데로 밀려나 휘청거리던 의령의 눈이 번쩍 빛났다.

'기회!'

턱 밑까지 치받고 올라온 들끓는 기운.

의령은 비린내를 풍기는 토혈을 꿀꺽 삼켰다.

형제들 중 누구인지는 보이지 않아 알 수 없다.

그러나 반류가 개량한 우는 화살, 명적(鳴鏑)의 하늘을 찢는 귀신의 울부짖음은 형제들의 출현을 웅변했다.

의령의 눈은 이십팔명부진의 동쪽 각(角) 좌를 차지한 도객의 작은 빈틈을 놓치지 않았다. 그의 이목은 의령이 아니라 어디선가 날아온 호곡성에 온전히 쏠려 있었다.

들끓는 기운을 무릅쓰고 의령은 전속력으로 신법 호접무를 펼쳤다.

공간을 접어 한순간에 통과한 듯 의령의 몸이 찰나의 순간 도객의 발치께에 나타났다.

"엇!"

당황한 도객의 다급한 칼이 의령의 머리를 향해 수직으로 내리꽂혔다.

의령의 그림자가 뿌옇게 흐려지며 머리칼 한 올 차로 칼끝을 벗어났다.

의령은 잔뜩 몸을 낮춘 채 바닥을 스치고 지나가며 왼손에 든 쌍수도로 도객의 복숭아뼈를 내려쳤다.

"크윽!"

검붉은 핏줄기가 자욱하게 뿜어져 나왔다.

발목이 잘린 도객은 쓰러지면서도 의령을 향해 칼을 휘둘렀다.

그제야 정신을 차린 다른 도객들도 다투어 칼날을 내려쳤으나, 그들의 칼은 아무것도 가르지 못했다.

의령은 허공에 뿌려지는 핏줄기를 도신(刀身)으로 쳐내 한 겹의 장막을 드리우고 몸을 숨긴 것이다.

장막처럼 뿌려진 핏줄기가 그들의 시야를 막은 순간, 이미 의령의 몸은 무릎까지 자란 수풀 속으로 사라진 후였다.

"허어!"

마차의 지붕에서 이십팔명부진에 갇힌 의령을 느긋하게 바라보던 노인은 짧은 감탄을 내뱉었다.

그는 의령의 움직임이 아니라 번뜩이는 기지에 감탄하고 있었다. 한숨에 거리를 좁혀 접근하는 것은 그리 어려운 일이 아니다. 그러나 발목을 베어내 일부러 피의 장막을 만들고 그것을 이용해 몸을 감춘 것이 그를 감탄케 했다.

몸을 감춘 의령의 종적은 씻은 듯 사라졌다. 놀랍기만 한 은신술이었다.

그러나 노인은 어딘가 느긋해 보였다. 노인의 시선이 마차의 외장에 박힌 두 개의 화살로 향했다.

'역시 혼자가 아니었군. 방심했어.'

귀곡성의 정체는 그것임에 틀림없었다. 아무런 살기도 느껴지지 않는 화살이었으나 노인의 눈은 초지의 끄트머리에 펼쳐 있는 낮은 관목의 군락을 바라보고 있었다.

화살은 그곳에서 날아왔음이 틀림없었다.

관목 숲의 안쪽에서는 은밀한 움직임이 희미하게 포착되었다.

'후퇴하고 있군. 우리를 끌어들이겠다는 것인가. 아니면 단순한 도망인가.'

이십팔명부진이 깨진 것은 아니었다.

그러나 덫에 걸린 사냥감은 이미 수풀 속으로 자취를 감추었다. 아마도 관목 저편으로 후퇴하고 있는 이들과 합류하고 있으리라. 암습을 하기 전의 귀신같은 은신을 생각한다면 불가능한 일도 아니었다. 어디에서도 심의령이란 자의 종적은 잡히지 않았다.

명부전의 수장인 노인, 우문설(宇文雪)은 왠지 웃음이 새어 나오는 것을 느꼈다. 왼발목이 날아가 이를 악물고 있는 수하와 그를 둘러싸고 지혈을 하는 도객들의 당황과 분노는 그에게 안타까움이 아니라 흥미를 주었다.

우문설의 입에 얇은 미소가 내걸렸다.

'재미있군.'

슬쩍 마차 안을 내려다보았다.

목을 움츠린 자라모양 두터운 살집을 동그랗게 말아 마차 구석에 머리를 처박고 엎드린 이무력이 보였다.

주소추의 냉정한 조언이 생각나 우문설은 새삼 고개를 끄덕였다.

"그는 이미 폐인이나 다름없으니 철저히 미끼로만 생각하시길. 용도가 다했다면 군이 그를 보호할 필요는 없습니다."

'정말 쓸모없는 놈이 되어버렸어.'

한 사람의 당당한 무인이자 촉망받는 관리였던 이무력.

그는 이제 쓰레기였다.

우문설은 스스로를 버린 자까지 포용할 정도로 자비로운 사람이 아니었다. 이무력은 이미 장자의 위치도 빼앗긴 채 이씨세가에서도 포기해 방치해 버린 인간이었으니.

우문설은 망설임없이 이무력을 내버려 두고 몸을 날렸다.

그의 입에서 날카로운 휘파람이 울려 퍼졌다.

"정신 차려! 그들은 동북 방향으로 향하고 있다. 황(黃)은 이곳에 남고 나머지는 모두 사냥을 시작한다―!"

우문설을 선두로 스물일곱의 도객들이 일제히 몸을 날렸다.

부상을 입은 동료를 그냥 남기고 가는 것에 한 점 망설임도 보이지 않았다. 철저한 훈련과 실전을 거친 사냥꾼의 무리. 그들은 천패궁이 자랑하는 전문 척살대, 명부전의 도객들인 것이다.

황이라 불린 발목을 잃은 도객은 텅 빈 초지를 지나 홀로 칼집을 지팡이 삼아 마차로 향했다.

마차 바퀴에 털썩 기댄 그는 소매를 뜯어 잘린 발목을 질끈 묶었다.

단단히 지혈했는지 더 이상 피가 배어 나오지는 않았다.

창백하지만 무표정한 얼굴에 언뜻 희미한 한탄이 내비쳤다.

날카로운 호각 소리가 멀리서 호응하며 곧 이곳저곳에서 울려 퍼지기 시작했다.

삐이익― 삑삑―

여기저기서 울려 퍼지는 호각 소리를 들으며 수풀 속에 은신해 있는 의령은 소리없이 안도의 한숨을 내쉬었다.

방수(幇手)들과 함께 도주했으리라는 우문설의 예상과는 달리 의령은 마차에서 그리 떨어지지 않은 수풀 속에 누워 하늘을 바라보고 있었다.

의령은 조심스럽게 입가에 흐르는 가는 핏줄기를 살짝 훔쳤다.

검게 죽은 피.

이십팔명부진과 부딪쳤을 때 입은 내상이 무리를 하여 더 심해졌다.

호접무를 최대한 펼치며 다시 내상을 입었으나 은신을 위해 이번에도 죽은 피를 토해내지 못하고 꿀꺽 삼킨 것.

두 번이나 억지로 기혈을 진정시킨 것 때문에 그의 내상은 한두 차례의 조식만으로는 치유하기 힘들 정도로 심각해진 상태였다.

의표를 찌르기 위해 오히려 마차 쪽으로 접근해 은신한 것이 먹혀들어 다행히 종적을 들키지는 않았으나 의령은 자신이 너무나 한심하다고 생각했다.

이무력의 경로가 너무 쉽게 드러났을 때 생각해 보았어야 했을 것을.

이것은 철저히 준비된 함정임에 틀림없었다.

그에게 이무력의 행방을 알려준 술친구 단엽이 떠올랐다. 처음 사귄 친구.

'그도 함정의 일부였던가……'

허탈한 웃음이 번진다.

속단은 금물일 수 있으나 씁쓸함은 어쩔 수 없었다.

이무력이란 소리에 앞뒤 가리지 않고 무작정 달려왔으니 생각하면 모두 자신의 탓.

수풀 속에 은신해 있는 자신을 뒤로하고 쉭쉭 서른 명가량의 무리가 형제들을 쫓아 사라졌다.

말로 의논한 것은 아니었지만 형제들은 그를 위해 스스로 미끼가 된 것이 분명했다.

이제는 그들이 위험했다. 특별한 일이 없는 이상, 여섯이 모두 왔을 것이 자명했다.

의령의 눈은 마차를 향했다.

'이무력……'

멀리서 화답하듯 여기저기서 들려오는 호각 소리는 천패궁에서 단단히 준비한 대규모의 함정임을 의미했지만 의령은 망설였다.

마차 안에는 이무력이 있었다.

암습하기 전, 분명히 그의 목소리를 들었다.

두 여동생의 죽음과는 직접적인 연관이 없다 하나 개봉의 재판을 거짓으로 이끈 이무력. 심명조가 피를 토하며 죽게 만든, 서문추월이 꼭 두각시가 되어 죽게 만든 그가 있었다.

그러나 두텁게 준비한 것이 분명한 천패궁의 조밀한 포위망이 지금 형제들을 몰아가고 있을 것이다. 이무력을 처단하고 갈 여유가 없었다.

'형님들을 위험에 처하게 할 수는 없다.'

오직 협기(俠氣) 하나로 자신을 돕기 시작한 이들이다.

이제는 형제의 연까지 맺은 이들, 한시라도 빨리 그들과 합류해 포위망이 완성되기 전에 퇴로를 확보해야 한다.

의령은 질끈 이를 물고 마차에서 고개를 돌렸다.

'기회는 또 올 거야.'

은밀히 관목 숲을 향해 전진하려는 그 순간.

덜컹!

마차에서 무언가 소리가 났다.

의령은 저도 모르게 고개를 돌려 마차를 바라보았다.

지붕이 날아간 마차의 문이 열린 것이 보였다.

열린 문틈으로 누군가의 얼굴이 나타났다.

마차 바닥에 납작 엎드린 듯한 자세.

요리조리 고개를 저어 주위를 살피는 겁에 질린 얼굴이 눈앞에 나타났다. 바퀴에 몸을 기댄 도객에게 무어라 말을 붙이는 것이 보였다.

의령의 눈에 핏발이 곤두섰다.

'이. 무. 력!'

피가 거꾸로 솟구쳤다.

전과는 달리 비대해진 얼굴이었지만 의령은 한눈에 알아볼 수 있었다.

아무리 변했더라도 어찌 그 얼굴을 잊으리.

이무력의 안심하는 듯한 얼굴이 형제들에게 달려가려던 의령의 발길을 붙들었다. 피둥피둥 살이 오른 개기름이 흐르는 얼굴에 떠오른 비릿한 웃음이 의령을 붙들었다.

의령의 불끈 움켜쥔 주먹이 부들부들 떨렸다.

이무력의 얼굴을 마주 대하자 아무 생각도 들지 않았다.

형제들과 함께 퇴로를 확보해야 한다는 생각마저 멀리 사라졌다.

의령은 저도 모르는 새 은신해 있던 수풀에서 벌떡 몸을 일으켜 달리기 시작했다.

의령의 모습을 먼저 발견한 이는 발목을 잃고 홀로 남아 마차 바퀴에 기대어 쉬고 있던 도객이었다.

검은 오의를 펄럭이며 마차를 향해 돌진해 오는 의령의 모습은 죽은 자의 혼령을 채어가는 사신(死神)의 그것과 같았다.

"헉!"

도객은 헛바람을 내쉬며 칼자루를 의지해 벌떡 일어섰다.

'아직 이곳에 있었다니!'

도객은 자신의 죽음을 예감했다.

그러나 이대로 넋 놓고 손 놓을 수는 없는 일.

기세에서도 몸 상태에서도 상대할 수 없음을 직감했지만 그의 오른손은 어느새 칼자루를 붙들었다. 그것은 명부전 이십팔도객의 일원인 그의 마지막 자존심이었다.

왼손에 든 칼집을 불끈 쥐며 마지막이 될지도 모를 발도술을 구사하려는 그때, 갑자기 의령의 신형이 쭈욱 실처럼 늘어나 단숨에 코앞까지 들이닥쳤다.

"......!"

발목이 잘려 전신의 조화를 잃은 도객의 불안정한 발도술은 중도에서 가로막혔다. 반쯤 칼이 뽑혀진 순간, 갑자기 속력을 높여 닥쳐 든 의령의 한 발이 칼자루를 턱 하고 눌러 버린 것. 그와 동시에 의령의 오른발이 도객의 머리통을 맹렬히 후려 찼다.

위잉—

이미 선기를 빼앗겼지만 도객은 필사적으로 머리를 숙였다.

그러나 그에겐 왼쪽 발목이 없었다.

한쪽 발을 잃은 그의 몸이 균형을 잃고 비틀한 순간, 공중에서 몸을 회전한 의령의 왼발이 도객의 턱주가리를 수직으로 올려 찼다.

우직!

도객의 머리가 피곤죽이 되어 마차에 틀어박혔다.

칼을 뽑을 기회도 주지 않고 반 호흡 만에 적을 해치운 의령은 거듭한 무리로 인해 마침내 허리를 굽히고 울컥 피를 토했다.

그러나 이제 눈앞에 이무력이 있었다.

의령은 피를 토하느라 굽혔던 허리를 꼿꼿이 세웠다.

이무력의 앞에서 그는 언제나 당당해야 했다.

의령은 턱 밑까지 흐르는 피도 닦지 않고 이무력을 향해 천천히 고개를 돌렸다.

바닥에 엎드려 열린 마차문 밖으로 얼굴만 내밀고 있던 이무력은 번개라도 맞은 양 얼어붙어 의령을 올려다보았다.

둘의 시선이 공중에서 얽혀들었다.

의령의 살기에 짓눌린 이무력의 얼굴이 푸들푸들 경련을 일으켰다.

의령은 눌러쓴 죽립을 벗어 젖혔다.

의령의 얼굴을 본 이무력의 안색이 하얗게 질렸다.

"너, 너는… 심……."

"……."

의령은 그저 이무력을 노려만 보았다.

수만의 말을 쏘아붙이고 싶었으나 입을 통해 말이 나오지 않았다. 채 말을 잇지도 못하고 하얗게 질려 있던 이무력은 마차 바닥에 엎드린 채로 두 손바닥을 모아 얼굴을 가렸다.

"시… 심 공자, 나, 나로선 어쩔 수 없었네. 나는 어디까지나 개봉지부로서의 소임을……."

이무력은 의령의 눈빛을 감당할 수 없다는 듯 눈을 내리깔았다.

의령의 침묵에 다급해졌는지 더듬대는 와중에도 많은 말들을 한꺼번에 쏟아냈다.

"아, 아니… 나, 난 공정하게 재판을 하려고 했지만 천패궁에서 압력을 넣어 어쩔 수 없었다네. 주소추, 아니, 자넨 위도천으로 알고 있겠구만. 그, 그치가 천패궁의 사주를 받고 날 협박했다네. 난 어쩔 수 없었어."

"……."

"흐흐흑. 지금 내 꼴 좀 보게나. 이 뒤룩뒤룩 살찐 몸을 좀 보아. 개봉에서 죽어간 백성들의 원혼이 날마다 꿈속에 나타난다네. 그걸 잊느라 언제나 먹기만 한다네."

의령이 계속 두 눈을 홉뜨고 노려만 보자 이무력은 마차 바닥에 엎드린 채로 밖으로 기어나왔다.

이무력은 펑펑 눈물을 흘리며 의령의 앞에 꿇어앉았다.

그의 비대한 얼굴에 가는 눈물이 쉼없이 흘러내렸다. 무릎을 덮을 듯 삐져 나온 아랫배가 잘게 떨렸다.

"자, 자네 조부와 서문 각주의 일은 정말 미안하네. 모, 모두 주소추, 아니, 위도천이 꾸민 일이야. 난 천패궁의 감시 때문에 아무 일도 할 수 없었네. 지금도 천패궁이 시키는 대로 하고 있지 않은가? 난 꼭두각시일 뿐이야. 제, 제발 살려주게."

의령은 여전히 말이 없었다.

이무력의 말이 사실을 왜곡한 빤한 변명임을 잘 알고 있었다.

그러나 따로 반박할 마음은 들지 않았다.

황궁을 떠받치는 관리의 임무를 훈계할 마음도, 백성을 돌보아야 할 지부의 마음가짐을 꾸짖고 싶지도 않았다.

그저 더러울 뿐이었다.

지부로서의 체통도, 사내로서의 당당함도 없는 살찐 돼지와 같은 몰골에 혐오감이 일었다.

바짓가랑이라도 붙잡고 애원하러 했을까.

이무력은 무릎에 놓았던 떨리는 두 손을 앞으로 내밀었다.

"시… 심 공자……."

의령의 눈에는 한줄기 회한이 내비쳤다.

'이런 비루한 자가 내 원수란 말인가…….'

의령의 눈은 이무력을 지나 먼 허공을 바라보았다.

눈물을 흘리며 의령에게 애원하던 이무력의 손이 뒤집힌 것은 바로 그때였다. 의령을 향해 뻗은 이무력의 양손이 빙글 뒤집어지며 두 자루 비수가 불을 뿜듯 날아갔다.

성공을 확신한 듯 이무력의 입가에는 작은 미소마저 피어올랐다.

날카로운 쇳소리가 그 미소를 뭉개었다.

채, 챙!

이무력의 득의에 찬 미소는 피어오르기도 전에 굳었다.

언제 칼을 빼 들어 휘둘렀을까.

비수는 땅바닥에 뒹굴고 의령의 손에는 쌍수도가 들렸다.

의령이 그의 상상을 훨씬 넘은 고수가 되어 있었음을 이무력은 몰랐다.

한칼로 비수들을 날린 의령의 입에서 나직한 음성이 흘러나왔다.

이무력을 대면하고 처음으로 내뱉은 말이었다.

"추잡한 놈……!"

써걱—

"아아악!"

의령의 오른손에 쥔 칼이 뚝뚝 피를 떨어뜨렸다.

바닥에 뒹구는 이무력의 두 팔이 피를 뿌리며 팔딱댔다.

"이건 미령이와 효령이 몫이야."

잘린 어깨에서 피를 내뿜으며 이무력은 오열했다.

"나, 난 그 애들을 해치지 않았어—!"

의령은 다시 칼을 하늘로 치켜세웠다.

의령의 이마에는 푸른 핏줄이 터질 듯 불거져 있었다. 찢어져라 부룹뜬 그의 눈에는 복수의 광기가 일렁였다.

이무력을 꾸짖고 당당히 목을 날리겠다는 마음은 저 멀리 사라졌다.

형제들이 위험에 처했다는 자각도 어느새 잊고 있었다.

후안무치한 더러운 인간.

이런 인간을 한때나마 청렴한 관리라 존경했었다.

이런 인간 때문에 그는 천애고아가 되어버리고 말았다.

"이건 할아버지 몫!"

"아아악!"

＊　　　　＊　　　　＊

ㅡ형님, 의령이가 왜 안 오는 거죠?

전방을 주시하던 차정선이 굵은 눈썹을 찌푸리며 진영에게 전음을 보냈다.

진영을 비롯한 여섯의 의형제는 낮은 관목 숲의 얼기설기 얽힌 가지 속에 은신한 채 조심스레 이동과 정지를 거듭하는 중이었다.

그들은 의령을 기다리느라 행보를 늦추고 있는 것이다.

명적을 날려 의령을 둘러싼 이들의 이목을 빼앗고 의령이 그 기회를 놓치지 않은 것까지는 좋았다. 잠도 자지 않고 달려온 보람이 있어 늦지 않게 의령을 구할 수 있었던 것.

의령이 몸을 감추자 진영은 적을 유인하기 위해 작은 흔적을 일부러 남기며 관목 숲으로 이동하기로 했다. 관목 숲 좌우로 이동하며 계속 시간을 끌고 있었으나 아직까지도 의령은 나타나지 않고 있었다.

삐빅ㅡ 삐익ㅡ

관목 숲의 사방을 포위한 듯 호각 소리가 점점 급박해져 왔다.

—형님! 이러다간 완전히 포위됩니다. 어서 이곳을 벗어나야 합니다!

조온의 전음도 들려왔으나 진영은 가늘게 눈을 내리뜨고 마차가 있는 관목 숲의 후미만을 보고 있었다.

빽빽한 관목의 가지에 가려 멀리 떨어진 마차조차 제대로 보이지 않는다.

'분명 무사히 몸을 피했는데……'

진영의 귓전에 임교연의 걱정에 가득 찬 전음성이 울렸다.

—오라버니, 혹시 의령이가 움직이지 못할 정도로 다친 것 아닐까요?

진영은 고개를 저었다.

—그럴 리 없었다.

—이십팔명부진은 절정고수만을 척살하기 위해 천패궁에서 특별히 만든 진법이에요. 의령이가 내상을 입은 것을 보셨잖아요?

—의령이는 강하다. 무공으로 따져도 나와 거의 비등할 정도가 되었고 경험도 만만치 않게 쌓았어. 그 정도 내상으로 움직이지 못할 녀석이 아니다.

의령의 무공이 진영과 비슷한 수위라는 말이 임교연에겐 의외였다. 자신을 추월했다는 것은 익히 알고 있었지만 진영과 비슷하다는 말은 선뜻 받아들이기 어려운 놀라움이었기에.

임교연의 얼굴에는 다급한 상황에 어울리지 않는 달콤한 미소가 떠올랐다. 의령을 인정하는 진영의 칭찬에 자부심마저 느껴졌다.

그때, 앞서가 전방을 살피고 온 유성혼이 합류했다.

진영의 옆에 앉은 유성혼은 빠르게 상황을 알렸다.

—심상치 않습니다. 어서 이 관목 숲을 빠져나가야 합니다. 사방에

서 천패궁도가 밀려들고 있어요. 예정대로 빨리 와하(渦河)를 건너야 합니다.

유성혼의 전음을 듣고 난 후에도 진영은 침통한 얼굴로 의령이 몸을 숨겼을 후방만을 계속 바라보았다.

'난처한 상황이군.'

상념을 뚫고 유성혼의 전음이 날아들었다.

—형님, 아무래도 의령이는 이무력을 징치하느라 시간을 끄는 것이 아닐까 싶습니다.

진영의 시선이 유성혼에게 돌려졌다.

—그렇게 상황 판단을 못할 녀석이 아니다. 우리가 무엇 때문에 저들을 유인했는지, 지금 우리 처지가 어떨지까지도 능히 짐작할 수 있는 녀석이야. 함정이 분명한 줄 뻔히 알면서도 복수에만 연연할 작은 그릇이 아니다.

진영의 음성은 절대적인 신뢰에 가득 차 있었다.

—그럼 무엇 때문에 여태까지 합류하지 못한 걸까요? 의령이의 은신술과 경공이라면 지금쯤 우리 곁에 있어야 정상입니다. 마차가 있던 곳과 우리 사이에는 이미 저들의 주력이 포위망을 굳힌 상태라 봐야 합니다.

유성혼의 정연한 지적에 진영의 눈빛이 흔들렸다.

잠시 침묵을 지키던 유성혼이 한마디 덧붙였다. 침중한 음성이었다.

—복수에 빠져 우리의 처지를 잊었을지도 모릅니다.

진영과 유성혼의 시선이 마주쳤다.

유성혼의 눈을 바라보는 진영의 눈빛이 고요해졌다.

—그럴 리 없다. 난 의령이를 믿는다.

―…제 판단은 믿지 않으신단 말씀이십니까?

진영의 조용한 눈빛이 유성혼을 바라보았다.

―넌 의령이를 버려두고 가자는 것이냐?

―의령이는 이미 포위망 밖에 있습니다. 버리고 가는 것이 아니라 더 늦기 전에 우리 몸을 피하자는 것입니다. 서로 무사히 빠져나간 후에 다시 합류하면 되지 않습니까!

유성혼과 진영의 입 모양을 계속 바라보던 임교연이 끼어들었다. 둘의 대화가 무엇을 뜻하는지 깨달았던 것이다.

―그게 의령이를 버리자는 것이 아니고 뭐예요?

유성혼은 임교연에게 고개를 돌렸다.

그는 답답했다.

한시라도 이 자리를 빨리 벗어나야 하건만…….

마음속에 앙금이 되었던 말이 툭 튀어나온 것은 조급함 때문이었을까.

―임매, 너의 사사로운 감정으로 형제들을 모두 위험에 빠뜨리자는 것이냐?

―유 오라버니!

―지금 위험한 것은 의령이가 아니라 우리다. 의령이는 이미 저들의 시야에서 벗어났어! 아마 저들은 의령이가 우리와 합류해 있다고 여길 것이다. 그들의 전력이 우리에게만 집중되었어! 여기서 이렇게 머뭇거리면 오히려 의령이와 우리가 따로 떨어져 있다는 것을 눈치 챌지도 모른다. 이곳을 빠져나가는 것이 우리에게도 의령이에게도 최선임을 왜 모르는 것이냐!

임교연은 유성혼의 얼굴을 복잡한 심경으로 바라보았다.

자신을 향한 유성혼의 연정을 모르는 바 아니었으나 이런 식으로 감정을 드러낼 줄은 몰랐다. 유성혼의 강퍅한 입매를 바라보며 임교연은 한숨을 내쉬었다.

—오라버니는 지금 질투라도 하는 건가요?

임교연의 말은 화인처럼 유성혼의 귀에 틀어박혔다.

커다란 충격을 받은 유성혼의 얼굴이 고통스럽게 일그러졌다.

—임매, 너는… 너는 날 그 정도밖에 안 되는 인간으로 보느냐?

—그게 아니면 지금 오라버니의 말은 도대체 뭔가요? 확실하지도 않은 예측으로 아우를 팽개치고 도망가자는 것이 말이 되나요? 우리는 한날한시에 죽기로 맹세한 의형제 아니던가요? 우리가 죽음이 두려워 형제를 외면한 적이 있다는 건가요?

—의형제? 네가 정말 의령이를 형제로만 보고 있다는 것이냐? 너는……

짜악—

돌연, 날카로운 소리가 관목 숲에 울렸다.

임교연의 눈에는 그렁그렁 눈물이 매달려 있었다.

멍한 얼굴로 임교연을 바라보던 유성혼의 고개가 땅을 향해 툭 떨어졌다. 그의 얼굴은 감당키 어려운 고통으로 창백하기 짝이 없었다.

누구도 입을 열지 못하고 잠시 침묵이 흘렀다.

조온과 차정선이 무어라 나서려 힐 때, 반류가 손을 저어 만류했다. 무어라 말한단 말인가.

마침내 진영이 무거운 침묵을 깨고 모두에게 전음을 보냈다.

—원래 계획대로 와하(渦河)를 향해 이동한다.

—…오라버니!

—성혼의 말이 옳다. 지금 여기서 시간을 끌다간 우리도 의령이도 모두 위험하다. 병력의 분산이 없었으니 저들은 우리가 의령이와 함께 있다고 생각하는 것이 틀림없다. 우리가 몸을 피하면 저들은 우리만 추적할 것이다. 의령이가 우리와 반대 방향으로 몸을 피한다면 별문제 없을 거야.

　진영의 결정에 모두 가타부타 말이 없었다.

　아무 말도 없이 임교연과 유성혼을 바라보던 진영과 조온, 차정선은 조용히 몸을 일으켰다.

　—관목 숲은 얼마 남지 않았다. 최대한 은신술을 전개해 단숨에 돌파한다.

　진영이 몸을 움직이자 모두 진영을 따라 몸을 날렸다.

　임교연과 유성혼은 멀리 떨어져 달렸다.

　유성혼은 진영의 바로 뒤에, 임교연은 거의 맨 뒤에.

　임교연의 뒤를 따르는 반류의 얼굴이 그답지 않게 무겁게 가라앉아 있었다.

＊　　　＊　　　＊

　의령은 막 베어낸 이무력의 머리를 멍하니 바라보고 있었다.

　피바다가 된 바닥에는 하늘을 향해 눈을 치켜뜬 이무력의 머리가 뒹굴었다.

　사지를 토막 내고 배를 갈라 내장을 헤친 후 머리를 베어버렸다.

　이제 겨우 하나를 베었을 뿐이다.

　그런데 왜 이리 허망하단 말인가.

왜 통쾌하지가 않단 말인가.

멍한 의령의 시선이 이무력의 잘린 머리로 향했다.

끝까지 미련을 놓을 수 없었을까. 이무력의 시선에 담긴 마지막 감정은 집착이었다.

삐익— 삑삑—

멀리서 들려오는 급박한 호각 소리에 의령은 흠칫 상념에서 깨어났다.

"…형님들!"

깜박 그들을 잊고 말았다.

세상에 유일하게 남은 친인들을 잊었다.

바보 같은 놈.

의령은 미친 듯 몸을 날렸다.

가슴을 짓누르는 내상의 묵직함과 형제들에 대한 때늦은 걱정으로 그의 신형은 불안하기 짝이 없었다.

하나의 복수를 마친 허무함은 멀리 사라졌다.

자신만을 생각하느라 형제들의 위험을 잊었다는 자책감이 가슴을 옥죄었다.

관목 숲을 향해 달리며 의령은 기원했다.

자신을 기다리느라 시간을 허비하지 않았기를.

모두에게 아무 일도 없기를.

의령이 몸을 날린 초지에는 지붕이 부서진 마차와 시체 하나. 그리고 토막 난 잔해 하나가 뒹굴고 있었다.

2

관목의 끄트머리는 갈대밭에 연해 있었다.

갈꽃이 시들어 누렇게 말라 버린 팔 척 높이의 갈대 군락이 와하까지 줄지어 늘어섰다.

아직 새벽의 여명이 밝아오지는 않았지만 좀 있으면 동이 틀 것이다. 와하의 건너편 와운산 정상에 검푸른 여명의 조짐이 움터오는 중이었다.

―포위망이 거의 완성된 모양이군.

그들도 느낄 수 있었다. 갈대밭 곳곳에서 느껴지는 삼엄한 기운을.

―와하를 배로 건너는 것은 포기한다. 갈대밭 사이에 숨겨둔 배는 이미 발각되었을 거다. 단단히 준비한 모양이니 강에도 복병이 있을 수 있어.

―차라리 후퇴하는 것이 어떨까요?

차정선의 전음에 진영은 고개를 저었다.

─이미 늦었다. 지금은 앞으로 갈 수밖에 없다.

진영의 시선은 갈대밭의 왼편에 우뚝 솟아 있는 언덕을 바라보고 있었다. 듬성듬성 나무가 솟아 있는 바위로만 이루어진 언덕.

─저곳의 정상을 목표로 한숨에 달린다.

─형님, 저 끝은 벼랑입니다. 그 밑은 소용돌이가 격심한 강입니다. 뛰어내릴 수 있는 곳이 아닙니다.

─알고 있다. 저들도 그렇게만 알고 있겠지. 하지만 저 벼랑 끝에 우리의 살길이 있다.

조온은 의아했다. 이것은 사지(死地)로 들어가자는 말이 아니고 무엇인가. 자신이 모르는 무엇이 있다는 것일까. 그렇다고 해도 너무 무모해 보였다.

─형님, 왜 그렇게 서두르시는 겁니까? 우리가 최대한 은신술을 펼치면 우리를 잡아낼 자는 그리 많지 않습니다.

진영의 시선이 조온에게 멎었다.

그와 함께한 세월만큼이나 조온은 자신의 심경을 금세 알아차리고 있었다.

─가을 가뭄이 막바지다. 지금 초목이 한껏 메말랐어. 이렇게 관목 숲이나 갈대 사이에 은신해 있다간 결국 화공(火攻)을 당할 게다. 이곳을 빨리 탈출하는 것이 최상이야.

화공이라는 진영의 말에 모두 등골이 오싹했다.

사방이 온통 갈대밭인 이곳에서 화공을 당한다면 손도 못 써보고 당하기 십상이었다.

진영의 옆에 있던 반류가 이의를 제기했다.

—하지만 형님, 저들은 갈대밭 속에 매복했지 않습니까? 화공을 쓸 마음은 없어 보이는데요?

—우리가 저들을 뚫으며 종적을 완전히 감추기란 요원하다. 우리 위치만 파악하면 저들은 넓게 흩어져 불을 놓을 수 있어. 그렇게 되면 오도 가도 못하고 끝장이 날 거다. 저들이 화공을 사용할 가능성이 낮다고 해도 최악의 상황을 생각지 않을 수 없다.

—형님이 그렇다면 그런 거겠지. 언제 형님 말씀이 틀린 거 봤냐? 갑시다. 내가 앞장서겠수.

차정선이 하얀 이를 드러내며 전의를 끌어올렸다.

차정선의 말에 모두 납득한 것일까.

조온도 더 이상 아무 말이 없었다.

—좋아. 정선이가 맨 앞에 서고 내가 맨 뒤를 맡는다. 류가 가운데 서서 암기로 지원하고 나머지는 류를 둘러싸고 달린다. 질풍처럼 단숨에 뚫어야 한다는 것을 명심해라.

진영의 말에 모두 고개를 끄덕였다.

진영은 뒤춤에 매달린 월아자를 꺼내 잡으며 눈을 빛냈다.

—언덕을 목표로 일직선으로 뛴다. 첫 매복을 깰 때까지는 은신하고 그 후에는 무조건 달려.

그를 바라보는 아우들의 얼굴을 보며 진영은 마지막 말을 내뱉었다.

—모두 살아서 돌아가자!

힘차게 고개를 끄덕인 여섯의 그림자가 갈대 숲 사이로 사라졌다.

휘이이—

새벽바람이 불어 갈대밭이 스르르 춤을 추기 시작했다.

오른손에 흑창을 거머쥔 차정선은 조심스럽게 전진과 정지를 거듭했다.

허리를 굽혀 바람의 움직임에 따라 갈대밭을 헤치고 전진하는 그의 움직임은 덩치에 비해 표홀하기 그지없었다.

마침내 천패궁의 첫 매복이 그의 이목에 걸렸다.

겹겹이 싸인 두터운 매복.

차정선은 살짝 혀를 내밀어 입술을 축였다.

'이제 시작인가?'

쉿—

그의 흑창이 갈대밭 사이를 갈랐다.

퍼억.

천돌혈이 꿰뚫리는 익숙한 감촉.

비명은 없었다.

그러나 차정선은 몸을 일으키며 저돌적으로 달리기 시작했다.

'이십 장. 그 거리만 돌파하면 언덕이야!'

그곳에 무엇이 있길래 진영이 가자고 했을까.

차정선은 의문을 털어버리듯 거센 함성을 내질렀다.

생각은 그의 몫이 아니라 믿었다.

"타아아아아—"

그가 지나간 길이 일직선으로 뚫리며 시꺼먼 창이 춤을 추기 시작했다.

갈대밭에 세 줄의 길이 나타났다.

최선두에 선 차정선, 그 뒤를 바싹 따르는 반류와 임교연, 양 옆에 달리는 조온과 유성혼, 맨 뒤에 달리는 진영.

파도같이 일순간 솟아나는 기세에 천패궁의 명부전이 모두 동원된 매복 한편이 우르르 무너져 내리는 듯 보였다.

"시작되었군."

"조금 이상합니다."

갈대밭이 훤히 내려다보이는 외딴 바위 위에서 우문설이 수하의 보고를 듣고 있다.

우문설의 입가엔 가는 미소가 떠올라 있었다.

그들은 관목 숲을 완전히 포위하기 직전, 명부전 살귀들의 포위망을 뚫었다. 실낱같은 틈마저 놓치지 않은 기민함에 우문설은 점점 흥이 돌아옴을 느꼈다.

"무슨 말인가?"

"그들의 진행 방향 말입니다. 아무래도 저 언덕을 향하는 것 같군요."

"그렇군."

우문설도 고개를 갸웃했다.

"와하를 건너려는 것이 아니었나?"

"갈대밭 사이에서 그들이 숨겨둔 배를 발견했습니다. 원래는 와하를 건너려 했던 것이 분명한 듯합니다만."

"우리가 와하를 장악했다는 것을 예상한 모양이군."

"그런 것 같습니다."

저들 중 뛰어난 지략가가 있다는 증거였다.

하지만 왜 언덕인가.

"저 언덕 끝은 강물에 인접한 절벽이지 않은가?"

"맞습니다."

"확실히 이상하군."

스스로 배수진이라도 치려는 것일까. 아니면 다른 방법이 있다는 것일까.

우문설의 얼굴에 슬쩍 웃음이 떠올랐다.

'이거 정말 재미있군.'

우문설의 턱이 언덕을 가리켰다.

"별 상관은 없겠지. 저들을 적극적으로 막지는 말라고 해. 어떻게 할 것인지 궁금하다. 부전주에게도 연락하게. 배들을 저쪽 벼랑 밑에 대기시키라고 해."

"알겠습니다."

우문설의 옆에 있던 수하가 기묘한 소리로 호각을 불기 시작했다.

일정한 음률이 정해져 있어 약속된 신호가 있는 듯했다.

"얼마나 걸리겠나?"

"열 척의 배를 준비했으니, 이각 정도면 언덕 밑 강줄기를 완전히 장악할 것입니다."

"좋아. 그 시간이면 충분하지. 그럼 저들이 호랑이인지 토끼인지 지켜보기로 할까?"

우문설은 장기판을 들여다보는 훈수꾼처럼 흥미진진한 얼굴로 갈대밭으로 시선을 돌렸다.

날 서린 긴장과 병장기 부딪치는 소리가 갈대밭을 온통 헤집고 있었다.

챙챙.

밀려드는 칼날을 튕겨내며 일직선으로 전진을 거듭하던 조온의 얼굴이 꿈틀거렸다.

생각 외로 이들의 무력이 강력하기 짝이 없었다.

살상을 목표로 하는 것이 아니라 돌파를 목적으로 하고 있건만 저들의 무력이 그마저 쉽지 않게 했다.

차정선의 돌진이 점차 느려지는 중이었다.

무언가 돌파구가 필요했다.

"하아아―"

공중으로 몸을 솟구친 반류의 소매 끝에서 무수한 철정(鐵釘)이 발출되었다.

차정선의 창끝을 튕겨내던 검수들의 칼날이 꺼지듯 사라졌다.

어둠에 실린 암기가 무서운 위력을 발휘하기 시작한 것.

안타까운 것은 무한정하게 쓸 수 있는 무기가 아니라는 점이다.

넓게 포진해 있던 포위망이 드러난 그들을 향해 차츰 압축해 오고 있었다.

얼마나 많은 이들이 동원된 것일까.

베어도 베어도 끝이 없는 검수들이 차츰 진형을 갖추어가는 것이 보였다.

"정선아! 자리를 바꾸자!"

돌연 진영의 신형이 임교연과 반류의 머리를 뛰어넘어 차정선의 앞으로 날아갔다.

그와 동시에 차정선이 창대를 바닥에 꽂으며 탄력을 이용해 허공으로 몸을 날렸다. 진영의 신형과 공중에서 교차한 차정선의 몸이 진영의 자리로 사뿐히 날아 섰다. 거구에 어울리지 않는 새털 같은 움직임. 형제의 교감이 이루어낸 환상적인 몸놀림이었다.

진영의 두 손을 떠난 월아자 한 쌍이 갈대밭을 헤치며 날아들었다.

쉬이잉.

회선(回旋)의 원리로 던진 월아자가 열둘의 목을 하늘로 쏘아 올리며 진영의 손으로 되돌아왔다.

진영이 달리며 소리쳤다.

"류! 나와 함께 선두에 선다!"

진영의 부름에 답하듯 반류의 신형이 쑤욱 늘어나 선두에 섰다.

진영의 월아자와 반류의 암기가 전방을 향해 폭풍처럼 펼쳐졌다.

후방을 맡은 차정선의 흑창이 커다란 반원을 그리며 뒤쫓는 칼날을 튕겨내었다.

그들의 전진을 바라보던 우문설의 얼굴에 감탄의 빛이 일었다.

"허… 듣던 것보다 더하군. 저렇게 차륜(車輪)의 원리를 응용해 돌파하다니. 손발이 착착 맞는걸?"

그의 곁에 있던 수하가 조바심쳤다.

"전주님, 이대로는 희생이 너무 큽니다. 포위망을 넓혀 화공을 쓰는 것이 어떨는지요?"

"이봐, 오단주."

"예, 전주님."

"자네, 말이 많아졌군."

뜻하지 않은 지적에 오단주라 불린 사내의 얼굴이 창백하게 굳었다.

오단주는 바위에서 뛰어내려 깊숙이 몸을 숙였다.

명부전의 전주가 어떤 존재인지 잊고 말았다. 천패궁에 대항하는 자들을 소리없이 처리했던 도살 부대를 이끄는 그가 아니던가.

촌로처럼 편안히 대해주는 우문설의 태도에 긴장이 풀려 오단주는 넘어선 안 될 선을 넘은 것이다. 오단주의 몸이 부르르 떨렸다.

"속하가 미련하게도 전주님의 심기를 거슬렀습니다."

우문설의 날카로운 눈은 오단주가 아니라 갈대밭을 향해 있었다.

"알면 되었다. 자네가 나와 함께한 지도 십여 년이 넘었지?"

"예."

"참 지루한 기간이었어. 대드는 놈들도 별로 없고 그중에 쓸 만한 놈은 눈을 씻어도 찾기 힘들었다."

"……."

"난 지금 아주 흥겨운 기분이야. 이런 사냥을 하는 것은 정말 오랜만이거든. 되도록이면 내 흥취를 깨지 말게나."

"존명!"

"나도 화공을 하면 손쉽게 잡을 수 있다는 것을 알고 있다네. 난 지금 매우 궁금해. 왜 아무것도 없는 저 바위언덕으로 가려 하는지. 끝까지 가봐야 강물로 떨어지는 낭떠러지거든. 저들이 화살이 있다고 해봐야 우리를 저지할 수 있을 뿐이지, 벗어날 수는 없는 법. 일부러 무리를 하지 않아도 속셈은 곧 드러날 거야."

자신에게 들려주듯 느릿하게 말을 끝낸 우문설은 점차 뚫려져 가는 포위망을 바라보며 흐뭇한 웃음을 지었다.

"호랑이는 호랑이인 모양이군. 역시 사냥은 범 사냥이 제일 흥겹지."

수하들의 죽음은 아랑곳하지 않는 우문설의 행동에는 어딘가 비뚤어진 집착이 엿보였다.

"언덕에 거의 도착했군."

우문설의 말에 오단주도 슬쩍 고개를 숙인 채 시선을 돌렸다.

창과 칼, 월아자와 암기, 채찍과 검이 날뛰며 마침내 포위망을 벗어나 언덕을 향하는 것이 눈에 보였다.

'더 쉽게 잡을 수도 있는 것을……'

그러나 오단주는 윗전의 앞에서 속내를 드러낼 만한 애송이가 아니었다. 실수는 한 번으로 족하다.

"으하하! 오단주가 고대하는 화공을 써먹을 수 있겠군 그래."

"예?"

번쩍 고개를 든 오단주에게 우문설이 손을 들어 갈대밭 저편을 가리켰다.

"뒤처진 범이 한 마리 날뛰는군. 저놈은 화공으로 잡자구. 지시하도록 하게."

우문설의 손을 따라 고개를 돌린 오단주의 눈에 갈대밭의 한가운데를 달려오는 신형 하나가 눈에 띄었다.

검은 오의를 입고 쌍수도를 휘두르는 인물.

마차를 습격했던 묵룡혈수라는 자였다.

'왜 저기 있지?'

우문설이 혀를 찼다.

"저놈이 따로 행동하고 있는 줄은 또 몰랐군. 옷 모양이 비슷비슷해서 그놈이 그놈 같아 혼동했구만. 바보 같은 녀석이야. 같은 편의 발목을 잡아 우릴 도와주는군."

삐익— 삐비빅—

오단주의 입에서 호각이 울려 퍼지자 진영 등을 뒤쫓던 검수들이 넓게 갈라지며 의령에게 길을 내주기 시작했다.

"일대는 계속 언덕을 포위하라고 하고 나머지는 불을 놓게 하게. 자네가 직접 지시하게나."

"존명!"

오단주의 신형이 사라지자 우문설은 언덕으로 고개를 돌렸다.

"이제 어떻게 하는지 두고 보지."

포위망을 돌파해 언덕으로 향한 이들은 저 심의령이란 자를 구하기 위해 스스로 미끼가 된 자들이었다.

자신들을 유인한 보람도 없이 심의령은 다시 덫에 갇힌 바 되었다.

그들도 악전고투 끝에 갈대밭의 포위망을 뚫은 상태.

과연 다시 돌아와 심의령이란 자를 구할 것인가.

이제 그들의 위치와 역량은 자신들에게 빤히 노출되어 있었다.

다시 덤벼든다면 불길에 달려드는 불나방과도 같은 신세일 터.

우문설의 흥미는 최고조에 달했다.

"재밌게 되었어."

오단주의 지시에 따라 의령을 기준으로 넓게 포진한 검수들이 갈대밭을 빠져나와 불을 놓았다.

보통 사람의 키를 훌쩍 넘는 키 큰 갈대의 군락이 곧 세찬 불길에 휩싸였다.

타닥타닥.

불어오는 강바람을 따라 불길은 빠른 속도로 의령을 덮쳐 갔다.

삐익—

호각 소리에 화답하듯 의령의 뒤편에서도 불길이 치솟아오르기 시작했다.

의령을 가운데에 감싸고 엄청난 화마의 미친 바람이 몰아쳐 왔다.

불길에 포위된 의령은 덫에 갇혀 이리저리 날뛰는 상처 입은 호랑이와도 같았다.

전면의 불길을 돌파하려 했으나 그때마다 암기가 날아들어 뒤로 후퇴할 수밖에 없었다.

"저런 바보 같은 놈!"

포위망을 뚫고 언덕의 중턱에 올라서 있던 차정선의 입에서 비명 같은 신음이 터져 나왔다.

흑창을 곧추세우고 달려 내려가려는 차정선을 유성혼이 붙잡았다.

"형님, 기다리십시오."

"뭘 기다리라는 거냐? 저대로 의령이가 타 죽는 꼴을 보자는 거냐?"

"이대로 내려가면 함께 죽자는 것밖에 되지 않습니다."

차정선은 유성혼이 잡은 팔을 세차게 뿌리쳤다.

"너 정말 왜 이래? 아까도 아무 말 안 했다만, 의령이한테 너무하는 거 아니냐?"

차정선의 말에 충격을 받은 듯 유성혼의 손에서 힘이 빠졌다.

임교연에게 받은 충격과는 또 다른 고통이 유성혼에게 쏟아졌다.

"정선아! 너 미쳤냐?"

반류가 얼른 차정선을 만류하고 나섰다.

"내가 뭘? 니눔이 보기엔 성혼 저놈이 이상하지 않다는 거냐? 형제와 함께 죽는 걸 우리가 언제부터 두려워했다는 거야!"

"조용히 해!"

조온이 마침내 빽 소리를 질렀다.

"이런 위험한 때, 자중지란을 일으키자는 것이냐! 형님이 결정하실 문제다. 모두 입 닥치고 있어!"

조온의 말에 모두 입을 다물었다.

그러나 유성혼을 바라보는 차정선과 임교연의 눈에는 짙은 불신이 깔려 있었다.

"이렇게 하자."

진영이 무거운 입을 떼었다.

산 너머 산이랄까.

겨우 포위망을 벗어났더니 따로 몸을 피하길 바랐던 의령이 뒤따라와 다시 함정에 빠진 격이었다.

그러나 위급할 때 냉정을 되찾는 진영의 강점이 유감없이 발휘되었다. 맏형은 아무나 되는 것이 아니었지만 진영은 과연 대형이라 불리기에 모자람없는 사내였다.

"내가 정선이의 창대에 올라설 테니, 정선이가 날 저리로 던져라. 네 힘과 내 경신술이 합해지면 저기까지 단숨에 날아갈 수 있을 게다."

조온이 안 된다는 듯 고개를 저었다.

"무슨 말씀이십니까! 그게 가능하다고 해도 저 포위망을 어떻게 둘이서 뚫으신다는 겁니까! 우리 여섯으로도 겨우 뚫고 온 포위망입니다!"

"생각해 둔 게 있다. 더구나 지금 너희들 상태를 보아라. 너희까지 모두 내려갔다간 그야말로 다 죽는 수밖에 없어."

진영은 조용한 눈빛으로 다섯 아우들을 바라보았다.

모두가 거의 탈진한 기색이었다.

얕은 경상이라고는 해도 모두 빼곡히 부상을 입은 상태.

"하지만……."

"날 믿어라."

조온의 외눈이 진영의 눈을 바라보았다.

그도 안다. 다시 저 불길 속으로 내려감이 그들에겐 불가능하다는 것을. 저 불길 속에서 의령을 구해낼 가능성이 조금이라도 있는 사람은 진영뿐이 없다는 것을.

그러나 이건 아니다.

조온의 가슴은 답답하기 짝이 없었다.

어디서부터 잘못된 것이란 말인가.

점점 꼬여만 가는 상황에 조온은 미칠 것만 같았다.

"시간이 없다. 내가 저 속으로 뛰어들면 너희는 갖고 있는 화살을 모두 쏘아내라. 암기를 던지는 놈들을 주로 겨냥해."

진영은 언덕 밑을 둥글게 포위하고 있는 검수들을 바라보았다.

진영의 시선이 반류에게 돌려졌다.

"류, 너에게 나와 의령이의 목숨을 맡기마."

반류의 의아한 눈빛을 마주 보며 진영은 류의 어깨를 잡았다.

"다른 아우들이 화살을 날릴 때, 너도 함께 화살을 쏜다. 단 한 호흡 간격으로 계단을 이루듯 화살을 쏘아야 해. 그 화살을 딛고 의령이와 함께 불 속을 탈출할 거다."

"혀, 형님!"

"어려운 일이라는 것을 잘 안다. 하지만 조금이나마 가능성이 있는 방법은 이것밖에 없어. 네가 날리는 화살을 모두 명적으로 쏘아라. 그렇게 하면 화살을 놓치진 않을 게야."

아직 동이 트지 않아 시야가 밝지 않은 가운데 불타오르는 갈대밭 속에서 날아오는 화살을 딛고 경공을 전개한다는 것은 위험천만한 일이었다.

명적의 소리를 듣고 위치를 파악한다고 해도 위험하긴 마찬가지.

어쩌면 자신의 손으로 진영이나 의령을 맞출 수도 있었다.

반류는 꿀꺽 마른침을 삼켰다.

"걱정 마라. 날 믿어."

진영이 믿으라는 말을 이렇게 많이 한 적은 없었다.

반류는 힘차게 고개를 끄덕였다.

"절 믿으십시오, 형님!"

"그래."

진영은 싱긋 웃음을 짓고 다른 아우들을 둘러보았다.

진영의 시선이 차정선에게 멎었다.

"그럼 우리 정선이 힘이나 한번 볼까?"

차정선은 많은 말들이 담긴 눈으로 진영을 바라보았으나 곧 흑창을 움켜쥐었다.

"걱정 마슈."

손바닥에 퉤 하고 침을 뱉은 차정선이 흑창을 바닥에 드리웠다.

진영은 가볍게 창두에 올라섰다.

진영의 시선이 조온을 향했다.

"활을 쏘는 시기는 네가 결정해라."

"반드시… 살아오슈. 아니면 우리가 모두 죽으러 갈 테니."

"이후는 네가 상황을 보아 결정해라. 언덕의 정상에 뾰족한 바위 하나가 솟아 있다. 그 바위 밑으로 절벽을 내려가면 한쪽 구석에 동혈(洞穴)이 있다. 복잡한 동굴이지만 너라면 혼자서도 방향을 잡을 수 있을 것이다. 노간주나무가 입구를 가리고 있으니 잘 찾아야 할 거다. 개봉 쪽으로 통하는 천연 동굴이야. 우리의 마지막 퇴로니 명심하도록 해라."

절벽 가운데 동굴의 입구가 있다는 진영의 말에 조온의 눈이 커졌다. 역시 진영은 그의 기대를 저버리지 않았던 것. 조온은 크게 고개를 끄덕였다.

"알아는 두겠지만 혼자서 갈 생각은 없소. 우린 함께 가는 거요."

조온에게 미소를 던진 진영은 차정선에게 소리쳤다.

"던져라!"

진영의 말에 차정선은 장작을 도끼로 단숨에 쪼개듯 흑창을 어깨 너머로 뒤집어 후려쳤다.

창대가 부러질 듯 원을 그리며 부르르 떨렸다.

차정선의 신력(神力)을 이용해 최대한 몸을 가볍게 한 진영의 신형이 화살이 날아가듯 언덕 밑으로 쏟아져 낙하했다.

"준비해!"

진영을 바라보던 조온이 짧게 소리쳤다.

모두 전통과 활을 고쳐 잡고 화살을 날릴 준비를 시작했다.

언덕 위에서 화살처럼 신형을 날려오는 진영을 바라보며 우문설은 감탄성을 내뱉었다.

"허…… 장관이로고."

삼십여 장이 넘는 거리를 유성이 떨어지듯 단숨에 훌훌 날아 내리는 것은 다시 보기 힘든 일대 장관이었다.

그들의 움직임은 우문설의 예상을 모두 피해가는 것이었다.

한꺼번에 달려 내려오거나 몸을 빼리라 생각했건만.

단 한 명만이 말도 안 되는 방법으로 포위망을 지나 불길 속으로 날아 내리고 있었다.

"그래, 그런 방법도 있구만. 절정에 이른 경신술과 천고의 역사(力士)가 있어야 가능하겠지. 허허."

우문설의 눈이 장난감을 받은 아이처럼 즐거운 호기심으로 빛났다.

"그럼 불 속은 어떻게 빠져나갈 생각일꼬…… 이거 정말 흥미진진하군."

낄낄거리는 우문설의 눈빛 깊숙이 차가운 계산이 번뜩였다.

우문설의 몸이 바위에서 내려섰다.

한편, 진영의 신형은 불길을 훌훌 넘어 무사히 착지에 성공했다.

차정선을 믿고 시도한 일이었지만 진영은 차정선의 힘에 다시 한 번 감탄했다. 그가 아니었다면 엄두도 내지 못할 일이었다.

자욱한 연기 사이로 피와 땀에 흠뻑 젖은 의령의 모습이 보였다.

"혀… 형님."

의령의 눈은 복잡한 감정이 뒤섞여 심하게 흔들렸다.

천신(天神)이 하강하듯 허공을 훌훌 날아 내린 진영.

그를 향해 말없이 웃어주는 진영의 앞에서 의령은 아무 말도 할 수 없었다.

무어라 말하겠는가.

이무력을 토막 내며 이성을 잃어 시간을 허비했다.

뒤늦게 형제들을 따라와 오히려 발목을 잡은 꼴이 되었다.

그로 인해 다시 사지(死地)에 뛰어든 진영에게 형언할 수 없는 감정의 파도가 밀려왔다.

의령의 몸을 살펴보던 진영은 툭툭 어깨를 두드려 주었다.

"내상이 심하구나."

"예······."

"좀 있으면 명적 소리가 연달아 울려 퍼질 게다. 그 화살을 징검다리로 불길을 뛰어넘어 빠져나갈 거다. 잘하면 포위망도 단숨에 넘을 수 있을 거야."

의령은 날아오는 화살을 디딜 정도로 경신술을 전개할 수 있는 몸이 아니었다.

이십팔명부진에 입은 타격에 거듭한 무리로 그의 내부는 심하게 뒤엉킨 상태였다.

혼자서 빠져나가시라 말하려 했건만 진영의 따뜻한 눈빛이 의령의 말을 막았다.

"믿어라. 류의 활솜씨는 중원최고야. 그렇지?"

"···예."

진영이 의령의 손을 잡았다.

한없이 따뜻한 손이었다.

"최대한 몸을 가볍게 해라."

"예."

"가슴을 펴고 정신을 가다듬어라. 우리가 성공해야 아우들이 무사하다."

"예!"

"좋이!"

진영과 의령은 불길 너머 언덕 저편을 바라보았다.

곧 귀청을 찢는 명적의 울부짖음이 시작되었다.

끼이이이이야아아아아—

"준비해··· 지금이다!"

의령의 허리를 잡은 진영의 신형이 두 길이 넘는 불길을 훌쩍 뛰어넘었다. 진영은 발 밑으로 날아든 명적의 화살대를 정확히 걷어찼다.

핑.

진영과 의령의 신형이 불길을 뚫고 십여 장을 건너뛰어 날아갔다.

그들의 발 밑으로 암기를 뿌려대던 천패궁도가 언덕 위에서 내리꽂히는 화살들을 튕겨내는 것이 보였다.

명적의 울부짖음에 화살이 날아오는 소리를 놓친 검수들은 산적처럼 꼬여 바닥에 뒹굴었다.

모두 납작 바닥에 엎드린 꼴이 통쾌하기 짝이 없었다.

핑.

지상을 향해 신형이 떨어지려 할 때, 진영의 오른발에 정확히 날아드는 명적. 진영은 힘차게 발을 굴렀다.

진영과 의령의 신형이 다시 허공에 떠올라 언덕을 향해 쏘아져 날아갔다.

그때였다.

지상에서 엄청난 광소가 터져 나왔다.

"우하하하하! 호랑이가 아니라 기러기 사냥이로다―!"

그와 동시에 붉은 광채가 번쩍 빛나며 진영과 의령을 향해 폭죽 같은 장세(掌勢)가 폭발했다.

우문설의 혈리파였다.

진영의 월아자가 붉은 장세를 맞아 허공을 갈랐다.

꽈릉―

엄청난 폭음이 울리며 진영과 의령의 신형은 이제까지의 궤도를 벗어나 옆으로 튕겨 나갔다.

충돌의 탄력을 이용해 진영의 신형이 비스듬하게 언덕을 향해 경공을 전개했지만 반류가 쏘아 보낸 명적은 헛되이 허공을 지나쳤다.

우문설의 혈리파가 때를 놓치지 않고 진영을 향해 쉴 새 없이 쇄도했다.

연이은 십이장(十二掌)을 막아냈지만 진영의 신형은 서서히 추락하기 시작했다. 더 이상 진기의 흐름이 이어지지 않았던 것이다.

낭패한 기색으로 바닥에 내려선 그들 앞에 우문설이 너털웃음을 지으며 천천히 다가왔다.

"허허, 아주 즐거웠어. 이제 사냥의 막바지로군."

진영은 양손에 월아자를 고쳐 잡으며 의령에게 전음을 보냈다.

―가볍게 움직이지 말아라.

언덕을 둘러쌌던 검수들과 서서히 다가서는 우문설 등에게 앞뒤로 포위당한 진영과 의령. 둘을 둘러싸고 빽빽한 그물망이 펼쳐졌다. 모습을 보이지 않던 이십칠도객이 우문설의 좌우로 늘어섰다.

진영의 눈에 어두운 기색이 드리워졌다.

'어째 포위망이 느슨하다 했더니 이들이 빠져 있었군.'

우문설은 의령에게 말을 건넸다.

"어이! 자네 혀처럼 매운 맛을 보여준다더니 왜 잠잠한가? 맵기는커녕 싱겁기 그지없구먼!"

우문설의 놀림에 주위를 둘러싼 천패궁도들 사이에서 가벼운 웃음이 터져 나왔다.

완전히 독 안에 가둔 쥐를 놀리는 형국.

의령은 부드득 이를 갈았다.

우문설은 진영을 향해 빙긋 웃음을 흘렸다.

"이제까지의 책략은 모두 자네 머리 속에서 나왔겠지? 덕분에 아주 유쾌한 한때를 보냈네. 이제 저 언덕 위의 꼬마들은 내려오는가? 아니면 도망가는가?"

우문설은 슬쩍 눈을 돌렸다.

언덕 위의 움직임이 궁금했던 것.

사냥의 막바지에 다다랐다고 방심한 것이 그의 실수였을까.

진영은 바늘 틈 같은 그 기회를 놓치지 않았다.

진영의 손을 떠난 두 개의 월아자가 허공을 빙그르르 회전하며 이십칠도객을 휩쓸었다. 그의 구명절초(求命絶招) 월아참이었다.

"이런!"

누군가의 탄성과 함께 귀를 찢는 거북한 소리가 갈대밭을 가득 메웠다.

가가가가각—

월아자와 칼날이 부딪치는 엄청난 소음을 뚫고 무언가 허공을 가로지르는 기음(奇音)과 함께 천지를 울리는 폭음(爆音)이 터졌다.

쒸우웅— 콰쾅!

갈대밭 한쪽에서 검은 연기가 엄청난 기세로 피어오르기 시작했다.

삽시간에 퍼져 나가 단숨에 갈대밭을 뒤덮는 검은 연기. 회회교의 흑루탄이었다.

한 치 앞이 보이지 않는 검은 연기 사이로 우문설이 미친 듯 고함을 내질렀다.

"제엔장할! 놈들을 잡아! 놓치지 마라—!"

소란스런 갈대밭을 뚫고 의령의 허리를 낚아챈 진영의 신형이 허공으로 치솟았다.

'회회교? 누군가 우리를 돕고 있다.'

생각은 이후의 몫이다.

진영은 전속력으로 언덕을 향해 경공을 펼쳤다.

언덕을 포위한 검수들의 사이를 무사히 빠져나가 오르막길에 접어들 찰나.

"거기까지다―!"

우문설의 고함과 함께 쾅 하는 거대한 폭음이 울렸다.

절정에 다다른 우문설의 이목은 흑루탄만으로도 완전히 가리지 못한 것이다.

진영의 입에서 울컥 핏줄기가 솟구쳤다. 온몸이 갈기갈기 찢어지는 듯한 엄청난 고통이었다.

우문설의 장력(掌力)이 소리없이 진영의 등 뒤를 덮쳤던 것. 의령을 보호하느라 운신이 자유롭지 못했던 진영은 우문설의 소리없는 암격을 몸으로 받아낼 수밖에 없었다.

그 와중에도 몸을 틀어 의령을 보호하는 데는 성공했지만 진영의 의식은 암흑 속으로 가라앉고 있었다.

'아… 안 돼…….'

"형님!"

의령의 당황한 목소리가 아득히 멀어졌다.

언덕의 초입에 떨어진 의령과 진영의 앞에 일단의 무리가 나타났다.

그들은 진영과 의령을 잡아채어 날 듯이 몸을 날렸다.

갈대밭을 휩쓴 검은 연기가 뭉클뭉클 새벽의 여명을 덮고 있었다.

26장 황토에 부는 바람

또옥—! 똑!

조용한 물방울 소리가 유난히 크게 들린다.

컴컴한 동굴 속에 십여 명의 사람들이 침중한 얼굴로 바닥에 누운 한 사람을 둘러싸고 앉아 있었다.

그들의 가운데에 누워 정신을 잃고 있는 이는 다름 아닌 진영이었다.

진영의 손목을 잡고 있던 노인이 무거운 한숨을 내쉬었다.

"후우……."

그의 한숨에 의령 등의 얼굴이 창백하게 굳었다. 십여 명의 인물들 중 여섯은 바로 진영의 아우들이었던 것이다.

"남 장로님, 상태가 어떻습니까?"

노인의 옆에 있던 중년인이 조심스럽게 입을 열었다. 노인의 말이 죽음의 선언이라도 되는 듯 한마디도 못하고 있는 이들이 안쓰러워 꺼낸 질문이었다.

그만큼 진영의 상태는 위험해 보였다. 우문설의 혈리파를 정통으로 얻어맞은 그에겐 당연한 결과일지도 몰랐다. 우문설은 천패궁에 대항하는 자들만을 전문적으로 척살해 온 명부전의 수장이 아닌가.

노인은 생각을 정리하는지 지그시 눈을 감고 말이 없었다.

중년인은 의령이 우연히 구해낸 고화를 맡긴 현무교의 개봉 총책 여우량(呂優良)이었다.

의령이 구한 남고화는 현무교의 대장로(大長老) 남옥당의 친손녀였으며 남옥당은 그를 아는 모든 현무교도에게 진심 어린 존경을 받는 교의 원로였다. 교를 위해 자신의 친손녀를 가장 위험한 자리에서 일하게 했고, 그 손녀가 천패궁의 손에 넘어갔을 때도 교의 안전을 위해 교도들의 자중을 당부했던 이가 남옥당이었다.

의령을 주점으로 안내하고 고화를 침상에 눕힌 여우량은 이 사실을 제일 빠른 수단으로 남옥당에게 알렸다.

친딸같이 여겼던 고화가 목숨을 건진 것은 여우량에게도 견줄 바 없는 크나큰 기쁨이었다. 그런데 고화의 외상을 치료하기 위해 시비(侍婢)를 독촉하던 중 뜻밖의 보고가 들어와 여우량의 마음을 다급하게 했다. 주점에서 독비와 함께 술을 먹던 의령이 이무력의 소식을 듣고 순식간에 사라졌다는 보고였다.

이무력이 개봉에서 가까운 기현을 통과하고 있다는 소문은 여우량도 알고 있었다. 의령에게 그것을 전하지 않은 것은 천패궁의 음모가 느껴졌기 때문이었는데 의령이 주점에서 그 소문을 접하리라고는 상상도 하지 못했던 것. 정보를 다루는 그에게는 뼈아픈 실수였다.

고화를 구하고 싶지 않은 교도가 어디 있었던가.

남옥당의 엄명이 아니었다면 이미 교세를 드러내 천패궁에라도 침입을 했을 터였다.

그런 고화를 구해준 은인인 의령이 위험에 빠지게 할 수는 없는 일이었다.

은원이 분명하지 않으면 강호를 살아갈 자격이 없다고 생각하는 이가 여우량이었다.

다급히 수하들을 모아 기현으로 출발하려 할 때, 남옥당이 곧 당도한다는 선서가 도착했다.

그로 인해 출발이 늦어진 것이 지금의 결과였다.

여우량은 땅이라도 치고 싶은 심정이었다.

은인으로 생각하는 의령에게 일이 생긴 것은 아니었으나 소교주인 금지민과 부부의 관계라고도 할 수 있는 진영이 생사를 넘나드는 큰 부상을 당했다.

격전의 와중에 도착했으나 그나마 이쯤으로 희생을 줄였던 것은 의령 등이 천패궁의 제남 분타를 습격할 때 현무교에서 빼낸 흑루탄 덕분이었다. 금지민의 치밀한 안배로 현무교에서는 개량된 흑루탄을 다량 확보했던 것이다.

갈대밭에서 진영과 의령이 생사의 위기에 처했을 때, 현무교의 견착포를 이용해 흑루탄을 터뜨린 사람이 여우량이었다. 교에서는 견착포의 사용을 엄금하고 있었으니 여우량으로서는 문책을 각오한 모험이었다.

다행히 진영과 의령을 구해 언덕을 달려 내려오던 조온 등과 합류한 남옥당 일행은 진영이 말한 벼랑에 감춰진 동혈로 잠입했던 것이다.

그동안 침묵을 지키던 남옥당의 무거운 입이 어렵게 열렸다.

"지금 진 대협은 살아 있다 할 수 없는 상태요."

"그게 무슨 말씀이십니까? 형님이 돌아가셨다는 겁니까!"

조온의 비통한 질문에 남옥당은 고개를 저어 부정했다.

"그건 아니외다. 진 대협은 우문설의 한 수에 기경팔맥(奇經八脈)이 모두 끊어진 상태요."

남옥당의 말에 의령 등은 절망 어린 표정으로 진영의 얼굴을 바라보았다.

그중에서도 의령은 자신의 책임이라는 자책으로 무겁게 굳어 있었다.

"저 때문에……."

갑자기 유성혼의 무서운 얼굴이 의령을 향했다.

"도대체 무엇 때문에 관목 숲으로 오지 않은 것이냐?"

"지금 그런 걸 꼭 얘기해야 하나요?"

임교연의 날 선 음성에도 아랑곳하지 않고 유성혼은 무섭게 추궁했다.

"대답해라! 무엇 때문이냐?"

"오라버니!"

"닥쳐! 형님이 우리에게 어떤 분인지 몰라서 하는 말이냐? 형님이 아니었으면 너나 나는 지금 이렇게 살아 있지도 못할 것이다!"

유성혼의 매운 일갈에 임교연도 더 이상 말을 하지 못했다.

의령의 창백한 입술이 서서히 벌어졌다.

"곧 합류하려고 했었습니다. 그런데……."

"그런데!"

"마차 문이 열리며… 이무력이 나타났습니다. 그 얼굴을 보는 순간……."

"우리까지도 잊고 말았다 이 말이냐?"

유성혼의 추궁에 의령의 고개가 툭 떨어졌다.

"……예."

"이 자식!"

유성혼의 주먹이 의령의 얼굴에 꽂혔다.

의령의 입에서 피가 튀었다.

"무슨 짓이냐!"

조온의 쩌렁쩌렁한 일갈이 동굴을 울렸다.

그러나 유성혼의 말은 가차없었다.

"형님은 끝까지 너를 믿으셨다. 내가 이무력에게 복수하느라 우리를 잊었을지도 모른다고 말씀드리자 뭐라고 하셨는지 아느냐?"

유성혼의 말속에 묻힌 떨림을 느낀 조온은 입을 다물었다. 그 마음을 그라고 왜 모르겠는가.

"형님은 '난 의령이를 믿는다' 고 하셨다. 네놈을 믿는다고 하셨단 말이다!"

유성혼의 두 볼엔 가는 눈물이 흘러내리고 있었다.

그것을 본 조온도, 차정선도, 임교연도, 반류도 아무 말이 없었다.

의령의 눈에서도 굵은 눈물이 툭툭 떨어졌다.

"한 번 잊었으면 그대로 몸을 피할 것이지 왜 우릴 따라왔느냐! 네놈이 뒤늦게 오지만 않았어도! 네놈이 조금만 냉정히 움직였어도!"

유성혼의 말은 계속되지 않았다.

복받친 슬픔이 그의 말을 빼앗은 것이다.

그때였다.

"으음……."

"형님!"

정신을 잃고 바닥에 누워 있던 진영이 무거운 신음 소리와 함께 눈을 떴다.

눈꺼풀에 너무나 무거운 철추라도 매달고 있는 듯 어렵게 떠진 눈이었다. 조금의 초점도 잡히지 않는 뿌연 눈이 깜박였다.

"모, 모두 무사한…… 가?"

조온이 진영의 손을 꼭 쥐었다.

"그렇습니다, 형님!"

진영의 입가에 언뜻 미소가 피어올랐다.

"온… 이냐?"

"예, 형님. 말씀을 아끼십시오."

"의령이… 는?"

"저 여기 있습니다, 형님!"

진영의 부름에 의령이 무릎걸음으로 다가서 손을 잡았다.

진영의 입가에 희미한 미소가 드리워졌다.

"다행… 이다. 한 학사님과의 약속을 못… 지킬 뻔했어……."

기침 소리와 함께 진영의 몸이 들썩였다.

"그만 말씀하십시오. 상처에 좋지 않습니다."

조온의 말에 진영은 힘없이 고개를 저었다.

"내… 몸은 내가… 잘 안… 다. 이제 갈 때가… 되었… 어……."

의령의 눈에서 툭툭 눈물이 떨어졌다.

"얘… 들아……."

"말씀하십시오, 형님……!"

조온은 자신도 모르게 음성이 떨리고 있음을 알았다. 진영의 시선은 자신을 향해 있었으나 자신을 바라보지는 못하고 있었다. 이렇게 이별이라는 말인가.

"의령이를… 도와 한 학사님과의 약속을… 지켜… 라. 너희들은… 나… 처럼 후회를 남기지 말아… 라……. 항상 대의(大義)를……."

그 말을 끝으로 진영의 무거운 눈이 내려앉았다.

"형님—!"

동굴 안에 조온 등의 애끓는 부름이 울려 퍼졌다.

그들을 바라보며 남옥당이 차분히 고개를 저었다.

"진정들 하십시오. 다시 의식을 잃으셨을 뿐입니다."

"도, 돌아가신 것은 아니겠지요?"

임교연이 울음 섞인 목소리로 묻자 남옥당은 가볍게 고개를 끄덕였다.

"아직은… 그렇습니다."

"아직은이시라면, 곧 돌아가신다는 말씀입니까?"

차정선이 급하게 물었다.

"사실 정신을 차리시리라곤 생각도 못했소이다. 아우들을 생각하시는 마음이 그만큼 크셨나 보구려. 기경팔맥이 모두 끊기고 십이정경(十二正經)이 폐쇄된 상태외다. 한 가닥 생기(生氣)만을 보존시킨 상태요. 이 상태를 유지하는 것이 노부가 할 수 있는 최선이오. …일단 이곳을 피해 소교주께로 갑시다."

"소교주시라면?"

진영의 옛 연인이라던 금지민을 떠올린 조온의 질문에 남옥당은 고개를 끄덕였다.

"예. 진 대협의 사매이신 그분입니다."

"무슨 방법이 있을까요?"

"그분이시라면……."

둘의 대화를 가로막고 여우량이 나섰다.

"잠시!"

"무슨 일인가?"

고개를 돌린 남옥당에게 여우량은 즉시 답을 하지 않고 동굴 바닥에 귀를 바싹 들이댔다.

신중히 동굴 바닥에 귀를 대었던 여우량이 다급히 고개를 들었다.

"아무래도 동굴 입구가 발견된 듯합니다."

"벌써? 밖에 남은 교도들이 남쪽으로 자취를 남기기로 했지 않은가?"

"잊으셨습니까? 우리를 쫓는 자는 다름 아닌 우문설입니다."

남옥당의 얼굴에 근심이 지나갔다. 남옥당은 몸을 일으키며 조온에게 고개를 돌렸다.

"이 동굴이 어디로 향해 있는지 정확히 아십니까?"

"형님께서 개봉 근처라고만 하셨습니다."

"이런 동굴은 자연이 제공한 미로(迷路)이기 쉬운데 방향을 구분할 수 있을까요?"

"그건 제게 맡기시면 됩니다."

"그럼 어서 이곳을 벗어납시다."

바닥에 눕힌 진영을 조심스레 등에 업은 이는 차정선이었다.

조온을 선두로 한 일행이 총총히 동굴 속으로 사라져 갔다.

"어떤가?"

횃불을 밝혀 들고 동굴 바닥에 몸을 숙여 꼼꼼히 살피던 오단주가 몸을 일으켰다.

추적의 능력을 인정받아 오늘의 자리에 오른 이가 그였다.

그런 만큼 확신에 찬 음성이었다.

"한 식경쯤 거리가 벌어져 있는 듯합니다. 부상자도 있으니 금세 따라잡을 수 있을 것입니다."

"좋아! 이십팔도객과 오단주만 함께 간다."

우문설은 짧게 명령하고 오단주를 향해 눈짓을 보냈다.

오단주를 선두로 우문설과 스물일곱의 도객들이 몸을 날렸다.

습기가 가득한 동굴은 흔들리는 횃불로 인해 지옥으로 향하는 입구처럼 너울거렸다.

천장에서 바닥으로 바닥에서 천장으로 자라난 종유석들이 침을 흘리는 짐승의 이빨처럼 번뜩였다.

이런 동굴이 절벽 중간에 숨겨져 있을 줄은 우문설조차 예상치 못했다.

언덕 위까지는 흑루탄의 위력이 미치지 않은 것이 그를 도왔다.

종적이 사라진 그들을 쫓아 혹시나 하여 언덕 위로 오단주를 보내보았던 것인데 그것이 적중했나.

언덕으로 탈출로를 삼았던 것이 그제야 납득이 갔다.

'정말 대단한 놈이로고.'

진영이라 했던가.

그들의 신상을 적은 기록이 떠올라 우문설은 비릿한 웃음을 지었다.

갑작스런 흑루탄의 폭발로 잠시 그의 눈을 피했지만 진영이라는 자는 그의 손속을 결코 피하지 못했다.

어쩌면 지금쯤 시체가 되어 있을지도 몰랐다.

그의 혈리파는 내부에서 육체를 파괴하는 기공이었으니.

우문설의 즐거움은 끝나지 않았다.

아직 사냥은 마무리를 하지 못한 것이다.

스물아홉의 그림자가 휙휙 동굴 속을 가로질렀다.

조온은 잠시 신형을 멈추었다.

그를 따라오던 이들도 조온의 곁에 내려섰다.

수직의 구멍을 지나 비스듬히 아래로 향하던 동굴의 폭이 갑자기 넓어지며 여러 갈래의 갈림길이 나타났던 것이다.

이 동굴은 남옥당이 예상한 대로 미로임이 틀림없었다.

횃불을 들고 있던 조온은 반류를 손짓해 그것을 건네었다.

조온은 행낭에서 어른의 손바닥만한 둥그런 원반을 꺼내 손바닥에 받쳐 들고는 반류에게서 다시 횃불을 받아 들었다.

남옥당의 얼굴에 감탄이 떠올랐다.

"그건 지남철(指南鐵)이 아니오?"

"맞습니다."

"허……."

윤도(輪圖)라고도 불리는 지남철은 집터를 정할 때 풍수가(風水家)가 사용하는 방위 측정 기구이다. 한(韓)대에 이미 풍수점(風水占)을 치기 위해 쓰였다는 그것은 가운데에 놓인 자석을 이용해 팔괘(八卦)와 십간십이지(十干十二支)로 방위를 구별할 수 있게 만든 물건이었다.

무인이 지남철을 사용하는 것은 남옥당에게 정녕 뜻밖의 일이었다.

다급한 상황이었음에도 조온이란 사내에 대한 궁금증이 은연중 피어났다. 원래 풍수가나 지관(地官)이었단 말인가.

침착하게 지남철을 바라보던 조온이 고개를 들었다.

"개봉은 이곳에서 서북 방향이니 건방(乾方)으로 가야 합니다. 저쪽 동굴로 가도록 하지요."

두 번째 동혈의 입구를 조온이 가리켰다. 남옥당은 그의 말에 한 생각이 떠올라 의문을 던졌다.

"저곳은 단지 동굴의 입구일 수도 있지 않소이까? 안으로 들어가면 방향이 바뀔 수도 있소이다."

일리있는 지적이었으나 조온은 단호히 고개를 저었다.

"형님께서 제게 이 동굴을 말씀해 주시며 개봉 방향으로 통한다고 하셨습니다. 제가 혼자서도 방향을 잡을 수 있다고 하셨지요. 이 동굴을 모르는 제게 그 말씀을 하셨다면 제가 지남철을 쓸 것이라 염두에 두셨을 겁니다. 그러니 저곳이 틀림없습니다."

조온의 말에는 진영에 대한 절대적인 신뢰가 배어 있었다.

남옥당은 그의 말에 더 이상 토를 달 수가 없었다. 그것은 진영에 대한 실례였기도 했기에.

이때, 유성혼이 남옥당에게 다가왔다.

"혹시 폭약을 가지고 계시지 않습니까? 이곳은 적의 추격을 끊기에 적합해 보입니다."

현무교의 유명한 무기 천뢰를 염두에 두고 묻는 말이었다.

천뢰는 한 알로 이십여 장을 초토화시킬 수 있다고 알려진 강력한 폭탄이었으니 혹여 폭약을 가지고 있을지도 모른다고 여겼던 것이다.

여우량이 고개를 저었다.

"견착포와 천뢰가 있긴 하지만 여기서 터뜨릴 수는 없소이다. 자칫 하다간 동굴 전체가 무너져 우리까지 생매장을 당할 우려가 있소."

유성혼은 묵묵히 고개를 끄덕였다.

지반이 약한 동굴임은 그도 느끼고 있었다.

이렇게 폐쇄된 공간에서 이십 장을 날려 버리는 폭탄이 터진다면 동굴이 모두 붕괴할 수도 있다는 말은 실현 가능성이 큰 지적이었다.

"아직은 저들과의 거리가 여유가 있을 게다. 그들은 다수인데다 앞으로는 미로가 전개될 테니. 이곳부터 철저히 자취를 지우고 이동하자."

조온의 말에 고개를 끄덕인 유성혼이 뒤에 남아 자취를 지우기로 했다. 섭혼술로 다져진 그의 안력(眼力)이 형제들 중 가장 강했기 때문이었다.

일행은 조온을 선두로 두 번째 동혈로 빠르게 이동하기 시작했다.

자취를 지우며 맨 뒤를 따르던 유성혼이 임교연을 따라 바로 앞에 가는 의령에게 전음을 던졌다.

─할 말이 있다.

고개를 돌려 유성혼을 바라본 의령이 대답했다. 그의 음성에는 좀 전에 유성혼에게 얻어맞은 반감은 엿보이지 않았다. 온전히 자신의 잘못이라 인정하고 있었기에 고통스러울 따름이었다.

─말씀하세요.

─임매를 어찌 생각하고 있느냐?

뜻밖의 질문에 의령은 잠시 침묵을 지켰다.

한때, 그녀에게 호감을 느꼈던 적은 있었지만 그뿐이었다.

뇌호혈이 막혀 환상이 보일 때, 동생들로 착각한 적도 있었지만 그뿐이었다. 그녀는 그에게 의형제의 연을 맺은 누이였다.

―지금 상황에서 적당한 말씀은 아닌 듯합니다.

―그런 판단은 내가 한다!

유성혼의 앞을 달리던 의령의 등이 흠칫했다. 유성혼의 전음에 실린 거친 기운 속에 묘한 적의가 느껴졌기 때문이다. 그로서는 이유를 알 수 없는 적의였다.

―그분은 제게 한 분뿐인 누이입니다.

의령의 대답에 유성혼은 짧게 침묵했다.

무언가 망설이는 듯하던 유성혼의 전음이 잠시 후 이어졌다.

―그 애는 너를 형제 이상으로 보고 있다.

의령의 신형이 멈칫했다.

―그게 무슨 말씀이십니까?

마음을 정한 듯 경공을 펼치며 흘러나오는 유성혼의 말은 흔들림이 없었다.

―교연은 널 한 사람의 남자로 보고 있다.

의령의 침묵이 이어졌다.

―역시 지금 하실 말씀은 아닌 듯합니다.

유성혼의 전음엔 어딘가 시원스러운 듯 홀가분한 기색이 느껴졌다.

―일고민 있기리. 네가 모르는 듯해 알려주는 것이다.

의령은 왜 지금 그런 말을 하는지 알 수 없었다. 진영이 생사의 위기에 처해 있고 천패궁에 추격을 당하는 이 다급한 상황에.

―의령아.

―예, 형님.

─아까는 미안했다.

─아닙니다, 형님. 저는 맞아 죽어도 할 말이 없습니다. 저 자신만 생각하다 형님들이 위험에 빠졌습니다. 정말 면목이 없습니다.

─너는 진영 형님의 믿음을 헛되이 하지 말아야 한다.

─뼛속 깊이 새겨 잊지 않겠습니다.

─나도 널 믿는다.

성혼의 전음에 의령의 가슴이 벅차올랐다.

─…다시는 실망시켜 드리지 않겠습니다.

의령은 마음이 한결 가벼워지는 것을 느꼈다.

사내들끼리의 최고의 찬사는 '믿는다'라는 짧은 한 마디다. 그 한 마디에 함축된 수많은 정리는 구구하게 늘어놓을수록 빛이 바래는 법. 의령은 단단히 마음을 다졌다. 다시는 그를 믿는 이들을 실망시키지 않으리라. 사슴을 쫓느라 산을 보지 못한 잘못은 오늘 이후로 없으리라 굳게 다짐하는 의령이었다.

조온을 선두로 한 일행은 구불구불 이어지는 동굴의 통로를 계속 달리고 있었다.

"왜 그러나?"

사방에 밝혀 든 횃불의 가운데에 우뚝 선 우문설이 한가하게 말을 건넸다.

그의 경쾌한 말투엔 긴장감이 보이지 않았다.

가벼운 흥분과 정제된 살기만이 내비칠 뿐이었다.

"자취를 감추기 시작했습니다."

오단주가 신중히 바닥을 더듬으며 대답했다.

그들은 조온이 방향을 잡느라 멈춰 섰던 자리에 넓게 포진해 서 있었다.

어디선가 흐르는 물소리만이 들려오고 있었다.

"놈들은 이곳을 지난 것이 분명합니다. 저 동굴 중에 한곳을 선택했거나 서로 갈라졌겠지요."

"그런가?"

지나가는 듯 말을 꺼낸 우문설이었지만 오단주는 내심 바싹 긴장하고 있었다.

갈대밭에서 크게 경각심을 느낀 그는 말 한마디도 숙고하며 뱉어내는 중이었다.

"이곳에서 잠시 멈추었던 것으로 보입니다. 그들도 이 동굴에 대해 자세히 알지는 못하는 듯 보입니다."

"그들을 이끌던 자는 지금쯤 죽었거나 사경을 헤맬 것이다. 그 외에 지리에 익숙한 자가 있지 않다면 무작정 도망치고 있다고 봐야겠지."

오단주의 신형이 신중하게 다섯 갈래로 갈라진 동굴의 입구를 꼼꼼히 훑어갔다.

이곳에서 자취를 놓치거나 분명한 보고를 하지 못했을 경우에는 그에게 문책이 떨어질 것이 분명했다.

유유한 듯 보이는 우문설의 숨은 살기가 그의 신경을 날카롭게 건드렸다.

모든 동굴 입구를 일일이 확인한 오단주는 우문설의 곁으로 다가가 정중히 머리를 숙였다.

"다섯 곳 모두 별다른 자취가 발견되지 않았습니다. 다만, 왼쪽에서 두 번째 동굴 천장에 미세한 그을음이 있습니다."

자신의 의견을 밝히지 않은 것은 만약을 대비하기 위한 신중함이었다.

우문설은 오단주의 보고에 가볍게 고개를 끄덕였다.

"그곳으로 간다."

너무나 간단한 결정에 오단주는 왠지 반문을 하고 싶었으나 꾹 눌러 참았다.

절도있게 몸을 돌려 앞장서려는 오단주의 뒤통수에 우문설의 목소리가 들렸다.

"조금 나아졌군."

자신의 태도를 칭찬하는 것일까.

오단주는 반문하지 않기를 잘했다고 내심 가슴을 쓸어 내렸다.

"자취를 감추었다고 해도 천장에 생긴 그을음까지 어쩌지는 못했을 거야. 그들은 지금 조급할 테니까."

우문설은 오단주를 앞세워 출발하며 마지막으로 입을 열었다.

"다른 가능성이 있다고 해도 여기서 인원을 나누는 것은 바보 같은 짓이지. 동굴 안쪽에 계속 흔적이 남아 있지 않은 경우는 되돌아와 다른 동굴을 찾으면 그만이야. 주의해서 관찰하도록."

"존명!"

이십구 인의 가벼운 발소리가 동굴 저편으로 멀어져 갔다.

2

임교연의 뒤를 달리며 의령은 계속 호연지기를 몸 안에 돌려 내상을 치료하는 중이었다.

한두 차례의 조식만으로는 치유하기 힘든 내상이었지만 동굴 속을 달리며 한 생각이 떠올랐던 것이다.

한광후가 전해준 원상도결은 천지간의 기운을 몸 안에 받아들여 그 것을 이용하는 것이 본뜻이다.

지하 깊숙이 뚫린 동혈을 달리는 그의 몸은 순후(純厚)한 땅의 기운 속에 휩싸여 있었디.

용천혈로 이 기운을 받아들여 노궁혈로 돌리는 것이 가능할 듯했다.

원상도결은 움직이면서도 조식이 가능했기 때문이다.

얼마나 고요한 마음으로 내면을 응시하느냐가 관건일 뿐 몸의 자세 는 중요하지 않았기에.

더구나 아무 말 없이 앞 사람의 뒤만 따르는 현재의 상황은 정신을 모아 내면을 돌아보는 데 맞춤이었다.

의령의 무공은 지금 묵룡으로 인해 답보 상태였다. 양 팔목에 찬 묵룡으로 인해 노궁혈로 보낸 기(氣)를 백회혈까지 되돌리지는 못했으나 일단 양팔의 노궁혈에 호연진기를 보내는 데에는 성공한 상태.

의령이 양손에 끼고 있는 장갑을 벗으면 의령의 두 손바닥은 황금색으로 휘황할 것이다.

그렇게 내면에 집중해 있을 무렵, 양 팔목에서 차가운 기운이 점점 강해졌다.

'음?'

묵룡의 반응이 왠지 이상했다.

혜재에게 받은 묵룡은 의령에게 지금 애물단지였다.

처음 건네받을 무렵엔 비수의 모습을 하고 있었으나 의령이 팔목에 찬 이후엔 어찌 된 영문인지 전혀 풀리지 않았다.

오히려 운기(運氣)에 방해가 되어 급격한 그의 진보를 주춤하게 하는 장애물이 된 상태.

맨손으로 박투를 할 때엔 상대의 병기를 막아내는 유용한 방어구(防禦具)였으나 내공의 진보를 가로막는 이상한 물건이었다.

그런데 묵룡의 반응이 왠지 평소와는 달랐다.

노궁혈에서 돌아와야 할 진기를 가로막았던 이제까지와는 달리 묵룡의 차가움 속에는 한줄기 따스한 기운이 흘러나오고 있었다.

그 순간 의령의 뇌리에는 이상한 울림이 느껴졌다.

사람의 언어는 아니었다.

그러나 무언가가 그에게 교감을 꾀하고 있었다.

친숙한 느낌.

손아래 동생이 조르는 듯한 정감이 느껴져 의령은 당황했다.

'이게 뭐지?'

여동생들을 잃은 그에게 그 느낌은 그리운 감정이었다.

의령은 그 느낌에 마음을 열어 교감하기 시작했다.

무어라 표현할 수 없는 신비한 경험.

이것이 원상도결로 인한 효과인가 하는 생각이 의령의 머리를 언뜻 스쳤다.

좁은 통로가 이어지더니 다시 널찍한 광장이 나타났다.

다행히 갈림길이 없었기에 조온은 망설임없이 그곳을 통과했다.

한시라도 빨리 동굴을 벗어나야 한다는 조바심으로 조온의 판단과 행동은 한 올의 빈틈도 보이지 않았다.

그의 긴장은 최고조에 올라 있었다.

조온의 바로 뒤에는 남옥당이 따르고 그 뒤를 진영을 업은 차정선이 달리고 있었다.

반류와 여우량이 어깨를 나란히 하고 그 뒤에 붙었고 임교연과 의령, 유성혼이 후미를 달리는 중이었다.

모두의 신형이 광장을 통과해 다시 좁아지는 동혈로 들어섰을 때 유성혼은 신형을 멈추었다.

그의 눈앞에 교연과 의령이 달려가는 모습이 보였다.

달리는 와중에 행공을 하고 있는 의령은 성혼이 멈춘 것을 느낄 수 없었다.

유성혼에게 손찌검을 했다는 자책과 그에 대한 원망으로 마음이 복잡한 임교연도 유성혼의 움직임을 느끼지 못했다.

성혼은 멀어져 가는 의령과 교연의 뒷모습을 물기 섞인 눈으로 바라보고 있었다.

'잘… 지내라.'

그의 의형제들이 저 앞을 달리고 있었다.

그가 사랑한 여인이 저 앞을 달리고 있었다.

그 여인이 사랑하는 아우가 저 앞을 달리고 있었다.

성혼의 신형이 빙글 돌아섰다.

지금은 누군가 뒤에 남아 추격을 끊어야 할 때였다.

천패궁과의 간격이 점점 좁아짐을 예감한 유성혼은 홀로 결단을 내린 것이다.

현무교에 동굴의 입구만을 무너뜨릴 폭약이 있었다면 간단한 일이었겠지만 천뢰의 폭발력은 동굴을 송두리째 무너뜨릴 수 있다 하니 어쩔 수 없는 일이었다.

누군가 해야 할 일이라면 자신이 할 일이다.

그가 사라져야 교연과 의령이 맺어질 것이다.

지금이야말로 형제들을 위해 목숨을 바칠 때였다.

의령에게 전한 전음이 그의 유언이 될 터였다.

의형들에게 이야기한다면 자신의 마지막 수가 어떤 것인지를 너무나 잘 알기에 모두 반대할 것이 뻔했다.

성혼은 자신이 죽을 자리에 섰다는 것을 예감했다.

그 목숨을 형제들을 위해 바친다면 아무 원(怨)도 없을 터.

유성혼은 의령 등이 달려간 좁은 통로의 앞에 가부좌를 틀었다.

등 뒤에서 귀두도를 뽑아내 사뿐히 무릎에 놓았다.

터벙하게 내려뜨렸던 앞머리를 쓸어 올려 단정히 뒤로 묶었다.

음울한 별빛과 같은 회색 빛 눈동자가 나타났다.

중원인들의 눈빛과 달라 어릴 때부터 악귀 취급을 받았던 눈이었다.

그것이 싫어 한사코 가리고 다닌 눈이었다.

한 번도 드러내지 않았던 그의 눈은 어둡고 깊어 쓸쓸해 보였다.

하얀 눈자위 가운데 박힌 회색 빛 눈동자.

회색 빛 홍채 속에 박힌 검은 동공이 점점 작아졌다.

눈동자 전체가 회색으로 물들었다.

회색의 물결은 수면에 떨어진 기름이 퍼지듯 서서히 그의 눈 전체로 퍼져 가기 시작했다.

눈알이 모두 회색 빛으로 차갑게 빛날 무렵 유성혼은 눈을 감았다.

'오라―!'

준비는 끝났다.

그를 사를 마지막 준비가.

의령은 점점 강렬해지는 교감에 깊숙이 침잠한 상태였다.

몸은 임교연을 따라 달리고 있었으나 그의 의식은 자신의 내면에 깊이 가라앉아 있었다.

양 팔목에 찬 묵룡이 보내는 것이 틀림없었다.

그것은 미묘한 감정의 교감이었다.

묵룡이 보내는 의식의 울림은 의령에게 온전히 자신을 맡긴다고 이야기하는 듯했다.

자신과 하나로 이어질 것을 원하는 듯했다.

묵룡과 함께 하나가 된 듯한 미묘한 기쁨의 감정.

그 감정이 점점 커져 가며 노궁혈에 응집했던 기운도 세차게 휘돌기 시작했다.

마침내 의령과 묵룡의 뜻이 하나로 합쳐진 순간.

거대한 폭풍이 몰아치듯 노궁혈에 모여 있던 호연지기가 중단전의 옥당혈을 지나 상단전 인당혈로 거세게 용솟음쳤다.

백회혈까지 한숨에 올라선 진기가 전신을 휘돌아 십이경락(十二經絡)과 기경팔맥(奇經八脈)을 삽시간에 휘몰아쳤다.

의령의 몸이 폭풍우를 만난 가랑비처럼 좌우로 진동했다.

'우욱!'

그 바람에 의령의 몰입이 흐트러졌다.

단숨에 채약(採藥)의 단계로 진입할 수 있는 절호의 기회를 놓친 것이었으나 의령으로서는 알 수 없었다.

언제 또 그 같은 인연이 다가올지는 알 수 없는 일.

그것은 인연이 따르지 않으면 오지 않는 깨달음이었으니.

비로소 의령은 자신의 눈앞에 펼쳐지는 동굴의 풍경을 의식할 수 있었다.

그의 앞에는 임교연이 전속력으로 경공을 펼치는 중이었다.

정작 자신은 달리고 있지 않았다.

그는 행운유수(行雲流水)하듯 서서히 걷고 있었다.

그 속도가 임교연의 경공과 비슷했던 것.

단숨에 두 단계 정도 진보했다는 것을 의령은 얼떨떨한 가운데 실감했다.

내면에의 몰입은 깨졌으나 그의 손목에 찬 묵룡과의 교감은 끊어지지 않았음이 느껴졌다.

의령은 팔목을 바라보며 이젠 비수가 될까 하고 가벼운 생각을 떠올렸다.

챙—

맑은 소리와 함께 그의 양 팔목에 채워진 묵룡이 묵빛을 뿌리는 두 자루 비수로 화했다.

혜재가 묵룡을 전할 때 원래는 묵룡과 교감하는 심결(心訣)을 따로 전해야 했었다. 하도 팅기는 의령에게 고생 좀 하라고 그대로 전해주었던 것인데 그것이 전화위복이 된 것이다.

혜재가 전할 심결은 심령(心靈)까지 교감하는 그런 것이 아니었다. 뜻을 담은 기물(奇物)의 형상만을 조작할 수 있는 고대의 심결이었으나 한광후의 원상도결은 그 모든 것을 포용할 만큼 도도하고도 심대했다.

두 자루의 윤기 흐르는 비수가 의령을 향해 미소 짓는 듯했다.

심령(心靈)과 하나 된 비수.

혜재는 의령이 잔뜩 고생한 후 심결과 비도술(飛刀術)을 전할 생각이었지만 이제 의령에게 그런 것은 소용없었다.

묵룡은 그의 뜻과 하나가 되어 움직이는 절대기물이 된 것이다.

그 사실을 깨달은 의령은 기쁨에 차 올라 성혼에게 전하려 뒤를 돌아보았다.

"형님!"

없었다.

컴컴한 동굴이 텅 빈 아가리를 벌리고 있을 뿐.

그가 느끼지 못한 사이 유성혼은 어느새 사라지고 없었다.

멍하게 서 있던 의령은 선두에 선 조온에게 몸을 날렸다.

뺨을 스치는 차가운 바람에 임교연은 흠칫 놀랐다.

그녀의 눈에는 의령의 신형이 제대로 보이지 않았다.

아니, 의령의 신형을 제대로 볼 수 없었다.

구불구불 잘도 이어지는 동굴을 따라가며 오단주는 긴장을 높여갔다.

적과의 거리가 점점 좁혀짐이 피부로 느껴지고 있었다.

꿀꺽.

마른침을 삼켰다.

이런 지형에서 숨어 있는 적을 만나게 된다면 최선두에 있는 그가 목표가 될 터.

그런 개죽음을 맞기는 싫다.

똑똑 떨어지는 물소리, 어딘가를 졸졸 흐르는 지하수 소리, 바닥에 고인 웅덩이가 인간의 발에 비명을 질러댄다.

찰박찰박.

사방이 막힌 탓일까.

숨소리와 심장 뛰는 소리까지 쿵쿵 들린다.

어슴푸레한 횃불 아래 조금씩 밝아지는 동굴.

한 꺼풀씩 벗겨지는 태고의 어둠에 오단주의 긴장은 점점 높아만 갔다.

갑자기 좁은 통로가 횅하니 넓어졌다.

사오 장 건너편부터 다시 좁아지듯 보이는 동굴.

종유석과 석순이 쌓인 동굴의 벽은 지옥의 입구에서 뚝뚝 진물을 떨어뜨리는 악귀의 형상이었다.

그곳에서 오단주는 유성혼과 마주쳤다.

'왔군.'

철벅이는 발소리를 들으며 유성혼은 서서히 안구(眼球)에 힘을 주었다.

그가 익힌 섭혼대법은 전전대의 거마 유령대제의 유물이다.

대부분 소실되고 섭혼대법과 지금 펼치려는 파건곤안(破乾坤眼)만이 그나마 남은 유령대제의 무공이었다.

진영은 그가 유령대제의 무공을 익히는 것을 극구 만류했지만 복수를 위한 그의 염원에 한발 양보하고 말았다.

산동의 어촌에서 자란 유성혼은 아비가 누구인지 몰랐다.

그의 눈을 보고 색목인이라는 이들도 많았으나 그의 어미조차 아비가 누구인지 모른다 했다.

그의 어미는 그 작은 어촌의 퇴락한 하급 기녀였다.

산동을 오가는 온갖 뱃놈들에게 몸을 팔아 연명한 기녀.

그러나 성혼은 그런 어미를 소중히 사랑했다.

그 어미가 어느 날, 천참만륙(千斬萬戮)으로 찢어진 채 발견되었다.

마을 사람들은 황해의 해적들에게 당한 것이라 했다.

졸지에 고아가 되어 산동을 떠도는 성혼을 키운 것은 진영이었다.

진영에게서 무공의 기초를 하나하나 배웠다.

진영은 그에게 이비요, 사부요, 형이었다.

진영이 성혼과 떠돌며 우연히 얻은 유령대제의 무공.

마공이라며 파기하려는 것을 성혼이 졸라 익혔다.

사용하는 자에 따라 마공도 옳을 수 있다는 어린 그의 말에 진영은 그가 유령대제의 무공을 익히는 것을 허락했었다.

진영에게 배운 유성도(流星刀)와 섭혼대법을 이용해 유성혼은 결국 복수를 끝낼 수 있었다.

그렇기에 의령의 마음을 누구보다 잘 이해하는 유성혼이었다.

처음 만났을 때부터 남 같지 않았던 녀석.

그것은 바로 어린 자신의 모습이었다.

혼자서 바라보기만 했던 임교연이 의령에게 마음이 있는 것을 깨달 았을 때 얼마나 괴로웠던가.

때로 의령을 외면도 했었다.

때로 의령을 원망도 했었다.

이제 두 사람 사이에 방해물이 사라질 것이다.

자신만 사라지면 둘은 언젠간 이어질 것이다.

성혼은 번쩍 눈을 떴다.

오단주를 따라 유유히 발걸음을 옮기던 우문설은 다시 좁아지는 동 굴의 입구에 가부좌를 틀고 앉은 무인을 발견할 수 있었다.

눈을 감고 단정히 머리를 쓸어 올린 무인.

무릎에 놓인 커다란 귀두도는 도갑이 벗겨져 있었다.

'훗! 결사의 각오로 우리를 막겠다는 것인가? 혼자서?'

우문설의 입에서는 가는 비웃음이 피어올랐다.

이런 자들을 수없이 봐왔다.

나름대로 멋을 부려 최후를 맞고자 하는 허세꾼들.

그런 자들 중 진정 죽음을 담담히 맞는 자는 극히 드물었다.

담대한 척하는 자일수록 한 풀 벗겨내면 앙상한 의지를 가진 자가 수두룩했다.

'저 녀석을 사로잡아 고문이나 해볼까……?'

그때, 석상처럼 앉아 있던 무인이 번쩍 눈을 떴다.

눈동자는 물론 눈자위까지 온통 붉은색으로 물든 새빨간 눈.

횃불이 채 닿지도 않았건만 캄캄한 어둠 속에서 두 개의 시뻘건 안구가 요요히 빛나기 시작했다.

두 개의 붉은 빛이 점점 커졌다.

'헉!'

우문설을 비롯한 스물아홉의 신형이 벼락을 맞은 듯 굳어버렸다.

오단주는 눈을 돌리려 필사적으로 노력했지만 붉은 눈에서 눈을 뗄 수 없었다.

오단주의 눈꺼풀이 파르르 떨렸다.

눈도 감을 수 없었다.

상상할 수 없는 거력이 눈꺼풀을 붙잡아놓은 듯 그의 눈은 조금도 움직이지 않았다. 손가락 하나 까닥할 수 없었다.

오단주는 아득히 의식이 사라지는 것을 느꼈다.

스물일곱의 도객들도 오단주와 비슷한 상황이었다.

거미줄에 걸려 독액을 주입당한 불나방처럼 모두가 옴쭉도 할 수 없었다.

가늘게 떨리며 조금이라도 움직이려던 그들의 몸에 어느 순간 탁탁 맥이 풀려갔다.

하나둘 의식을 잃어가고 있었다.

선 채로 의식을 잃은 그들의 눈과 코, 그리고 입에서 주르륵 검은 피가 흘러내리기 시작했다.

그들의 목숨은 선 채로 끊어졌다.

이미 생령이 떠난 몸조차 붉은 눈빛에 사로잡혀 그 자리에 굳어버리고 있었다.

"이익!"

우문설의 입에서 잔뜩 눌린 신음이 터져 나왔다.

아직까지 의식이 있는 자는 그뿐이었다.

대해(大海)와 같은 그의 내공으로도 점점 팽창하는 붉은 눈빛의 압력을 뿌리칠 수 없었다.

점점 커져 가는 붉은 눈빛은 어느새 어른의 머리통만큼 커져 눈부실 정도로 빛나는 중이었다.

그 눈빛이 우문설마저 움직이지 못하게 했다.

눈을 감으려 안간힘을 썼건만 그마저 마음대로 할 수 없었다.

"크크크크……."

붉은 눈이 웃는다.

꿈틀꿈틀 일렁이는 심혼을 제압하는 붉은 빛.

우문설은 온 힘을 다해 쌍장을 서서히 뒤집어 붉은 빛을 겨냥했다.

그의 손이 조금씩 조금씩 붉은 눈을 향하기 시작했다.

'조, 조금만…….'

우문설을 붙들었던 붉은 눈이 갑자기 동굴의 천장을 뒤엎듯 급작스레 증폭했다.

'컥!'

우문설은 엄청난 충격에 울컥 피를 토했다.

그러나 그와 동시에 우문설의 쌍장이 완전히 돌려졌다.

수많은 사선을 넘어선 그의 의지는 그만큼 강력했다.

온몸의 내공을 두 손바닥에 결집시키는 그 순간.

퍽—!

동굴의 천장을 뒤엎을 듯 확장되던 붉은 빛이 허공에서 힘없이 부서졌다.

점점이 뿌려지는 핏방울.

우문설의 얼굴에도 몇 방울의 붉은 피가 떨어졌다.

유성혼의 내공이 마지막 순간을 견디지 못하고 끊어져 버린 것이다.

우문설은 멍하니 서서 허공에 흩뿌리는 피비를 바라보았다.

익숙한 비린내가 후두둑 떨어져 내렸다.

석상처럼 굳어 목숨이 끊어진 수하들.

우문설은 서서히 걸음을 옮기기 시작했다.

길목을 가로막고 가부좌를 틀었던 무인은 여전히 같은 자세로 앉아 있었다.

꼿꼿이 치켜든 머리.

두 눈이 있어야 할 안공(眼孔)은 시뻘겋게 뻥 뚫려 있었다.

얼굴 가득 붉은 피를 흠뻑 뒤집어쓴 사내.

"대단했다."

한탄 같은 한숨이 우문설의 입에서 새어 나왔다.

그로서도 처음 겪는 대단한 무공, 아니, 소름이 끼칠 정도로 엄청난 사술이었다.

우문설은 서서히 두 손을 끌어 올렸다.

미약하지만 사내는 생기가 남아 있었다.

"너에 대한 최고의 예우다. 한 수에 끝내주마."

우문설의 쌍장이 내리꽂히려는 순간!

한순간 시간이 정지한 듯했다.

우문설의 이마엔 어느새 검은 비수 한 자루가 꽂혀 있었다.

"어… 언제……."

우문설의 눈에서 생기가 사라졌다.

그의 몸이 무너지듯 서서히 뒤로 넘어갔다.

"형님―!"

의령의 애끓는 부르짖음만이 동굴 벽을 울리고 있었다.

3

거센 바람이 불고 있다.

누런 황토 먼지가 휘말려 올라 하늘까지 온통 누렇게 보인다.

이곳은 섬서(陝西)의 귀퉁이 미지현(米脂縣).

고원에 쌓인 두터운 황토만이 보이는 황무지의 연속이다.

초목이 없어 비를 가둘 수 없는 지형이라 움푹움푹 패인 기이한 계곡과 절벽이 연이어 선 고원 지대.

파르륵거리는 바람을 맞아 단단히 얼굴을 싸맨 두 사람이 멀리 중원이 보이는 절벽 끝에 서서 대화를 나누고 있다.

"소교주, 꼭 그렇게 하셔야겠습니까?"

안타까운 듯 말꼬리를 길게 빼는 목소리는 현무교의 대장로 남옥당의 것이었다.

무사히 동굴을 빠져나온 그는 의령 등을 이끌고 현무교의 중원 거점

중 한곳인 이곳 미지현의 비처(秘處)로 온 것이다.

남옥당과 대화를 나누는 이는 바로 금지민이었다.

"다른 방법이 있나요?"

남옥당은 잠시 침묵을 지켰다.

명부전의 수장 우문설을 잃은 후, 천패궁의 행보는 한층 과격해졌다.

강북과 강남으로 병력을 양분해 장성 이북의 현무교와 운남의 회회교를 치려는 천패궁의 움직임을 막은 것은 진영 등의 활약 덕분이었다.

현무교의 정보력을 바탕으로 동에 번쩍 서에 번쩍 하며 강북의 천패궁 분타를 들쑤신 덕분에 천패궁의 현무교 공략이 중단된 것이다.

천패궁에서는 진영 등을 제거하는 것을 최우선 과제로 삼아 일체의 움직임을 멈췄던 것.

그런데 얼마 전 그 진영이 폐인이 되었다.

개봉의 연좌를 이끌었던 간판이 의령이었다면 천패궁을 괴롭혔던 중심은 단연 진영이었다.

그들이 사라진 이후, 천패궁에서는 대대적으로 회회교 공략에 나섰다.

이미 겨울의 초입에 들어선 장성 이북의 현무교 공략은 뒤로 미루었으나 대신 회회교 공략에 힘을 집중하고 있었다.

정심맹과 사흑련을 비롯한 무림인들이 천패궁의 압력에 굴복해 속속 회회교 공략에 참여하고 있는 중이었다.

운남의 전운은 이제 코앞으로 다가와 있었다.

그 다음 차례가 현무교라는 것은 자명한 사실.

현무교에서는 회회교가 무너지는 것을 두 손 놓고 볼 수만은 없는 상황이었다.

순망치한(脣亡齒寒)이라 하지 않았던가.

입술이 없으면 이가 시린 법.

회회교가 사라진다면 현무교도 존속이 곤란했다.

이십 년 전과는 비길 수 없는 위험이 닥칠지도 몰랐다.

그런 정황을 누구보다도 잘 아는 남옥당은 금지민의 지시를 거부하고만 있을 수는 없었다.

그러나 그 지시는 너무 가혹했다.

"그분들은 진 대협의 아우들입니다. 죽을 것이 뻔한 자리로 보내란 말씀이십니까?"

"교의 안위를 위해서는 어쩔 수 없는 일이에요."

"설혹 그렇더라도 그런 식으로 그분들을 강압해서는 아니 됩니다."

"강압이요?"

금지민의 옷자락이 바람에 펄럭였다.

그녀의 분노가 묻어난 듯 세차게 펄럭이는 옷자락.

남옥당은 아득한 기분으로 조금 전의 상황을 떠올렸다.

사방의 벽이 모두 황토로 이루어진 널찍한 중정(中庭).

황토의 절벽을 파 들어간 동굴로 이루어진 특이한 양식의 구조임에도 접객(接客)을 위한 중정이 있는 것이 섬서의 동굴집, 요동(窯洞)의 특징이다.

금지민이 머물고 있는 이곳에 생사의 위기를 겪고 있는 진영과 유성혼을 데려온 지 열흘이 지났다.

오늘은 금지민이 의령 등을 특별히 청한 자리.

금지민의 옆에는 남옥당이 배석했고 그 앞 자리에 조온과 차정선, 반류, 그리고 교연과 의령이 찻잔을 앞에 두고 앉아 있었다.

모두 말이 없었다.

진영과 유성혼 모두 위중한 상태였다.

진영은 여전히 깨어나지 못했고 유성혼도 마찬가지였다.

온몸의 잠력(潛力)까지 끌어 모아 전개하는 유령대제 최후의 무공이 파건곤안(破乾坤眼)이었기에 지금 유성혼의 몸은 빈 껍데기나 매한가지였다.

이 고비를 넘길지라도 무공을 회복할 수 있을지 미지수인 상태.

더구나 유성혼은 영원히 앞을 볼 수 없었다.

진영이라는 구심점을 잃은 데다 성혼마저 쓰러져 의령 등의 마음은 조급함과 안타까움으로 가득 차 있었다.

마침내 깊은 침묵을 깨고 금지민이 입을 열었다.

"낯선 곳이라 지내시기에 불편함은 없으신가 모르겠군요."

의례적인 인사말이었다.

조온이 형제들을 대표해 가볍게 치하했다.

"여러모로 신경을 써주셔서 저희들은 그리 불편함을 느끼지 않고 있습니다, 소교주님."

조온의 '소교주님'이라는 호칭에는 독특한 강조가 담겨 있어 금지민에 대한 그의 못마땅한 감정을 은연중 드러냈다.

진영과 유성혼을 업고 온 첫날, 금지민을 만난 자리에서 '형수님'이라 불렀던 조온은 말도 못할 수모를 겪었다.

진영이 그렇게 부르지 말라고 일찍이 당부했었지만, 조온은 진영과 금지민이 깊은 관계였음을 어느 정도 알고 있었기에 마음속으로 진정 금지민을 형수라 여기고 있었다.

그렇게 여기지 않았다면 현무교와 아무리 협력 관계라도 무작정 이곳까지 찾아오지는 않았을 터였다.

금지민은 조온의 그런 소박한 기대를 산산이 깨뜨렸던 것이다.

조온의 상념을 뚫고 금지민의 목소리가 들려왔다.

"다행이군요. 오늘 여러분들을 모신 것은 현무교의 소교주로서 여러분에게 공식적으로 제안할 것이 있어서입니다."

조온의 눈썹이 꿈틀거렸다.

'공식'이니 '제안'이니 하는 말들이 목구멍에 걸린 생선가시마냥 걸끄러웠다.

—형님, 진정하십시오.

의령의 전음이 없었다면 조온의 성질은 폭발했을지도 몰랐다.

형제간의 정을 무엇보다 중시하는 조온에게 이런 자리는 더할 나위 없는 모욕이었다.

그는 형제의 의로 금지민을 대했건만 금지민은 그를 객으로서 대하는 것.

탁자 밑으로 내린 조온의 주먹이 부르르 떨렸다.

의령이 차분히 입을 열었다.

"말씀하십시오."

의령의 마음은 작두에 올라선 것처럼 예민하게 곤두서 있었다.

진영과 유성혼이 다친 것이 모두 그의 탓인 듯하여 이곳으로 오는 내내 괴롭기 짝이 없었다.

그러나 다른 형제들 때문에 스스로 마음을 채찍질하여 단련할 수밖에 없는 상황이 되었다.

조온과 차정선이나 반류는 타고난 성격에 관계없이 그 바탕이 순박하기까지 한 강호의 호한(好漢)들이다.

춘추시대의 협객과 같은 풍모를 지닌 이들이었기에 그들의 마음은 맑고 단순했다.

기면 기고 아니면 아닌 것이 다였다.

그것이 그들의 사는 방식.

임교연은 유성혼의 희생에 크나큰 마음의 타격을 받았다.

그녀는 유성혼이 어떤 마음으로 우문설을 막았는지 알지 못했기에 자신이 너무 냉정하게 대한 탓에 유성혼이 사지에 뛰어들었다고 믿었다.

유성혼의 옆에서 내내 눈물 흘리는 그녀에게 냉정한 판단을 바란다는 것은 무리였다.

의령은 금지민을 만나자마자 그녀와 진영 사이에 놓인 업의 사슬을 떠올렸고 그 앙금이 금지민의 마음속에 건널 수 없는 강이 되어 그대로 살아 있음을 알 수 있었다.

이대로는 진영도 유성혼도 구할 수 없을지 몰랐다.

의령은 스스로를 담금질하고 채찍질할 수밖에 없었다.

현 상황에서 대국을 주시하며 상황을 이끌어갈 수 있는 사람이 그밖에는 없었다.

정신을 닦는 무예. 원상도결을 깨우친 의령에게 그런 긴장은 새로운 전기를 마련해 주었다.

형제들을 지켜야 한다는 각오가 그의 마음을 한층 단단하고 치밀하게 만드는 중이었다.

금지민은 의령을 찬찬히 살폈다.

지난번에 멀리서 보았을 때와는 화후(火候)가 또 달라 보였다.

무한정 빠르게 성장하는 괴물과 마주 선 느낌이었다.

이제 그녀마저도 깊이를 알 수 없었다.

'이자는 조심해야겠군.'

금지민은 의령이 더 이상 애송이의 눈빛을 하고 있지 않다는 것을 불현듯 깨달았다.

그와 함께 그녀의 얼굴에는 환한 웃음이 떠올랐다.

"다름이 아니라 이제까지 여러분들과 본 교(本敎)가 유지했던 협력 관계를 좀 더 긴밀히 하자는 제안입니다."

조온과 차정선, 반류의 얼굴이 딱딱하게 굳었다.

그들이 이곳까지 온 것은 남옥당의 제안도 있었지만 형수라고도 할 수 있는 금지민을 믿었기 때문이었다.

진영과 유성혼의 상세에 대해서는 한마디도 하지 않고 '협력' 운운 하는 금지민에게 실망을 넘어 분노가 끓어오르기 시작했다.

중정에 모이기 전, 어떤 일이 있더라도 세 번씩은 참자던 의령의 말 이 아니었다면 이미 탁자가 가루가 되었을지도 모를 일이었다.

의령이 정중히 고개를 숙이며 대답했다.

"좀 더 구체적으로 말씀해 주셨으면 합니다."

침착한 태도가 금지민에겐 다소 의외였다.

그러나 그들의 반응이 중요하진 않았다.

"이제까지 본 교는 여러분들에게 정보를 제공하고 여러분들은 그것 을 이용해 천패궁을 상대해 왔어요. 하지만 이제 상황이 바뀌었습니다. 여러분들의 대형이 쓰러져 더 이상 그대들을 이끌 사람이 없는 상황이 에요. 나는 여러분들이 이제부터 우리의 지시에 따라 천패궁을 상대할 것을 제안합니다. 여러분들과 본 교에 모두 이익이 되는 일이에요."

조온 등의 얼굴이 시뻘겋게 달아오르기 시작했다.

일촉즉발의 긴장이 중정을 맴돌았다.

의령의 한마디가 고조되던 긴장을 깨고 장내에 흘렀다.

"형님들, 차 한잔씩 하시지요. 향기가 그윽합니다."

자신의 앞에 놓인 찻잔을 들어 가볍게 한 모금 마신 의령이 자연스럽게 찻잔의 뚜껑을 덮었다.

"우리가 이곳에 온 것은 형님들의 상세를 치료할 수 있을지도 모른다는 남 장로님의 말씀 때문이었습니다. 그에 대한 말씀을 먼저 듣고 싶군요."

금지민의 만면에 웃음이 떠올랐다.

"그 점을 먼저 말씀드릴 것을 깜박했군요."

'깜박했어?'

조온의 외눈이 차갑게 빛나기 시작했다. 그의 인내가 한계에 가까워지고 있었다.

"두 눈을 잃은 분은 본 교에서 최선을 다해 치료한 상태입니다. 남은 것은 그의 의지와 정신력에 달려 있다고 봐야지요. 그 사람은 곧 깨어날 것으로 보입니다."

자신을 바라보는 조온 등의 눈에 서린 적의가 한풀 꺾이는 것을 관찰하던 금지민은 다시 입을 열었다.

"진 모라는 분의 상세는 더 심각한 편이었어요. 십이정경(十二正經)과 기경팔맥(奇經八脈)이 완전히 망가졌더군요. 본 교의 의술로도 현재 상태를 유지하는 것이 고작이에요. 한 가지 방법이 있기는 한데……."

성미 급한 차정선이 말꼬리를 끄는 금지민의 어투를 견디지 못하고 나섰다.

"그 방법이 무엇이오?"

금지민의 눈가에 웃음이 떠올랐다.

"본 교 비전의 방법이 있답니다. 영약과 의술에 정통한 고수가 필요한 방법이지요. 다만……."

반류도 참지 못하고 되물었다.

"다만 뭡니까?"

"그 방법을 쓰게 되면 본 교의 희생이 너무 크다고 할 수 있지요. 그에 상응하는 무언가를 여러분들이 해줘야 하지 않을까요?"

쾅!

더 이상 참지 못하고 조온의 손이 탁자를 내려쳤다.

황토로 이겨 만든 탁자가 쩌저적 갈라져 뒹굴었다.

탁자에서 떨어진 찻잔이 비명을 지르며 바닥에 떨어졌다.

"그걸 말이라고 하는 거요―! 지금 형님 목숨을 담보로 거래를 하자는 말입니까! 당신이 어떻게 그렇게 말할 수 있다는 말이오!"

금지민의 낯빛은 변화가 없었다.

여전히 웃는 얼굴로 금지민은 말을 이었다.

"이것이 여러분들에게나 본 교에 모두 이익이 되는 일이에요. 어디까지나 서로의 협력을 공고히 하자는 말이니 별다른 오해가 없었으면 하는군요."

의령이 자리를 털고 조용히 일어섰다.

"형님들과 따로 의논을 하고 말씀드리겠습니다."

"그렇게 하세요. 부디 신중한 결정을 내리시길 바라겠어요."

조온이 휙 몸을 돌려 장내를 벗어났다.

차정선과 반류, 임교연도 총총히 자리를 떠났다.

정중히 포권을 하고 돌아서는 의령을 보며 남옥당의 얼굴에는 안타까움이 떠올랐다.

황토고원에 몰아치는 바람이 차가웠다.

남옥당은 자신을 바라보는 금지민의 가슴속 깊은 분노에 마음이 아팠다.

이십 년을 보아온 소교주였다.

척무절에게 당해 쓰러진 교주는 아직까지도 거동을 못하는 상징적인 존재였고 교를 이끌어왔던 것은 어디까지나 그와 그의 앞에 선 소교주, 금지민이었다.

천패궁에 대한 교의 원한은 깊고 깊은 것이었지만 그들이 원하는 것은 평화였지 복수가 아니었다.

이나마 교세가 유지될 수 있었던 것은 어린 나이부터 교의 운명을 짊어졌던 금지민의 공이 크다는 것을 남옥당은 누구보다도 잘 알고 있었다.

그러나 진영과 그녀의 관계를 생각하면 이렇게 그들을 억압하는 것은 옳지 않았다.

더구나 그들 때문에 천패궁의 정벌을 늦출 수 있었지 않은가.

강호의 도의(道義)에도 어긋나는 일이었다.

"소교주, 진 대협이 수아의 부친이라는 사실까지 부정하실 셈이오?"

남옥당은 마침내 그녀가 가장 고뇌하고 있을 부분을 건드렸다.

금지민의 얼굴이 딱딱하게 굳었다.

"이 일과는 상관없는 말씀이에요."

"그렇지 않소."

"그자는 날 버린 자예요! 내 아버지를 죽게 만든 자예요! 그런 자를 어떻게 인정하란 말씀이세요!"

격정에 찬 금지민의 목소리가 높이 울렸다.

남옥당은 한숨을 지었다.

"그때는 진 대협도 소교주도 어쩔 수 없는 상황이었소. 진 대협은 어쩔 수 없는 길을 걸었던 것이고 소교주도 마찬가지였소. 소교주나 혜재 같은 분이 살아 있음도 결국엔 진 대협 덕분이 아니오."

인연이 어긋났음을 담담히 지적하는 남옥당의 말에 금지민의 격정은 차츰 누그러들었다.

가벼운 한숨을 지은 그녀의 신형이 다시 황토의 절벽으로 돌아섰다.

"그래요. 하지만 그런 사실을 인정할 수 있는 것은 머리뿐이에요. 제 가슴에선 아직 그를 용서할 수 없다 말하는군요."

황색 바람이 다시 불어오기 시작했다.

금지민의 머리칼이 바람에 나부껴 얼굴을 덮었다.

가볍게 손가락을 들어 머리를 정리하며 금지민은 입을 열었다.

"하지만 저들은 교를 위해 꼭 필요한 존재예요. 그들의 능력은 지금보다 훨씬 더 크게 사용할 수 있어요. 진… 가가를 이용해서라도 저들을 복종시켜야 하는 것이 교를 이끄는 제 입장이에요."

교를 생각하는 마음은 남옥당도 마찬가지였다.

친손녀를 간세로 파견할 정도로 공사의 구별이 철저한 이가 남옥당이었다.

"하지만 강압은 좋지 않소이다, 소교주."

"그건 그들의 능력에 달렸어요. 우리도 저들이 필요하고 저들도 우리가 필요해요. 그들이 얼마나 냉정하게 판단하는가에 따라 얼마든지 달리 관계 맺을 수 있어요."

"그럼, 그들의 결정에 관계없이 진 대협을 구할 작정이시오?"

금지민의 어깨가 굳었다.

"그들이…… 천패궁의 행보를 늦춰 시간을 더 벌어준다면 그럴… 생각이에요."

남옥당의 눈은 금지민을 지나 머나먼 평원을 응시했다.

그가 듣고 싶은 대답은 다 들었다.

금지민의 속내를 안 남옥당은 조용히 고개를 끄덕였다.

비틀린 인연을 되돌릴 기회가 아직 남아 있었다.

황토의 절벽에 서서 온몸으로 바람을 맞으며 그들이 각기 상념에 빠져 있을 때, 의령이 서서히 그들을 향해 걸어왔다.

남옥당은 의령에게 몸을 돌렸다.

고요히 포권을 취한 의령이 금지민의 돌아선 뒷모습을 향해 입을 열었다.

"청을 하나 들어주신다면 소교주님의 말씀에 따르겠습니다."

"말해 보세요."

의령에게 몸을 돌리지는 않았지만 금지민이 대답했다.

마주 대한 것도 아니건만 의령은 정중히 고개를 숙였다.

금지민은 거부했지만 의령은 형수의 예(禮)로 금지민을 대하고 있었다.

"천패궁과는 계속 싸울 것입니다. 그렇기에 현무교와 협력을 계속하는 것은 우리에게도 필요한 일입니다. 하지만 일방적으로 명을 따르는 것은 거절합니다. 동등한 입장에서 결맹을 맺었으면 합니다. 현무교와의 협력은 그렇게 해도 가능한 일입니다. 다만……"

의령의 말에 금지민은 계속 침묵을 지켰다.

남옥당의 고요한 시선이 의령을 재촉했다.

의령은 깊숙이 허리를 굽혔다.

"제가 현무교에서 준비한 계획을 담당하겠습니다."

금지민의 신형이 빙글 돌았다.

"우리 계획을 공자 혼자서 감당하겠다고요?"

의령은 굽힌 허리를 펴지 않고 있었다.

"그렇습니다."

"그 계획이 무엇인지도 모르면서요? 어떤 위험이 있어도 감수하겠다는 건가요?"

"물론입니다."

금지민의 시선이 자신에게 허리를 굽힌 의령의 머리를 응시했다.

정중하게 숙인 고개.

자신을 형수로 대우하려는 마음이 느껴졌다.

금지민의 입가에 만족한 미소가 떠올랐다.

"지금 그 말을 잊지 마세요."

"형님을 부탁드립니다."

황토고원에는 겨울을 알리는 세찬 바람이 몰아쳐 오고 있었다.

27장 변신(變身)

대도 낙양(洛陽).

지금은 일개 지방의 도회에 불과했으나 수많은 왕조가 도읍으로 삼았던 유서 깊은 고도(古都).

낙양 한복판에 세워진 용문객잔(龍門客棧)에는 때 이른 겨울바람이 매서웠다.

벌써부터 두툼한 솜옷을 꺼내 입은 노인들로부터 화려한 화복(華服)을 걸친 이들까지 무엇이 그리 바쁜지 앞만 보고 걸음을 재촉하는 중이었다.

두두두두두두—

흙먼지와 함께 말발굽 소리가 요란히 낙양의 한복판을 갈랐다.

세 필의 먼지 앉은 말이 소란스럽게 용문객잔 앞에 멈추었다.

"워—"

세 명의 사내가 말 위에서 뛰어내렸다.

일꾼으로 보이는 자가 바삐 달려와 말고삐를 잡고 마구간으로 향했다.

"어, 추워 죽겠네. 젠장. 물건까지 얼어붙겠다."

"네놈 물건이야 바싹 얼어야 그나마 제구실을 할걸?"

"이눔이?"

"잔말 말고 빨리 들어가세. 뜨뜻한 국물이라도 들이켜야 몸이 풀리겠어."

칼을 찬 것으로 보아 무인이 분명한 사내들이 빨갛게 달아오른 귓불을 비비며 객잔 안으로 들어섰다.

강풍(强風)이 몰아치는 거리와는 확연히 대조되는 후끈한 열기가 사내들의 언 볼을 후욱 달구었다.

"어서 옵쇼!"

낙양 제일의 객잔이라는 명성답게 빽빽이 들어찬 탁자에는 손님들이 가득가득 들어차 있었다.

그 사이를 요리조리 헤집으며 달려온 점소이가 꾸벅하고 허리를 숙였다.

"어디 따뜻한 자리로 좀 안내해 주라. 갑자기 왜 이렇게 날씨가 추워지는 거야!"

고슴도치처럼 얼굴 가득 수염이 난 사내가 점소이에게 지분거렸다.

"이리 오십쇼. 엉덩이가 따끈따끈한 자리가 막 비었습니다."

곰살맞게 대꾸하며 점소이가 사내들을 안내해 간 자리는 일층의 구석진 자리였다.

"야, 이놈아. 춥다는데 왜 구석이여?"

"따끈따끈한 화로가 있는 자리인데다가 방금 전까지 절세미인이 앉아 있던 자리랍니다. 미인의 향기가 가득한 곳입지요."

"허 그놈, 말 한번 잘한다."

"헤헤, 감사합니다."

사내들은 별말없이 자리에 앉으며 점소이에게 간단한 음식을 주문했다.

"딴 건 필요없고 따뜻한 육수를 가득 부은 교자(餃子:물만두)나 내와라. 죽엽청 한 병하고."

"조금만 기다리십시오. 신속 정확한 용문객잔의 진수를 보여 드리겠습니다."

점소이가 자리를 떠나자 사내들은 화롯불에 두 손을 쬐며 연신 춥다를 연발했다. 따뜻한 곳에서 자란 이들이거나 무공이 한참 떨어지는 삼류들인 것이 분명했다.

"젠장할. 이렇게 추운데 움직여야 한다니."

"누가 아니래? 우리 꼴이 이렇게 될 줄 누가 알았겠나."

"다 줄을 잘못 선 탓이지 뭐."

한마디씩 투덜대는 사내들의 앞에 턱턱 교자 그릇과 죽엽청이 놓였다.

과연 신속한 용문객잔이었다.

"어? 벌써 나와?"

"오늘 날씨가 추워서 교자가 아주 인기라서 그렇습죠."

보기에도 탐스러운 열기가 솔솔 풍기는 것이 아주 먹음직스러웠다.

"커, 시원하다."

육수를 한 모금 들이킨 사내가 수염을 닦으며 감탄성을 내뱉었다.

"뜨뜻한 걸 먹고 시원하다구 하냐, 이놈아."

"큼. 우리 동네에선 다들 그렇게 얘기한다. 처먹기나 해라."

바삐 수저를 놀리던 사내들은 어느 정도 배가 불렀는지 술잔을 걸치며 지분대기 시작했다.

"에휴, 우리 신세가 완전히 개밥에 도토리꼴이 되었어."

"누가 아니래? 괜히 정심맹에는 들어갔구."

사내들은 정심맹의 하급 무사들인 듯했다.

"이렇게 될 줄 누가 알았나? 하도 천패궁에 기세 등등하게 대들길래 그쪽에 붙으면 그래도 나을 줄 알았지."

"야야, 말조심해라. 누가 들으면 어쩔려구?"

동료의 주의에 움찔한 사내들의 목소리가 곧 잦아졌다.

그러나 한 잔 두 잔 술잔을 걸치면서 사내들의 목소리는 조금씩 커져 가고 있었다.

물론 본인들은 그것을 알 수 없었다.

술이란 본래 사람의 목청을 틔우는 요상한 힘을 갖고 있다.

정작 술을 마시는 사람들은 그것을 알 수 없으니 남의 말을 듣기 좋아하는 이는 술을 권하는 기술 하나둘쯤은 갖고 있는 법이다.

하지만 사내들과 멀리 떨어지지 않은 탁자에 앉은 이들은 굳이 술을 권하지 않고도 듣고 싶은 강호의 소문을 한껏 들을 수 있었다.

그것이 바로 객잔을 찾는 맛 아니겠는가.

사내들이 나누는 대화는 강호인들이라면 누구나 한두 마디쯤 주워섬길 수 있는 말들이었으나 그런 말들이 모여 결국 여론을 만드는 법이다.

세간에 떠도는 이야기들을 무시할 수 없는 것은 그런 이유에서다.

"근데 정말 운남으로 가야 하나?"

"소집령이 떨어졌잖아. 죄다 우리 같은 쫄짜들만 모아놨지만 인솔자는 그 대단한 개방의 장로 풍치개 아니신가."

"우리 정말 가야 하는 거야?"

"안 가면 딴 수 있관대?"

"빌어먹을 세상."

정심맹이나 사흑련에서 천패궁의 압력을 뿌리치지 못하고 회회교 정벌에 동참하기로 한 것은 널리 알려져 이제 비밀도 아니었다.

정심맹 측에서는 그나마 명분을 지킨답시고 중원의 평화니, 정벌이 아니라 몽매한 회회교도들을 압제에서 해방시키러 간다느니 떠들고 있었지만 양식있는 강호인들은 모두가 비웃는 말들이었다.

천패궁이 회회교와 현무교 정벌에 공을 들이는 진짜 이유가 이권의 확대와 유지에 있다는 것은 아는 사람은 모두 아는 사실이다.

중원을 수호한다는 명목으로 약해진 황권을 비집고 들어선 천패궁은 비대해진 몸체를 유지하느라 정말 많은 돈이 드는 단체였다.

황궁에도 돈 칠을 해야 했고 수많은 천패궁도들에게도 이권을 하나 둘씩 안겨주어야 했다.

그들을 먹여 살리는 상권을 확대시키기 위해 동분서주하는 것이 천패궁의 일상 업무라 해도 과언이 아니었다.

오죽하면 납작하게 엎드려 있던 정심맹과 사흑련에서 천패궁에 대들었겠는가.

개봉 연좌에 참가했던 명분이야 그럴 듯했지만 그들이 진정 천패궁과 맞서려 한다고 믿는 이들은 신기자나 풍치개처럼 고지식한 원로들 외엔 없었다.

적당히 반항하고 적당히 이권을 챙기는 것.

작금의 강호에서 거대 단체를 이끌기 위해서는 어쩔 수 없는 방법이기도 했다.

세 사내는 그런 면에서 희생양이라 볼 수도 있는 이들이었다.

그들같이 제 한 몸 추스르지 못해 정심맹이나 사흑련에 붙은 이들의 대부분이 이번 회회교 정벌에 동원된 것.

전면전이 벌어진다면 대부분 살아남지 못할 이들이 바로 이런 사람들이었다.

목숨을 아껴 도주한다면 다시는 강호에서 얼굴 들고 살 수 없을 것이었기에 그들은 싫어도 갈 수밖에 없는 처지였다.

세 사내의 신세 한탄이 무르익어 갈 즈음, 그들을 내려다보던 이층의 탁자에 앉은 두 사내가 눈짓을 교환했다.

―류, 저놈들 어떠냐?

―저런 떨거지들까지 끌어들이자는 거우?

―어차피 운남으로 가면 죽을 놈들이다. 적선하는 셈 쳐라. 의령이가 당부한 게 그런 것 아니었냐.

죽립을 깊이 눌러써 얼굴을 가린 사내는 조온이었고 마주 앉은 장발의 평범한 사내는 바로 반류였다.

―썩 내키지 않수다.

―저놈들 목숨줄 구해준다 생각하면 돼.

―알았수.

―저놈들 벌써 일어나는군. 정선이에게 연락해라.

―정선이가 또 투덜대겠군.

일층 구석의 세 사내가 투덜대며 객잔을 나서는 중이었다.

반류가 슬며시 일어나 객방으로 들어갔다.

무엇을 하려는 것인가.

낙양을 떠난 세 사내는 잔뜩 몸을 움츠리고 정주로 향하는 관도를 천천히 달리는 중이었다.

정심맹의 집결지로 내정된 곳이 바로 정주였다.

도살장에 끌려가는 소, 돼지의 얼굴이 그러할까.

뒷배를 밀어줄 배경도 본신의 힘도 미비한 부초 같은 이들.

세 사내의 얼굴은 미지의 위험에 대한 두려움에 휩싸여 있었다.

고슴도치 수염을 한 사내가 입을 열었다.

"다들 힘을 내자구. 꼭 죽으란 법은 없잖아. 운이 좋으면 출세의 길이 열릴 수도 있어."

"미친놈. 우리가 애송이냐? 그런 허무맹랑한 꿈을 아직도 꾸다니, 니눔도 세상 헛살았구나."

어깨를 추욱 늘어뜨린 사내가 둘의 대화에 끼어들었다.

"그냥 우리 도망이나 갈까?"

"임마! 정신 차려. 우리 나이에 비빌 언덕도 없이 어떻게 강호에 몸 담고 있냐? 쥐도 새도 모르게 객사(客死)하고 싶냐?"

"에휴……. 그냥 해본 소리여. 그걸 누가 모르냐……?"

셋의 대화는 다람쥐 쳇바퀴 돌 듯 계속 같은 이야기의 변주였다.

결론이 뻔한 대화였지만 그런 말들이나마 하지 않고서는 견딜 수 없었던 것이다.

"참, 한가한 놈들도 다 있군."

"뭔 소리여?"

"저기 있는 저놈들 보라구."

눈을 돌리자 관도에서 벗어난 초지에 모닥불을 피워놓고 고기를 굽고 있는 일단의 사내들이 보였다.

호쾌한 웃음을 터뜨리는 사내들은 사냥꾼 같은 복장에 술을 돌리고 있었다.

"팔자 늘어진 놈들이구만."

"우리 저기 껴서 술이나 한 잔 걸치고 가자구."

"미쳤어? 빨리 가야지!"

"뭐 볼 거 있다고 빨리 가? 촌놈들 같으니 얼이나 빼놓고 술이나 얻어먹자구."

뱃속의 술벌레가 요동 치는 데 어쩌리.

세 사내는 은근슬쩍 눈길을 교환하고 술잔을 돌리는 촌놈들에게로 향했다.

근동의 사냥꾼이리라 짐작한 탓에 별 긴장도 보이지 않았다.

그들은 끈 떨어진 조롱박 신세였지만 어찌 되었던 간에 무림인인 것이다.

"여— 안녕들 하시우?"

고슴도치 수염을 한 사내가 푸르륵거리는 말을 달래며 인사를 건넸다.

"안녕하우. 댁들도 안녕하시구랴."

"날이 추워 그러니 곁불 좀 쬐도 되겠수?"

"그러슈. 안 될 것 없지."

사냥꾼 복장을 한 사내들이 일어서 조금씩 자리를 넓혀주었다.

"앉으슈."

공기돌 들 듯 큼직한 바윗덩어리를 들어 자리를 만들어주는 시꺼먼 거한의 모습에 세 사내의 얼굴엔 은근히 경계의 기색이 떠올랐다.

쉽게 볼 수 있는 힘이 아니었다.

중원에서는 보기 힘든 까무잡잡한 얼굴과 두터운 이목구비가 생소했으나 사람 좋은 미소에 그들은 긴장을 털어버렸다.

그들에게 술병을 건넨 탓이다.

술꾼에게 술 주는 사람이야말로 친구 아닌가.

호쾌하게 목을 젖혀 술을 쏟아 부으며 추운 날씨에 대한 불평이 오갔다.

길 가다 만난 사이치곤 그리 거리감이 보이지 않는 자리였다.

적어도 겉보기엔.

"사냥꾼들이시우?"

일행의 우두머리인 듯 보이는 거한에게 고슴도치 수염을 한 사내가 말을 붙였다.

별 볼일 없었지만 그래도 강호의 칼밥을 먹고 중년이 된 그에겐 거한의 분위기가 심상치 않았던 것이다.

아무리 보아도 보통 사냥꾼처럼 보이지 않았다.

거한의 얼굴에 쭈욱 흰 선이 그어졌다.

"그렇다고 할 수 있수다."

"기면 기고 아니면 아니지 그 무슨 맹탕 같은 말이우?"

"산에 살고 축생(畜生)을 잡는 걸 업으로 삼고 있으니 사냥꾼이라 합시다."

묘한 어감이 풍기는 말에 세 사내의 얼굴엔 긴장감이 떠올랐다.

그러나 따로이 적의를 보이지도 않아 자리를 차고 일어나기에도 마뜩치 않았다.

"댁들은 무인들 갔소만?"

"그렇수."

어딘가 구석에 몰리는 기분에 고슴도치 수염의 사내는 한마디 덧붙였다.

"우린 정심맹 소속이오."

거한의 얼굴엔 빙글빙글 웃음이 피어났다.

"정심맹?"

"그렇수."

고슴도치 사내는 좀 더 강하게 대답했다.

거대 단체에 소속되어 있는 보람은 이럴 때 나타나는 법.

정심맹의 소속이라 하면 웬만한 무인들은 한 수 접어주는 것이 이제까지의 통례였다.

"정주로 모여 운남으로 간다는 그 파견대 일원이슈?"

"그렇수다."

"뒈지러 가는구만."

거한의 말에 곁에 앉아 있는 사냥꾼 차림의 사내들이 실실 웃음을 쪼갰다.

명백한 비웃음.

이 정도의 모욕을 참는다면 강호에 산다 할 수 없었다.

고슴도치 사내가 분김에 허리춤에 꽂힌 칼자루를 잡아 뽑으려 할 찰나.

사내는 흠칫 몸을 떨었다.

그가 잡은 칼자루 위에 어느새 시꺼먼 철봉이 놓여 있었다.

거한의 발 밑에 뒹굴던 철봉.

커다란 가죽 주머니를 씌운 철봉의 끝을 잡은 거한의 손.

'이… 이건 창!'

가죽 주머니 안에는 시퍼렇게 날 선 창날과 창영(槍影)이 있을 것이 분명했다.

칼자루를 잡은 손에 느껴지는 무게감이 만만치 않았다.

이 정도의 창을 한 손으로 눈에 보이지도 않을 속도로 다룬다면 그가 상상도 할 수 없는 고수임에 분명했다.

거한의 눈이 날카롭게 빛났다.

"그걸 뽑는 순간 밥숟갈 놓을 수도 있수."

거한의 몸에서 순간적으로 압도적인 기세가 뿜어져 나와 세 사내를 덮쳤다.

감당할 수 없는 기세였다.

고슴도치 사내의 이마에 날씨에 어울리지 않는 식은땀이 배어 나왔다.

그를 구한 것은 거한의 한마디였다.

"내 입이 좀 걸어 되는대로 내뱉구 말았구려. 미안하외다. 좋은 게 좋은 거 아니겠수?"

자신도 모르게 정신없이 끄덕여지는 고개.

그들을 옥죄었던 기세가 한순간에 사라졌다.

칼자루를 누르던 철봉은 어느새 치워진 후였다.

"저… 장사 분의 존함은 어찌 되시는지……?"

된통 당한 탓일까.

고슴도치 사내의 어투는 조심스럽기 그지없었다.

거한이 빙긋 웃음 지었다.

"난 흑창이라는 사람이오."

"흑창 차정선!"

호광(湖廣)을 떠돌며 칼밥을 먹어본 낭인들이라면 누구나 아는 이름.

한 자루 묵빛 창을 번쩍이며 어느 곳에도 소속되지 않고 자신의 뜻에 따라 행동하는 인물.

모든 낭인들의 꿈과 같은 인물이 눈앞에 있었다.

"저희가 큰 결례를 저질렀습니다."

공손히 포권하는 세 사내 앞에서 차정선은 묵직히 고개를 주억거렸다.

진영이나 유성혼은 강호에 전혀 알려지지 않았으나 조온이나 반류, 차정선의 명성은 낭인 사회에서는 꽤나 알려져 있었다.

그렇기에 개봉 연좌에 참여한 낭인들을 단시간 내에 통제할 수 있었던 것.

천패궁의 강북 분타들을 휩쓸 때에는 천패궁에서 쉬쉬했기 때문에 그들의 면면이 노출되지 않았지만 낭인 사회에서 차정선의 명성은 아무나 얕잡아 볼 수 있는 만만한 것이 아니었다.

서로를 확인했기에 다시 술병이 돌며 화기애애한 분위기가 생겨났다.

고슴도치 사내의 이름은 맹방(孟舫)이라 했다.

"맹 형은 정심맹 같은 고상한 척하는 놈들과 어울릴 분이 아닌데 정심맹도라니 어찌 된 거요?"

차정선의 말에 맹방은 크게 한숨을 지었다.

"개봉 연좌가 일어났을 때 각지의 연좌에 낭인들이 무수히 참여했던 것은 알고 계시겠지요?"

"그렇소."

"저희도 남양(南陽)의 연좌에 참여했었습니다."

"호… 그러셨구려. 반갑소이다."

연좌에 참여했었다는 말에 차정선의 얼굴에는 눈에 띄게 반가운 기색이 일었다.

다른 장소에 있었다지만 한 목소리를 냈던 이가 아니던가.

"북경에서 학사들이 처형되고 연좌를 역모로 몰아붙이게 되자 낭인들은 모두 몸을 붙일 곳이 필요하게 되었습니다. 다들 뿔뿔이 흩어져 어디건 몸을 담아 된서리를 피했지요. 저희는 우연히도 정심맹에 들게 된 것뿐입니다."

"허…… 그러셨구려. 고생하셨소이다."

차정선은 위로라도 하려는 듯 술병을 부딪치고 술을 들이켰다.

자신의 눈앞에서 쇠뇌에 맞고 죽어가던 장팔이 떠올라 술맛이 씁쓰레하기 짝이 없었다.

'정말 의령이 말대로구나.'

조온과 반류와 함께 현무교의 비처를 떠나올 때, 의령이 당부했던 말이 떠올랐다.

의령은 현무교에 약속한 대로 남았고 인교연은 유성혼과 신영의 간병을 위해 그곳에 남았다.

강호에 다시 나온 것은 셋이었으나 그들에게 맡겨진 일은 간단치 않았다.

연좌에 참여했던 낭인들을 모아 인심을 바꾸는 것이 그들이 맡은 일이었다.

그에 따라 태행산맥을 근거지로 하여 조온 등은 은밀히 낭인들을 모으는 중이었다.

그들과 친분을 맺고 있던 이들을 기반으로 회회교의 정벌에 동요하고 있는 이들을 여기저기에서 결집시켜 가는 과정.

이제까지 기대치 않은 성과가 너무나 확연히 드러나 강호의 밑바닥 인심이 간단치 않음을 새삼 느끼는 차정선이었다.

"그런데……."

차정선의 상념을 깨고 맹방이 입을 열었다.

"차 대협과 함께 계신 분들도 저희 같은 낭인 출신인 듯한데요……."

"그렇소."

차정선은 꿀꺽꿀꺽 술을 들이 부었다.

"우리 같은 낭인들이 살기에 현 강호는 너무 빡빡하다 할 수 있수. 천패궁이니, 정심맹이니, 사흑련이니 하는 것들은 애초에 생리에 맞지 않는 걸 어쩌겠수."

맹방이 고개를 주억거렸다.

정말 가슴을 치는 절절한 공감.

"거기다 쪽발이 태양궁 놈들까지 천패궁에 붙어 깝치고 다니니 더러워서 길을 다니기도 힘들 지경이우."

"정말 맞는 말씀이십니다."

"꼴 보기 싫은 놈들과 얼굴 맞대고 빌빌거릴 필요가 뭐 있수! 우린 자유로운 낭인들이오!"

호쾌한 차정선의 말에 모두 술병을 높이 들었다.

자유.

아, 얼마나 감미로운 말이던가.

마흔이 훌쩍 넘은 닳고 닳은 낭인들일지라도 가슴 한편에서 스멀스멀 피어오르는 애틋한 향수를 느끼게 하는 그 말.

"마침 강호가 혼란스러우니 우리가 비비고 들어갈 자리도 충분하우. 그래서 뜻이 맞는 친구들이 하나둘 모여 우리끼리 마음껏 살구 있수다."

맹방은 꿀꺽 침을 삼켰다.

그야말로 자신들이 있을 곳이 아니던가.

마음 한구석에 의심이 전혀 없는 것은 아니었으나 죽을 길이 구 할은 넘어 보이는 회회교 정벌보다는 차정선을 따르고 싶은 마음이 굴뚝같았다.

마음대로 산다는 말처럼 달콤한 유혹이 낭인들에게 또 어디 있으리.

"저… 마음껏이라면?"

차정선이 배를 두드리며 호탕하게 웃음을 터뜨렸다.

"가고 싶은 곳에 가고 하고 싶은 일을 하는 것이 마음대로 사는 것 아니겠소! 천패궁에서도 회회교를 친다고 정신이 없으니 그놈들 빈틈을 파고들면 우리가 터를 잡는 것도 어려운 일만은 아니라오."

맹방은 곁에 있는 두 친구들과 슬며시 눈빛을 교환했다.

가뜩이나 가기 싫은 운남길을 벗어날 수 있는 좋은 기회였다.

정심맹에 충성을 바칠 이유 따윈 애시당초 그들에게 없었다.

정심맹은 그저 그늘을 찾아들었던 곳에 불과했다.

흑창 차정선이라면 믿고 기대어볼 만한 거목이었다.

적어도 죽는 거보다는 나을 것 아니겠는가.

빠르게 주판알을 튕긴 그들의 눈은 일제히 차정선을 향했다.

"저희도… 차 대협을 따를 수 있겠습니까?"

차정선의 호탕한 웃음이 쩌렁쩌렁 울렸다.

그렇게 낭인들의 새로운 세(勢)가 눈덩이처럼 부풀고 있었다.

2

의령은 자신이 앉아 있는 요동(窯洞)을 이리저리 훑어보고 있었다.

지금 그는 남옥당을 기다리는 중이었다.

금지민과 함께 은밀히 논의한 천패궁 공격책의 핵을 준비하기 위해 오늘 만나기로 했던 것.

현무교와 함께 계획한 방안은 위험스럽기 짝이 없었다. 특히 그들 형제가 담당할 위험이 너무나 컸다. 그중에서 그가 감당할 위험이 제일 컸다. 그러나 의령은 담담해 보이기만 했다.

둥그스름하게 진흙을 이겨 단단히 굳힌 일직선의 공간이 그가 있는 동굴집, 요농이었다.

뿌옇게 햇볕이 새어 들어오는 환기용 창을 물끄러미 바라보는 의령.

그의 속내는 담담해 보이는 겉모습처럼 평온하지만은 않았다.

유성혼이 간신히 깨어났지만 이제까지 진영의 안부를 물은 것 외엔 한마디도 하지 않고 있었다.

두 눈을 잃어 맹인이 된 유성혼.

내공까지 흩어져 이제 무인의 구실조차 할 수 없게 된 그를 임교연이 정성껏 간병하고 있었다.

그러나 유성혼은 임교연에게도 의령에게도 한마디 건네지 않고 무거운 침묵만을 지켰다.

진영 또한 여전히 호전되지 않은 상태였다.

근골이 굳지 않도록 날마다 추궁과혈(推宮過穴)을 베풀어 몸을 풀어주고 있으나 외상이 아닌 내상이 문제였기에 그의 의식은 아직도 미로를 헤매고 있었다.

그러나 겉으로 보기에 의령의 모습은 고요하게 가라앉아 담담하기만 했다.

정신을 똑바로 차리고 자신을 굳건히 세워야 할 때라는 것을 의령은 한시도 잊지 않았다.

복수에만 연연해 큰 것을 놓치는 우를 다시는 범하지 않으리라 굳게 다짐했다.

심명조와 한광후, 진영의 가르침을 되새기며 의령은 스스로의 정신을 끝없이 단련하는 중이었다.

문득 인기척 소리가 문밖에서 들리더니 삐걱 하고 문이 열렸다.

남옥당이었다.

의령은 정중히 일어서 포권을 취했다.

"어서 오십시오."

"노부가 늦지는 않았나 모르겠구려."

"천만의 말씀입니다."

의례적인 인사를 하던 의령의 눈은 남옥당의 뒤를 향했다.

남옥당은 혼자가 아니었다.

햇빛을 등에 업은 역광(逆光)의 사이에 섬연한 자태가 남옥당을 따르고 있었다.

여인이었다.

푸드득—

낮은 날갯짓 소리와 함께 날아든 새 한 마리.

"금아!"

반가운 음성이 의령의 입에서 터져 나왔다.

그가 개봉에 남겨두고 왔던 올빼미 금아였다.

의령의 왼 손목에 찬 묵룡에 앉아 금아는 데구르르 머리를 굴렸다.

겨울을 맞아 새하얗게 털갈이를 마쳐 커다란 눈덩어리가 앉아 있는 듯했다.

의령이 부리를 쓰다듬어 주자 금빛 눈을 깜박이며 아양을 떨었다.

의령은 비로소 남옥당의 뒤를 따라온 여인이 누구인지 알 수 있었다.

그녀는 의령이 개봉에서 구해준 고화였다.

의령의 시선이 자신을 향하자 고화는 천천히 걸음을 옮겨 앞으로 나섰다.

의령이 마지막으로 본 무참히 망가진 고화의 얼굴은 깨끗하게 아물어 있었다. 구타의 흔적으로 두 배 가까이 부풀었던 왼쪽 볼에 남은 별 모양의 작은 흉터를 제외하고는.

부드럽게 물결치는 쪽빛 비갑(比甲)을 걸친 고화는 의령이 처음 보았던 그 모습처럼 아름다웠다.

미령과 효령에게 꽃을 바친다던 만월루의 기녀 고화가 바로 그녀인 것이다.

쇄뇌결로 폐쇄했던 의식을 되돌린 고화의 얼굴은 한 가닥 어둠이 드리워져 있었으나 백치의 그것은 분명 아니었다.

고화는 의령에게 정중히 허리를 숙여 인사했다.

"생명의 은인께 이제야 감사의 인사를 드리옵니다."

"완쾌되신 모습을 보니 저도 기쁩니다."

"염려해 주신 덕분이에요."

의령과 고화의 만남을 흐뭇하게 바라보던 남옥당이 자리를 찾았다.

"심 공자, 앉아서 이야기하도록 합시다. 늙은이는 무릎이 시원치 않아서요."

의령의 얼굴에 웃음이 떠올랐다.

"죄송합니다. 앉으시지요."

남옥당과 의령이 자리에 앉았으나 고화는 다소곳이 남옥당의 뒤에서 있었다.

"너도 앉거라."

"예."

의령은 남옥당의 말이 있은 후에야 자리에 앉는 고화에게서 일반 교도들의 관계와는 조금 다른 면을 발견했다.

남옥당의 시선이 의령을 향했다.

"심 공자, 그동안 밝히지 못했던 것이 하나 있소이다."

"말씀하시지요."

"실은 이 녀석이 내 핏줄이외다."

그제야 고화의 태도에 수긍이 갔다.

남옥당이 정중히 몸을 일으켜 의령에게 포권을 취했다.

"이제야 감사의 인사를 드림에 몸 둘 바를 모르겠소이다. 딱히 시간이 없었다지만 너무 늦었구려."

의령이 얼른 일어서 마주 포권을 취했다.

"손녀의 목숨을 구해주어 정말 감사드리는 바요. 내 교에 목숨을 바친 몸이라 사사로운 정을 드러낼 수 없었소. 공자의 은혜가 하해와 같소이다."

"예를 거두시지요. 인연이 닿았을 뿐입니다."

의령과 남옥당은 자리에 앉았으나 한동안 말이 없었다.

남옥당이 그런 의령의 침묵을 깼다.

"공자에게까지 숨겨 정말 미안하오."

의령은 아무 말 없이 가볍게 고개를 숙였다.

"앞으로 공자가 맡아야 할 일은 위험천만한 일이오. 그런 공자에게 더 이상 숨겨서는 안 된다는 생각이 들었소이다."

"배려에 감사드립니다."

"공자가 맡은 일은 아주 까다로운 일이오……."

무언가 주저하는 듯한 남옥당의 말에 의령은 시원스레 재촉했다.

"이미 결정이 끝난 일이지 않습니까?"

남옥당의 노안이 의령을 바라보았다.

"나로서는… 손녀의 은인이기도 한 공자에게 너무 과한 짐을 지우는 것 같아 미안할 따름이오."

의령의 얼굴에 웃음이 떠올랐다.

"그렇게 생각지 않으셔도 됩니다. 천패궁과 저는 양립해 살 수 없는 운명이 되었으니까요. 이 참에 천패궁이 어찌 생겼나 실컷 봐둘 작정

입니다."

"그렇게 말해 주니 노부의 마음이 한결 가벼워지는구려."

두 노소의 얼굴에 빙긋 웃음이 떠올랐다.

의령이 가볍게 웃음을 터뜨렸다.

"아주 기대가 큽니다. 현무교에서 어떻게 저를 천패궁에 들여놓을 지……"

"일단 공자의 준비가 완벽해져야겠지요. 아직까지는 시간이 넉넉한 편이니 그동안 준비를 철저히 해야 하외다."

이제까지 별다른 질문이 없었던 의령은 정면으로 남옥당의 눈을 응시했다.

"한 가지 확인하고 싶은 것이 있습니다."

"말씀하시오."

"소교주께서는 제 형님을 치료하실 의지가 있으십니까?"

남옥당도 의령의 눈을 피하지 않았다.

이것은 신뢰의 문제였다.

이 문제를 명확히 하지 않는다면 협력은 불가능한 일이었다.

"그렇소."

의령에게 부연하듯 남옥당은 천천히 입을 열었다.

"그분과 진 대협의 관계는 한두 차례의 갈라섬으로 단절될 수 있는 그런 것이 아니오이다. 내 소교주를 위해서라도 반드시 진 대협을 치료해 드릴 것을 약속드리오."

의령의 얼굴에 환한 미소가 떠올랐다.

"그렇게까지 말씀하시니 마음이 놓이는군요."

"더 궁금한 것은 없소이까?"

"제가 어떤 신분으로 천패궁에 들어가게 되는 것입니까? 제 얼굴을 아는 이들도 천패궁에 꽤 있을 텐데요."

"그 점은 고화가 설명해 줄 게요."

의령의 시선이 고화를 향했다.

인사만 시키려 데려온 것이 아니란 말인가.

남옥당의 설명이 이어졌다.

"이 애는 본 교의 일급간자일 뿐 아니라 공자가 분할 인물을 완벽하게 숙지시켜 줄 최적임자요."

고화는 살짝 고개를 숙였다.

아직까지 정면으로 마주치지 않았던 둘의 눈이 처음으로 마주쳤다.

또박또박 고화의 음성이 울렸다.

"앞으로 공자의 교육은 제가 담당하게 되었어요. 시간이 얼마 없으니 서둘러야 합니다."

의령과 마주 앉은 고화는 감정이 섞이지 않은 어조로 탁탁 끊어 말하는 중이었다.

"다시 한 번 암기해 주시겠어요?"

팔짱을 끼고 눈을 감은 채 의령의 암송이 흘러나왔다.

본래 유생이었던지라 물 흐르듯 이어지는 청아한 목소리가 낭랑하기 이를 데 없었다.

성명 푸랏트.

우리 이름은 월강(越剛).

회족(回族)으로 나이는 스물아홉.

혼자 있길 좋아하는 음울한 성격으로 알려졌으며 천패궁에서 회회교에 심은 간자.

회회교에서 정체가 드러나 탈출해 천패궁에 입궁할 예정…….

의령이 변신할 인물에 대해 기록한 사항을 암송할 동안 고화는 물끄러미 눈을 감은 의령의 얼굴을 요모조모 뜯어보고 있었다.

자신을 구했다지만 그때의 기억은 텅 비어 없었다.

그녀가 기억하는 의령의 모습은 개봉 연좌 때 맨 앞에서 외치던 열정적인 소년의 그것이었다.

자기보다도 두 살이나 어린 사내.

뽀송뽀송한 볼이 귀여웠었다.

그러나 눈앞에 있는 사람이 그때의 그 사람이라곤 생각되지 않았다.

정중하고 고요한 기태는 변함이 없었으나 가끔씩 보이는 날카로운 눈매는 그가 이미 한 사람의 사내로 변했음을 말해 주었다. 어린 티가 가신 날카로운 턱 선이 굴강한 성격을 웅변했다.

개봉 연좌가 있은 지 일 년도 되지 않았다.

그동안 어떤 일들을 겪었을까.

엽살혼의 고문에서 자신을 지키기 위해 쇄뇌결을 펼쳐 몇 달 동안 백치로 있었던 고화는 정신을 차린 후 자신이 무언가 변했음을 깨달았다.

만신창이가 되었던 몸은 영약과 의술의 도움으로 단기간에 회복되었으나 한 번 다친 마음은 쉽게 회복되지 않았다.

한동안 밤마다 꿈속에서 엽살혼에게 고문을 당했다.

그때의 수치와 굴욕이 날마다 반복된다는 사실이 고화에겐 더할 수 없는 치욕이고 고통이었다.

잠에서 깨어날 때마다 온몸이 흠뻑 땀에 젖는 날이 수없이 지나갔다.

차츰 꿈을 꾸지 않게 되었으나 그 후로 세상을 보는 고화의 눈은 변해갔다.

교를 위해 모든 것을 다 바쳐야 한다는 할아버지의 뜻만을 따라 순종하며 살았었는데.

자신의 삶은 뒤로한 채 교를 위해 모든 걸 바쳐야 한다고 굳게 믿었는데.

그것만이 삶의 전부가 아니었다.

허공을 떠도는 바람에도 그가 지나쳐 온 곳들에 대한 기억이 있을 터였다.

길가의 어린 꽃 한 송이에도 삶의 신비가 담겨 있을 것이다.

쇄뇌결에서 깨어난 고화는 예전의 고화가 아니었다.

자기 삶의 의미를 새롭게 깨달아가는 생의 찬미를 시작한 고화였다.

아직 아무도 알지 못하는 변화였지만.

누구에게도 말할 수 없는 변화였지만.

"틀린 데는 없소?"

상념을 깬 느닷없는 목소리.

무언가 표정이 담긴 의령의 눈이 바로 앞에 보였다.

고화는 자기도 모르게 말을 더듬었다.

"아… 예."

고화는 창피했다.

임무를 앞에 두고 딴생각을 하다니.

이전의 자신이라면 있을 수 없는 일이었다.

의령은 묘한 눈빛으로 자신을 바라보고 있었다.

그 의미가 너무 궁금했다.

이전이라면 그런 것은 묻지 않았을 텐데…….

"왜 그러시죠?"

스스로 내뱉은 음성이면서도 딴 사람의 말인 것만 같았다.

이것은 갈데없는 소녀의 그것이지 않은가.

왜 목소리가 떨린단 말인가.

맙소사.

"바로 그 눈빛이었소."

"예?"

왜 화들짝 놀란담. 진짜 왜 이래?

"내가 당신을 구했을 때 바로 그런 눈빛을 하고 있었소."

그걸 내가 어찌 알아?

"멍청한 눈빛이었겠죠. 그땐 의식이 없었으니까."

왜 샐쭉하게 말하고 있지? 별꼴이야!

"아니오. 의식을 닫은 자의 눈빛은 백치의 그것과는 좀 다르오. 생각을 닫은 자와 생각이 없는 자의 눈빛이 같을 수는 없지요. 소저의 눈빛은 전자였소."

호… 조금 기분이 좋아지네?

아, 왜 이러지?

"한때는… 내 눈빛도 그랬을 거요. 나는 볼 수 없었지만…….."

음?

"공자도 의식을 잃은 채 돌아다닌 적이 있나요?"

너도 그랬단 말야?

"그랬었지요. 잠시였지만."

자세하게 좀 말해 봐! 우리가 같다구?

"이 얘기는 그만 하지요. 지금은 해야 할 일이 있지 않습니까."

이러언!

"그러죠! 일단 푸랏트에 대한 신상은 완벽히 숙지하신 듯하니 이걸 암기하도록 하세요. 저는 잠시 나갔다 오겠습니다."

의령의 앞에 던지듯 두루마리 하나를 내려놓은 고화는 획 몸을 돌려 동굴 방을 성큼성큼 걸어나갔다.

쾅―!

문짝이 떨어져라 닫히는 소리가 들렸다.

침상에 앉아 꾸벅꾸벅 졸고 있던 금아가 깜짝 놀라 날개를 푸다닥거렸다.

의령은 멍한 표정으로 먼지가 떨어지는 문을 바라보고 있었다.

"내가 뭘 잘못했나……?"

고개를 갸웃거리던 의령은 두루마리를 집어갔다.

오랜만에 보는 글자가 반가웠다.

이번엔 무엇이 적혀 있을까.

"우쒸! 제엔장할!"

의령의 동굴 방과 중정을 사이에 두고 마주 뚫린 자신의 동굴 방에 들어선 고화는 쾅 하고 문을 닫고 침상에 몸을 던졌다.

얼굴이 뜨거웠다.

귓불이 달아올랐다는 것이 느껴졌다.

왜 이러는 것일까.

병에라도 걸린 것일까.

들쭉날쭉 팔랑거리는 마음의 움직임을 스스로 잡아낼 수 없었다.

엎드린 몸을 뒤집어 똑바로 천장을 보고 누웠다.

둥그렇게 깎인 천장을 바라보는 고화의 가슴이 흥분한 호흡을 따라 빠르게 물결쳤다.

고화는 가볍게 심호흡을 하며 눈을 감았다.

너무 궁금하다.

자신은 쇄뇌결 때문에 의식을 스스로 닫아버렸었다.

그런 무공은 현무교밖에는 없었다.

의령도 그런 무공을 익혔을까?

어떻게 된 걸까?

어떻게 제정신을 차렸을까?

"궁금해―!"

눈을 꽉 감고 고화는 저도 모르게 소리쳤다.

"뭐가?"

갑자기 들린 음성에 깜짝 놀란 고화가 벌떡 일어나 앉았다.

그녀의 눈앞에 서 있는 사람을 보고 고화는 안도의 한숨을 내쉬었다.

"휴우. 언제 왔어? 깜짝 놀랐잖아!"

"언니답지 않게 문 여는 소리도 못 듣고 놀란 거야?"

문 여는 소리도 듣지 못했다니.

문제가 너무나 심각한가 보다.

정말 어디가 아픈 걸까?

"언니, 어디 아파?"

"아, 아냐. 조금 신경 쓰이는 일이 있어서."

"뭔데?"

호기심에 반짝반짝 눈을 빛내는 소녀.

소교주인 금지민의 딸 수아였다.

"공적인 일이야."

교의 공적인 일이라는 말에 수아는 더 묻지 않았다.

그것은 현무교의 오랜 규범이었다.

교에서 맡긴 임무라면 직속상관이 아닌 이상 부모에게도 말하면 안 되었다.

수아가 침상에 털썩 앉았다. 함께 자라 소꿉친구나 다름없는 사이였다. 고화가 두 살 위였지만 둘의 사이는 자매보다는 친구에 가까웠다.

고화의 얼굴을 가까이 바라보던 수아가 싱긋 미소를 지었다.

"언니, 얼굴 많이 좋아졌다. 예전만큼 이뻐졌어."

개봉에서 고화가 구출되었다는 소식에 뛸 듯이 기뻐하며 고화를 찾았던 수아는 엉망으로 망가진 고화의 얼굴을 보고 대성통곡을 했었다.

친자매처럼 자라난 고화가 간자의 임무를 수행하다 잡혔다는 말을 듣고 얼마나 발을 동동 굴렀던가.

사부로 모시고 있는 남옥당이 너무나 냉정하다고 원망도 많이 했던 수아였다.

이제 건강해진 고화를 다시 보니 안심이 되었다.

"사부님은 정말 너무해!"

"할아버지가 왜?"

"몸이 완전히 낫지도 않았는데 여기까지 불러들여 또 임무를 주다니. 정말 너무하잖아!"

고화는 빙긋 웃음을 지었다.

언니다운 여유가 비로소 배어 나왔다.

"그건 너무나 당연한 의무야."

그러나 고화는 알고 있었다.

자신의 속마음은 이제 그렇지 않다는 것을.

그러나 밝힐 수 없다는 것을.

"참, 언니. 심의령이라는 사람 여기 있다면서?"

"응? 어……."

"무슨 대답이 그래? 그 사람 못 봤어?"

자신이 심의령을 교육시키는 것은 밝혀서는 안 되는 교의 임무였다.

고화는 애매하게 얼버무릴 수밖에 없었다.

"보긴 했어. 이 요동에 있으니까."

"정말? 말해 봤어?"

"으, 응. 그 사람이 개봉에서 날 구해줬잖아."

왜 자신이 더듬거리는 것일까.

고화는 알 수 없었다.

"정말?"

수아의 목소리가 커졌다.

"자세히 좀 말해 봐! 왜 아무도 말을 안 해줬지? 그 사람 정말 멋지다. 어떻게 구해줬대? 언니를 어떻게 알고 교에 데려온 거래?"

따따따 쏟아지는 질문 공세에 고화는 살짝 어지럼증을 느꼈다.

그러고 보니, 자신조차 알지 못하고 있었다.

감사 인사만 했을 뿐.

의식을 잃었었기에 자신이 의령에게 구출되었다는 사실이 실감이 나지 않았고 그랬기에 어떻게 자신을 구했는지 묻지도 않았다.

자신의 변화에 신경 쓰기도 바빴었으니.

"할아버지 앞에서 감사 인사만 했을 뿐이야."

"따로 이야기해 본 적은 없고?"

"어? 으… 응."

"에이, 시시해!"

수아는 입을 삐죽 내밀었다.

"너… 그 사람한테 관심이 많은가 보다?"

"응."

곧바로 나오는 수아의 대답에 오히려 고화가 당황했다.

"만난 적도 없잖아?"

"사부님 따라다닐 때, 그 사람 집에 간 적이 있거든."

"집? 천추서림?"

"어. 거기 있던 사람들 다 죽었잖아. 지금은 집터만 남아 있다구."

개봉 연좌가 강제로 진압될 때, 이미 천패궁에 의식을 금제한 채 갇혀 있었던 고화는 그런 사실을 알지 못했다.

지금 처음 듣는 말이었다.

자신이 정신을 놓은 동안 있었던 강호의 변화를 아직 채 파악도 하지 못하고 있었다.

그럴 여유가 고화에겐 없었다.

그런 일이 있었구나…….

"거기 식솔들이랑 유생들이랑 낭인 무사들까지 당시 남아 있던 사람들은 그 사람 빼고는 모두 죽었대. 천패궁 짓이라더만. 사부님이랑 거기 가서 그분들 위령비(慰靈碑)를 세운 적이 있어."

그랬구나……. 모두 죽었구나…….

안됐다…….

"그때 사부님 표정이 아직도 생각나. 사부님이 눈물을 보이신 건 처음 봤으니까."

"할아버지가 우셨어?"

"아니, 울진 않으시구 그렁그렁 눈물이 맺혀서 한숨을 쉬시더라구. 얼마나 분위기가 무거웠다구."

근데 왜 그 사람한테 관심을 보이는데?

"그때부터 그 사람이 궁금했어. 사부님 따라 북경에도 갔었거든. 효수된 학사들 이름을 일일이 적으시더라구. 사부님은 개봉 연좌를 정말 안타깝게 생각하서. 그래서인지 나도 그 사람한테 관심이 많아."

다행이다……. 응? 뭐가?

"언니, 왜 그래? 머리 아파?"

수아는 자신의 이야기를 듣다 말고 고개를 세차게 젓는 고화를 걱정스레 바라보았다.

"아, 아냐……."

"얼굴도 좀 달아오른 것 같고, 아무래도 언니 몸이 아직 정상이 아닌가 보다. 이따 밤에 다시 올게. 좀 쉬어. 사부님 뵈러 갈게."

"그, 그래."

수아는 부득부득 우겨 고화를 침상에 눕히고 이불까지 덮어준 후 동굴 방에서 나갔다.

'내가 왜 이러지? 왜 이러지?'

고화는 눈을 꼭 감고 고개를 젓다 머리끝까지 이불을 푸욱 덮어썼다.

정말로 머리가 아파오기 시작했다.

고화의 방을 나선 수아는 중정(中庭)의 바닥을 청소하는 시비(侍婢)
에게 남옥당이 있는 곳을 물었다.

같은 현무교도이기도 한 시비가 생글거리는 얼굴로 수아에게 예를
올렸다. 소교주의 딸인 수아는 현무교도 모두의 금지옥엽이었다.

섬서에 도착해 아직 남옥당에게 인사를 드리지 못했기 때문에 수아
는 여행복도 갈아입지 않은 상태였다.

사부라기보다는 조부에 가까운 심정으로 섬기는 이가 남옥당이다.

육친이라고는 모친인 금지민밖에 없어 수아는 정에 굶주려 자랐
다. 그 빈자리를 채워주었던 사람들이 바로 고화와 남옥당이었기에 두
사람은 수아에게 특별한 이들이었다.

시비는 남옥당이 다른 요동(窯洞)에 있다고 알려주었다.

남동쪽으로 난 통로를 통해 지상으로 올라온 수아는 시비가 알려준
요동의 문동(門洞)을 지나쳐 중정으로 들어섰다.

남옥당에게 보고하려는 교도를 손짓해 말린 수아는 남옥당이 있다
는 동굴 방의 문 앞에 바싹 붙었다가 확 뛰어들었다.

오랜만인지라 장난기가 동했던 것.

"사부님!"

일부러 채광을 막았는지 어둑어둑한 실내에는 기이한 약향이 흐르
고 있었다.

침상 앞에 의자를 두고 앉아 있던 남옥당이 깜짝 놀라 일어섰다.

"…수아야!"

어딘가 어색한 듯한 음성.

남옥당은 수아를 향해 걸음을 옮기려 했으나 수아가 한 걸음 더 빨랐다.

휘익 신형을 날려 바닥에 넙죽 엎드려 예를 표한 것.

남옥당은 가끔씩 치는 수아의 장난을 항상 유쾌하게 받아주었기에 어쩐지 좀 놀란 듯한 남옥당에게 수아는 계속 장난을 쳤다.

"오랜만에 뵈어요, 사부님! 기체후일양만강하오십니까?"

"그… 그래."

남옥당이 별 반응이 없자 수아가 재미없다는 표정으로 몸을 일으켰다.

평소 같으면 자신의 재롱에 너털웃음이라도 터뜨리실 텐데 무언가 이상했다.

고개를 갸웃거리던 수아의 눈에 침상에 누워 있는 사람이 그제야 보였다.

진한 약 냄새는 바로 이 사람 때문인 듯했다.

"누구예요, 이 사람?"

현무교도는 아닌 듯했다.

수아는 처음 보는 인물이었다.

"…본 교의 귀빈(貴賓)이시다."

"의식이 없나 보네요?"

"그렇단다."

"헤…… 그런데도 귀빈이에요?"

남옥당은 무겁게 고개를 끄덕였다.

"이분은 언제나 본 교의 귀빈이셔야 할 분이다."

남옥당의 진지한 어투에 수아도 장난기를 거두었다.

"신분이 대단한 분이신가 보네요."

수아는 침상에 누운 이의 얼굴을 바라보았다.

홀쭉하게 뺨이 말라 있는 중년 사내는 죽었는지 살았는지 미동도 하지 않았다.

젊을 때는 미장부 소리깨나 들었을 법한 얼굴이었다.

"그렇다고 할 수 있지."

중년 사내를 바라보는 수아의 얼굴을 주의 깊게 관찰하며 남옥당이 입을 열었다.

수아의 얼굴이 남옥당에게 돌려졌다.

"이분의 신분이 제가 알면 안 되는 교의 비밀인가요?"

남옥당은 침묵을 지켰다.

말해 줄 것인가?

말해 줘야 하는 것 아닐까?

남옥당의 짧은 고민은 날카로운 교성에 끊기고 말았다.

"여기서 무엇을 하는 것이냐?"

어느새 들어섰는지 문 앞에는 금지민이 서 있었다.

딱딱하게 굳어 있는 금지민의 얼굴.

금지민의 눈과 남옥당의 눈이 마주쳤다.

불안한 듯 흔들리는 금지민의 눈.

금지민은 얼른 눈을 돌려 수아를 크게 꾸짖었다.

"네가 있을 곳이 아니다! 썩 물러나 어미 방에 가 있거라!"

얼마 전 인사를 드렸을 때만 해도 따뜻한 얼굴로 반겨주었던 금지민이 날 서린 어조로 꾸짖자 수아는 내심 섭섭했다.

그러나 아직 현무교에서 공식적인 자리를 갖고 있지 않은 그녀는 알아서는 안 되는 일이 많이 있었다.

어릴 때부터 교의 규칙을 지키는 데 모범을 보여야 한다고 귀에 못이 박히도록 들었는지라 수아는 아무 말 없이 깊숙하게 고개를 숙여 예를 표하고 총총히 사라졌다.

침상에 누운 사람의 얼굴이 어딘가 낯설지 않다는 느낌만이 어렴풋이 들 뿐이었다.

수아가 완전히 사라졌음을 확인한 금지민이 천천히 남옥당에게 다가왔다.

"그 애에게 무슨 말을 한 것은 아니시겠지요?"

수아를 꾸짖을 때는 꿋꿋하기만 했던 금지민의 목소리가 가늘게 떨려왔다.

하얗게 질린 얼굴이 그녀가 얼마나 당황하고 있는지를 웅변했다.

"아무 말도 하지 않았소. 할 시간도 없었지."

"잘하셨어요."

그제야 안도한 듯 안색이 풀려간다.

"나도 깜짝 놀랐소이다. 갑자기 이 방에 뛰어들어 어쩔 도리가 없었소."

"그 애가 이곳에 접근하지 못하도록 단단히 일러두어야겠어요."

남옥당의 눈은 안타깝게 금지민을 바라보고 있었다.

'소교주, 어찌 천륜을 막으려 하신단 말씀이오?'

침상에 누워 있는 사람은 수아가 그 존재조차도 모르는 아버지.

진영이었다.

수아는 그 밤, 고화를 만날 수 없었다.

그 밤 내내 수아는 금지민의 훈계를 들어야 했다.

그 시간에 고화는 의령과 함께 있었다.

은은한 호롱불이 밝혀진 실내에는 따뜻한 온기가 맴돌았다.

중정의 위를 스치는 세찬 바람 소리가 멀리서 들려왔다.

목재가 귀한 이곳에서는 평평한 황토층을 아래로 파 들어가 네모난 중정을 만들고 그것을 기준으로 사방에 동굴 방을 만들었다.

두터운 황토층으로 인해 여름엔 시원하고 겨울엔 온기가 보존되는 것이 이 요동(窯洞)의 특징.

그래서 중정으로 나가면 뻥 뚫린 하늘을 언제라도 바라볼 수 있었다.

오늘같이 바람이 심한 날에는 중정의 위를 스쳐 지나가는 바람 소리가 쓸쓸히 울려 퍼졌다.

고화는 의령의 서툰 발음을 교정해 주는 중이었다.

어느새 의령을 향한 고화의 음성은 부드럽게 변해 있었으나 의령도 고화도 의식치 못했다.

"언쌔랴므얼래쿤!"

"좀 더 부드럽게 리듬을 타야 해요."

"언쌔랴므얼래쿤!"

"좋아요. 무슨 뜻이죠?"

"알라께서 당신께 평안을 내리시길 기원합니다."

"훌륭해요. 상대에게 그 말을 들으면?"

"우얼래쿤언쌔라므!"

"뜻은요?"

"알라께서 당신께도 평안을 내리시길 기원합니다."

"좋아요."

거듭된 칭찬에 의령의 입에 미소가 떠올랐다.

"그런데 언어도 모르면서 이렇게 인사말을 외울 필요가 있습니까?"

의령의 질문에 고화는 고개를 저었다.

"모르시는 말씀이에요. 실상 회족들도 대부분 한어를 사용하기 때문에 자신들의 모어(母語)를 정확히 아는 이들은 별로 없어요."

"그렇다면 더욱 필요없는 것 아닐까요?"

고화는 살짝 웃음을 터뜨렸다.

회족들의 사회를 모르는 이들이면 얼마든지 할 수 있는 질문이었으나 사정을 아는 사람이라면 웃음을 터뜨릴 수도 있는 이야기였다.

"회회교를 믿는 무슬림들이 서로 일상적으로 나누는 말 속에는 이 같은 자신들의 특이한 모어가 다수 있어요. 그 말을 모르는 무슬림은 없다고 해도 과언이 아닌 말들이죠. 제가 가르쳐 드리는 말들이 그런 말들이에요."

의령은 계면쩍었던지 머리를 긁적였다.

"이거 모르는 것투성이군요."

"너무 자세히 아실 필요는 없어요. 천패궁에서 회족을 만날 기회는 거의 없을 테니까요. 혹시나 해서 알려 드리는 거예요. 더구나 푸랏트, 아니, 월강도 회회교의 교리에 정통한 사람은 아니었어요. 생활 습관은 꽤 충실히 지켰다니 그 점만 조심하시면 될 거예요. 그저 회족으로 보일 만큼만 아시면 되니까 걱정 마세요."

의령은 고개를 끄덕였다.

그가 들은 바로는 월강이라는 인물은 이미 세상에 존재하지 않는 인물이었다.

회회교와 긴밀하게 연락을 주고받던 현무교 측에서 천패궁에 잠입하기 위해 특별히 선택한 사람이 그였다.

천패궁에서 확실한 신분 보장을 받을 수 있으나 정작 제대로 아는 이가 없는 인물을 찾다가 나온 인물이 월강이라는 회족 사람이었다.

그를 포섭한 인물은 이미 죽고 없었고 월강 또한 회회교 측에 발각돼 쥐도 새도 모르게 살해된 상태였다.

회회교 최상층부 몇몇만이 그의 죽음을 알고 있었기에 의령이 변장하기에 딱 맞는 인물이었다.

오늘 밤은 그만 해도 되었던지 고화가 두루마리를 정리하여 다시 의령에게 건네주었다.

월강이라는 인물에 대해 생각에 잠겨 있던 의령이 무심코 그것을 받았다.

그래서였을까.

두루마리를 잡은 고화의 손끝에 살짝 의령의 손이 닿았다.

깜짝 놀란 고화가 얼른 뒤로 손을 뺐다.

그 바람에 두루마리는 탁자에 떨어져 데구르르 뒹굴었다.

고화의 얼굴이 붉어졌다.

'왜 이러는 거야?'

"어?"

탁자를 굴러 떨어지려는 두루마리를 의령이 얼른 잡았다.

두루마리를 잡느라 몸을 일으킨 의령은 고화에게 바짝 다가선 격이 되었다.

의령이 그 자세 그대로 두루마리를 들어 고화의 눈앞에 흔들었다.

호롱불이 일렁이는 가운데 둘의 얼굴이 숨결이 닿을 정도의 거리가 되었다.

"떨어질 뻔했네요."

의령의 입김이 앞머리에 닿는 것이 느껴졌다.

고화의 얼굴이 홍시처럼 빠알갛게 달아올랐다.

"어디 아프세요? 얼굴색이 좋지 않습니다."

걱정스러운 듯 의령이 자리에 앉으며 물었다.

'바보!'

고화는 의령을 향해 눈을 곤두세웠다.

누가 잡기라도 하듯 홱 일어선 고화는 먼지라도 일으킬 듯 휘익 돌아 문을 향해 턱턱 걸어갔다.

"나… 남 소저!"

고화가 걸음을 멈추었다.

'왜지?'

"왜요?"

생각과는 다른 날 선 음성.

의령은 어리둥절했지만 물을 건 물어야 했다.

"암기하라는 걸 모두 마쳤는데 이제 무얼 하면 되나요?"

기대했던 말과 전혀 다른 질문.

'이러언—!'

고화의 차가운 음성이 울렸다.

"내일부터는 월강이 되어서 행동하고 월강이 되어서 말하는 연습을 할 거예요!"

뚜뚜뚜뚜 말을 퍼부은 후 고화는 문짝이 떨어져라 쾅쾅 여닫고 동굴 방을 나갔다.

침상의 금아가 깜짝 놀라 다시 푸드득거렸다.

호롱불 사이로 떨어지는 흙먼지를 바라보며 의령은 입을 열었다.

"성격 한번 특이하군. 저렇게 금방 기분이 바뀌어야 훌륭한 간세가 될 수 있나?"

의령은 손바닥을 휘휘 저어 먼지를 밀어내며 중얼거렸다.

"월강이 된다? 허참……."

화두처럼 던져진 말에 의령의 고민은 깊어만 갔다.

"휴우……."

땅이 꺼져라 짙은 한숨을 내쉬는 여인. 여전히 남장(男裝)을 한 훤칠한 키의 임교연이었다.

이곳은 진영과 유성혼이 기거하는 요동.

병자를 위해 따로 사용하고 있는 곳이었다.

유성혼이 머무는 동굴 방에서 나온 임교연의 아미는 시름에 겨운 듯 깊이 접혀 있었다.

단단히 짜인 문에 기대어 임교연은 고개를 들어 밤하늘을 바라보았다.

중정의 가운데에 서서 시린 밤하늘을 올려다보니, 수많은 별들이 곧 하늘에서 떨어질 듯 가까이 보였다.

손만 대면 잡을 수 있을 것 같은 별빛.

교연은 팔을 뻗어 별빛을 움켜쥐기라도 할 듯 손을 오므렸다.

아무것도 잡히지 않았다.

힘들 때 하늘을 보라고 말해 주었던 사람이 유성혼이었다.

의형제 중 그녀와 가장 나이가 비슷했기에 진영과는 또 다르게 가까운 이가 그었다.

그 유성혼이 지금까지 입을 열지 않고 있었다.

'왜 이런 사이가 된 것일까?'

와하변의 그 동굴이 생각난다.

가부좌를 튼 성혼의 뒷모습을 보고 심장이 내려앉는 것만 같았다.

그의 앞에서 형님이라 외치는 의령의 목소리가 너무나 멀리서 들리는 듯했다.

그가 죽은 줄만 알았다.

어떻게 다가갔는지 기억도 나지 않는다.

그녀가 성혼의 곁까지 다가갔을 때는 조온이 무릎을 꿇고 성혼의 상세를 살필 때였다.

두 눈을 잃고 시뻘건 안공을 드러낸 성혼의 얼굴을 보았을 때 임교연은 비명을 지르며 기절했었다.

깨어나서 얼마나 울었던가.

그에게 모질게 말한 것이 미안해 울었다.

그 때문에 이런 위험을 혼자 감당하게 한 것 같아 울었다.

그래도 살아 있었기에 기쁨의 눈물을 흘렸다.

섬서로 오는 내내 유성혼의 상처를 돌본 이는 임교연이었다.

어린 시절, 딱 한 번 그의 회색 눈동자를 보았었다.

사람의 눈동자가 아닌 듯한 기묘한 색깔의 눈동자는 왠지 슬퍼 보였지만 따뜻하게 빛났었다.

그의 신비한 눈빛을 다시는 볼 수 없다는 생각에 임교연은 눈의 붕대를 갈 때마다 눈물을 흘렸다.

눈알이 터져 나가며 눈 주위의 살점이 몽땅 떨어져 나갔다.

뻥 뚫려 시뻘건 속살을 드러낸 안공에 떨리는 손가락으로 직접 약을
발라주었다.

손가락을 통해서도 감정을 느낄 수 있다는 것을 그때 처음 알았다.

가슴이 에이는 아픔을 통과하는 달콤하면서도 쌉싸름한 느낌.

동정이었는지 비탄이었는지 그것이 어디에서 온 것인지는 알 수 없
었다.

그녀는 성혼이 자신에게 얼마나 소중한 사람이었는지 그제야 깨달
았다.

그것이 사랑인지는 알 수 없었다.

그런데 그런 그녀의 마음을 깨어난 성혼이 거부하고 있었다.

그의 침묵은 그녀에 대한 거부였고 자신을 완전히 포기한 사람의 그
것이었다.

그렇기에 그녀는 고통스러웠다.

"누님."

다정한 목소리.

의령이 어느새 그녀의 곁까지 다가왔지만 임교연은 그조차 느끼지
못했다.

자신을 바라보는 의령의 눈빛은 안쓰러움이 섞여 있었지만 담담해
보였다.

의령은 점점 변해가고 있었다.

그녀만을 바라보던 백치의 눈빛은 한차례 지나간 꿈이었을까.

어느새 의령의 눈은 진영을 닮아가고 있었다.

언제나 의지가 되었던 그 눈을 닮아가고 있었다.

"왔니?"

"형님은 좀 어떠십니까?"

"……여전해."

임교연의 고개는 바닥을 향해 떨어졌다.

"힘을 내세요. 성혼 형님은 곧 툭툭 털고 일어나실 겁니다."

"그럴까?"

"형님은 강한 분입니다."

임교연이 침묵을 지키자 의령은 발치에 놓인 돌멩이를 툭툭 건들기 시작했다.

"누님, 저는 곧 이곳을 떠날 겁니다."

처음 듣는 말이었다.

유성혼과 진영을 간병하기에도 벅차 보여 의령은 그동안 천패궁에 간세로 잠입한다는 것을 알리지 않았었다.

그녀가 아는 것은 현무교의 명령을 직접 받는 사람은 의령 혼자이고 다른 의형들은 독자적으로 움직인다는 것뿐이었다.

"너도 강호로 나가야 하니?"

"예. 이곳은 누님이 맡으셔야겠습니다."

무언가 자신에게 말하지 않는 것이 있는 것만 같았다.

교연은 진영도 인정할 만큼 대세를 살필 줄 아는 인재이다.

거기에 여인 특유의 직감도 작용했다.

"네가 맡은 일은 뭐니?"

의령은 교연을 바라보았다. 천패궁에 간세로 들어간다는 것을 숨기려 했었다. 그것을 알리지 않는 것이 그녀를 돕는 것이라 생각했기에.

의령이 말이 없자 교연은 그것이 엄청난 위험을 동반한 일이라는 것을 즉각 감지했다.

교연의 목소리가 높아졌다.

"빨리 말해. 네가 할 일이 뭐니?"

"천패궁에 잠입해 혼란을 야기시키는 일을 맡았습니다."

교연은 숨을 몰아쉬었다.

"말도 안 돼! 그게 죽으러 가는 것과 뭐가 달라? 내가 소교주를 만나야겠다!"

"누님!"

"어떻게 그런 일을 상의도 안 하고 혼자 결정한 거니? 어떻게!"

"이미 현무교와 얘기가 끝난 일입니다. 진영 형님을 반드시 회복시켜 준다고 다짐을 받았습니다."

교연의 눈은 또 다른 아픔으로 얼룩졌다.

"도대체… 도대체! 너나 성혼 오라버나나 똑같애! 왜 혼자 모든 걸 결정하는 거야. 왜 혼자 모든 걸 짊어지려는 거야! 우린 형제 아니니? 우린 형제잖아! 말해 봐! 왜 자기들끼리 모든 걸 결정하는 거야!"

"누님……."

"그래! 난 여자고 너보다 무공도 떨어져! 그래도 우린 형제 아니니? 왜 한마디 상의도 없이 결과만 통보하는 거야? 왜 혼자서 죽음을 결정하고 혼자서 맘대로 하는 거야!"

유성혼에 대한 원망과 의령에 대한 안타까움, 자신에 대한 무력감이 합쳐진 교연의 절규와도 같은 말.

의령은 아무 말도 할 수 없었다.

그로서는 힘든 상태에 있는 교연을 배려한 것이었으나 그것이 교연을 괴롭게 하는 일이 되고 만 것이다.

그때, 교연의 등 뒤에 있는 동굴 문이 삐걱 하고 열렸다.

잔뜩 잠긴 목소리가 무겁게 울렸다.

"그만 해라, 교연아."

두 손으로 문을 더듬어 서 있는 인물.

유성혼이었다.

혼자서 일어선 것이 얼마 만인가.

이렇게 말을 꺼내는 것이 얼마 만인가.

하얀 붕대를 친친 감은 성혼의 초췌한 얼굴이 그렇게 반가울 수가 없었다.

"형님!"

"오라버니!"

의령과 교연의 입에서 동시에 터져 나온 반가운 음성.

교연이 재빨리 성혼의 몸을 부축했다.

혼자서 버티고 서 있기는 아직 무리였을까.

교연을 밀쳐 내려던 성혼의 힘없는 손길은 곧 멈추었다.

성혼의 얼굴이 의령 쪽을 향해 돌려졌다.

"안에서 들었다. 천패궁에 잠입한다고?"

"그렇게 하기로 했습니다."

"언제냐?"

"날짜는 현무교에서 알려주겠지요. 준비가 끝나는 대로 곧 이곳을 떠날 것입니다. 거의 끝났습니다."

성혼은 잠시 말이 없었다.

죽음을 각오하고 펼친 무공이었건만 내공이 모자라 우문설을 죽이지는 못했었다.

두 눈이 터지는 것을 느끼며 아득히 정신을 잃었었다.

뇌리를 스치고 지나가는 지난 기억들.

형제들. 어머니. 그리고 임교연……

이곳에 와 정신이 들어 자신이 살아 있음을 알았다.

그의 옆에는 언제나 간병을 해주는 임교연이 있었다.

그렇게 바라던 일이 이루어졌으나 하나도 기쁘지 않았다.

죽었어야 했을 것을.

그랬다면 형제들에게 짐이 되는 처지는 아니었을 텐데.

온몸의 내공이 흔적도 없이 사라졌다.

파건곤안을 펼치고 나면 운 좋게 목숨을 건져도 그렇게 된다는 것을
잘 알고 있었다.

살아남으리라 생각지 않았건만.

이제 의령에게도 짐이 되려 하는가.

"형님, 빨리 무공을 회복해 주십시오."

뜻밖의 말이 의령에게서 흘러나왔다.

이제 장님이 된 자신이 이런 동정까지 받아야 한다는 말인가.

그에게 힘을 내게 하기 위한 억지인 듯 느껴졌다.

"의령아."

교연이 옆에서 의령을 만류하는 음성이 느껴진다.

그만 사라졌다면 의령과 교연은 행복할 수 있었건만.

"형님께 맞은 턱이 아직도 얼얼합니다."

성혼은 피식 웃음을 흘렸다.

"지금은 더 때려줄 수가 없구나."

"제게 마지막으로 하신 말씀 기억하시죠?"

자신이 무어라 했던가.

기억이 나지 않는다.

동굴을 달리며 의령과 전음을 주고받은 것이 마지막 대화였건만.

성혼이 침묵을 지키자 의령이 계속해서 말했다.

"진영 형님이 절 믿으셨듯이 형님도 절 믿으신다 했습니다."

의령이 성혼에게 다가와 문틀을 잡고 있는 성혼의 손을 잡았다.

따뜻했다.

"저도 형님을 믿습니다."

성혼이 머무는 동굴 방의 문 앞에 의령과 성혼, 교연이 서 있었다.

그들의 머리 위로 하얗게 별빛이 반짝였다.

황토고원에 해가 뜨고 있다.

황토색 대지에 떠오르는 황금빛 태양의 아름다움은 보지 않은 사람은 알 수 없다.

온 누리가 황금빛으로 밝게 터져 오르고 이슬 맺힌 황토고원이 반짝반짝 금빛 광채를 터뜨린다.

지난밤 참으로 오랜만에 둘이 함께 밤을 보낸 수아와 고화는 새벽바람이 시원한 고원에 올라 나란히 손을 잡고 떠오르는 황금빛 일출을 감상하고 있었다.

고화는 의령을 대하는 자신의 태도가 정말로 마음에 들지 않았다.

그녀는 자신을 정예의 훈련을 마친 무사라 자부했다.

어린애들이나 겪을 감정의 혼란이 자신에게 다가왔다는 사실이 고화에겐 너무나 낯설었다.

의령에게선 묘한 동질감이 느껴졌다.

그도 부모 없이 조부에게 양육되었다 한다.

천추서림에 있는 이들이 몰살될 때 자신의 의식을 놓쳤었다 한다.

그런데도 그는 어쩌면 그리 강해 보이는 걸까.

자신과 같은 혼란은 없었단 말인가.

알면 알수록 궁금해지는 사람.

한편으로는 둔하기 짝이 없는 미련퉁이.

눈치가 바닥인 인간.

호감이 가면서도 왠지 미운 사람이었다.

그때였다.

수아가 쿡쿡 옆구리를 찔렀다.

수아의 손가락을 따라 눈을 돌리니 고원 절벽의 한끝에 위태롭게 서 있는 사람이 보였다.

의령이었다.

떠오르는 태양을 맞는 뒷짐 진 모습이 한 폭의 산수화를 연상시켰다.

'제법 멋지네……. 참! 수아랑 같이 있지!'

자신과 의령의 관계를 수아에게 말할 수 없었던 고화는 순간 당황했다.

대충 둘러대고 돌아서려는데 수아가 살며시 귓속말을 건넸다.

"언니, 저 사람 뭐 하는 거야? 미친 사람인가?"

뒷짐을 푼 의령은 확실히 이상한 행동을 하고 있었다.

쭈그려 앉아 황토를 두 손에 잡고 손을 닦듯 천천히 문지르더니 얼굴을 씻는 시늉을 한다. 일어서서 머리를 감는 시늉을 한다. 마치 목욕이라도 하는 듯 보인다.

언뜻 보기에 확실히 미쳐 보였다.

흙으로 손을 닦고 목욕을 하다니.

수아와는 달리 고화는 의령이 무엇을 하고 있는지 금세 눈치 챘다.

무슬림들은 하루에 다섯 번 그들의 유일신 알라에 대한 예배를 한다. 예배를 하기 전, 반드시 몸을 닦아야 하는데 그것을 대정(大淨)이라 한다. 대정은 수방(水房)에서 하는 목욕을 말하는데 물을 구할 수 없을 경우엔 물 대신 흙으로 손을 씻고 목욕하는 시늉을 해야 했다. 그것을 대정(代淨)이라 한다.

의령은 지금 예배 전의 의식, 대정(代淨)을 하는 중이었다.

그러나 문자를 통해 알게 된 동작을 혼자서 상상해서 하고 있으니 어딘가 어색해 굼떠 보였다.

'저런 멍청이! 하란다고 무작정 하냐?'

월강이 되어 생활하라고 한 말을 따르나 보다.

시킨 대로 고지식하게 행하는 모습이 귀엽기도 했지만 조금 답답했다.

그 정도는 자신에게 물어보면 친절히 가르쳐 주었을 텐데.

의령은 고개를 갸웃갸웃하더니 동쪽을 향해 무릎을 굽혀 엉거주춤하게 절을 하는 시늉을 했다.

그 모습이 참으로 어색하기 짝이 없어 고화는 까르르 웃음을 터뜨렸다. 맑은 웃음소리가 황토고원에 울렸다.

의령이 고개를 돌려 고화와 수아를 바라보았다.

"이렇게 하는 게 아닌가요?"

고화는 킥킥거리며 의령을 향해 걸어갔다. 수아가 영문도 모르는 채 따랐다. 고화가 이런 식으로 웃는 걸 처음 본 수아는 어리둥절했다. 그녀가 보기엔 이상하긴 해도 웃기는 행동은 아니었기에.

'언니랑 아는 사인가 보네. 친한가 보지?'

고화는 웃음을 멈추고 의령의 앞에 섰다.

"제가 있는 줄 아셨나 보죠?"

"아… 예."

그의 이목으로 두 사람의 존재를 어찌 몰랐겠는가.

월강이 되어서 행동하라는 말 때문에 일부러 의식하지 않으려 했건만 뭐가 잘못되었나 보다.

'그렇게 웃긴가?'

고화는 옆구리에 두 손을 턱 얹고 마치 무공교두처럼 의령의 행동을 평가했다.

"예배는 회회교도에게 일상적이면서도 가장 숭고한 의식이에요. 신에 대한 경외가 소박하더라도 진심으로 표현되는 법이죠. 심 공자의 지금 예배는 아니 한 것만 못하군요."

"동작이 틀렸습니까?"

고화는 턱을 치켜든 채 고개를 저었다.

어찌 보면 거만한 듯 보였지만 수아가 보기엔 장난을 치는 것으로 보였다.

'언니가 장난을 치는 사람도 있네?'

"그렇게 하는 것이 맞아요. 하지만 공자의 예배를 보고 누구도 회회교도라고 믿지는 않을 거예요."

의령으로선 납득할 수 없는 이야기였다.

동작은 맞지만 안 한 것만 못하다니.

"뭐가 잘못된 것입니까?"

의령의 진지한 태도에 고화도 장난기를 거두었다.

"뭐랄까…… 공자의 그 예배에는 신(神)에 대한 경외감이 전혀 보이지 않더군요. 그래서인지 무척 어색해 보였어요."

"신에 대한 경외라……."

의령이 다소 난감해하자 고화가 방긋 미소를 지었다.

"너무 어렵게 생각하실 것은 없어요. 유생이셨으니 제례(祭禮)에 대해서는 잘 아시겠지요? 마음가짐은 비슷하다 생각하시면 될 거예요."

고화의 명쾌한 말에 회회교의 경전이라도 구해봐야겠다고 생각했던 의령은 손바닥을 마주쳤다. 짝 하고 경쾌한 소리가 울렸다.

"그렇군요! 조상님께 절하는 기분으로 하면 되겠네요!"

고화의 얼굴에 흐뭇한 웃음이 떠올랐다.

의령은 이럴 때는 이해가 참 빨랐다.

아니, 이럴 때만.

안개가 걷힌 듯 시원한 기분을 느낀 의령은 비로소 고화의 뒤에 선 여인에게 눈길이 갔다.

좁은 옷깃에 촘촘히 국화 문양을 수놓은 착수배자(窄袖背子)를 맵시 있게 갖춰 입은 태가 높은 신분의 여인인 듯했다. 그와 비슷한 나이로 보였다.

그런데 어딘가 익숙한 얼굴이었다. 분명 어디선가 마주친 듯한, 그러면서도 무척 친근한 느낌이 드는.

의령은 고개를 갸웃거렸다.

의령이 수아를 바라보자 고화는 그제야 자신이 수아와 함께 왔다는 사실이 생각났다. 아차 했지만 이미 늦었다. 어떻게 수습해야 할까?

고개까지 갸웃거리며 유심히 수아를 바라보는 의령에게 고화는 은근히 기분이 나빠짐을 느꼈다. 왜 그런지는 몰랐다. 괜한 심통에 퉁명스럽게 쏘아붙였다.

"무례하군요! 처음 본 여인네를 그렇게 빤히 쳐다보다니!"

의령은 조금 무안했다.

하지만 그의 실수가 분명했다.

그런 의령을 구한 것은 수아였다.

"언니, 그럴 것 없어요. 그렇지 않아도 인사를 드릴 참이었어요."

나긋나긋한 목소리. 공손한 어투.

처음 보는 사람 앞이라 고화에게 격식을 차린 것이었지만 왠지 그것마저 고화의 귀에 거슬렸다. 의령에게 관심이 많다던 말이 떠오르는 건 왜일까.

'대체 내가 왜 이러지?'

고화가 생각에 잠긴 동안 의령과 수아는 통성명을 끝냈다.

의령은 의령대로 수아는 수아대로 상대의 신분에 놀라고 있었다.

'이 사람이 그 심의령이구나!'

'소교주의 딸이라…… 한 번도 본 일이 없는 여인일 텐데……?'

의령이 조심스럽게 말을 건넸다.

"소저…… 혹시 우리가 전에 만난 적이 있습니까?"

의령의 음성에 고화는 눈을 동그랗게 떴다.

'아니! 이것은 한량들이 여자를 낚을 때 쓰는 전형적인……?'

의령의 말에 수아는 살며시 소매를 들어 머리를 짚으며 고개를 비스듬히 숙였다.

"글쎄요……. 저는 기억에 없습니다만……."

미인도에 등장하는 여인마냥 약간 수줍게 대답하는 수아의 모습은 고화가 보기에도 요조숙녀의 그것이었다.

'뭐냐? 그 요상한 동작은?'

왠지 부글부글 속이 끓어올랐다.

"그래요? 실례했습니다. 왠지 무척이나 낯이 익어서요. 꼭 전에 만나뵌 분인 듯싶어서 여쭤보았습니다."

'흥! 많이 해본 솜씨로군!'

의령은 더 이상 수아에게 할 말이 없어 고화에게 고개를 돌렸다.

고화는 무언가 잔뜩 못마땅한 듯 보였다.

'내가 현무교의 금기라도 범한 것인가?'

현무교의 규칙이 무척 엄하다는 말이 생각났으나 의령은 개의치 않고 고화에게 이후의 일정을 물었다. 그는 외인이니 그런 것에 너무 구애될 필요는 없을 것이다.

"오늘은 좀 일찍 뵈었으면 합니다만……. 가능하시겠는지요?"

정중하기만 한 의령의 말에 찬바람이 쌩쌩 부는 짧은 대답이 돌아왔다.

"그러죠!"

홱 고개를 돌려 뚫어져라 하늘을 보는 고화. 수아는 처음 보는 고화의 이상한 태도에 좀 당황한 상태였다.

그러나 어느 정도 고화의 변덕에 익숙해진 의령은 아무렇지도 않은 듯 담담히 고화와 수아에게 목례를 하곤 천천히 발걸음을 옮겼다.

월강이란 인물로 위장할 때, 성격상의 어떤 일관성이 있어야 한다고 생각했지만 그게 무엇인지 명확히 잡히지 않았다. 의령은 지금 그 생각으로 머리가 꽉 차 있었다.

의령이 멀리 사라지자 수아가 고화의 눈치를 보며 살짝 말을 걸었다.

"언니… 언니?"

"왜!"

"언니 왜 그래? 뭐 화났어?"

"암것도 아냐!"

수아는 고개를 갸웃거리더니 피식 웃음을 지었다.

"뭐가 웃겨?"

"언니 지금 선수 치는 거지? 화낼 사람이 누군데 그래?"

"뭐?"

"심의령이라는 사람하곤 인사만 한 사이라며! 지금 보니까 상당히 친하던데? 어떻게 된 일인지 솔직히 이실직고하라구!"

고화는 당황했다. 가자미눈을 하고 무언가 캐내려는 듯한 수아에게 사실 그대로 말해서는 안 되는 일이 아닌가. 심의령을 교육하는 것은 교의 임무였다.

"그게… 저기 말이지……."

"말 돌리려고 하지 마! 언니가 나한테 어쩜 그럴 수가 있어? 완전히 속인 거잖아! 이건 배신이야!"

"그게… 교의 임무라서……."

"언니도 그 규칙타령이야? 정말 지겨워 죽겠네! 그럼 교의 임무로 만나고 있다고 말해 줬음 됐잖아?"

듣고 보니 수아의 말이 옳았다.

그렇게 말할걸.

"미안하다……. 내 생각이 짧았어."

고화가 순순히 잘못을 인정하자 수아는 한 걸음 물러서기로 했다.

수아가 무뢰배들모양 고화의 어깨에 빙글 팔을 걸쳤다.

"좋아. 언니의 사과를 받아들이지."

"그, 그래."

"그럼 솔직히 불어."

"뭐, 뭘?"

"언니 그 사람 좋아하지? 어디까지 갔어?"

"무, 무슨 소리야? 내가 누굴 좋아해? 그 딴 둔탱이를 내가 왜 좋아해?"

수아의 얼굴에 한 건 했다는 승리감에 찬 웃음이 떠올랐다.

"별것도 아닌 걸 보고 까르르 웃고, 나한테 관심을 보이니 질투하고, 언니 맘 몰라준다고 토라지고, 거기다 어울리지 않는 욕까지! 아주 확실하군. 임무에 관련한 얘긴 다 빼구 그 사람하고 사적으로 나눈 대화를 몽땅 보고해 봐!"

수아는 건들건들 다리를 떨며 고화의 어깨를 툭툭 두드렸다.

'우리 교에 이런 재밌는 일이 생기다니―!'

수아의 눈빛이 반짝반짝 빛났다.

"흠……."

고화의 동굴 방.

침상에 나란히 앉아 고화의 고민을 몽땅 들은 수아는 고개를 끄덕였다.

아침밥까지 이곳에서 해치우며 한 시진에 걸친 집요한 조사를 마친 수아. 그 앞에 앉아 죄인처럼 눈치를 보는 고화. 수아는 모든 진상을 파악했다는 듯 연신 고개를 끄덕이는 중이었다.

"이렇게 모든 정황이 확실한데도 언니는 그 사람을 좋아한다는 사실을 인정하지 않겠다 이거지?"

고화가 펄쩍 뛰었다.

"무슨 소리야! 여태 뭘 들었어? 쇄뇌결의 후유증 때문에 감정 변화가 너무 심하다고 했잖아!"

수아는 고화의 눈앞에 검지를 힘차게 치켜들더니 좌우로 살래살래 저었다.

"아냐, 아냐……. 언니가 현무교 최고의 간세였다는 걸 정말 믿을 수가 없구만. 어쩜 그리 남녀의 일에 무지할 수가 있어?"

"뭐, 뭐?"

자신의 능력까지 절하하는 수아의 말에 고화는 어처구니가 없었다.

"언니가 죽을 고비를 넘기고 감성이 예민해진 거랑 그 사람에게 마음이 점점 끌리고 있다는 거랑은 전혀 관계가 없다구. 생각해 봐. 언니 말에 따르면 언니가 그 사람한테 팍팍 성질을 낼 때는 언제나 동일한 이유가 있어."

"그, 그게 뭔데?"

자신감에 넘치는 수아의 단정에 고화는 괜히 말을 더듬댔다.

"아직도 인정을 안 하는군. 잘 생각해 봐. 언니는 그 사람이 언니의 마음을 알아주지 않을 때만 화를 내구 있다구. 그게 뭘 의미하겠어?"

"뭘 의미하는데?"

수아는 답답한지 자기 머리를 손바닥으로 탁탁 쳤다.

"어휴… 누가 누굴 보고 둔탱이라 하는 건지……. 그거야 당연하지!"

수아는 고화의 양 어깨에 손을 얹었다. 그리곤 얼굴을 바싹 들이댔다.

"여자가 남자한테 멍청하다느니, 둔하다느니 핀잔을 주고 싶을 때는 그 사람이 자기 맘을 알아주길 바라기 때문이야. 그 사람의 뭔가가 신경 쓰이고 관심이 가고 하는 건 일 단계의 호감이고 자기 맘을 알아줬으면 하고 바라는 건 이 단계의 신호지."

눈앞에 바싹 댄 수아의 얼굴이 심판관처럼 확대되어 보인다.

"이… 이 단계의 명칭이 뭔데……?"

"뭔지 가르쳐 줘?"

"어… 어."

"눈을 감아봐."

"왜?"

"감아봐!"

고화는 눈을 감았다.

수아의 작은 속삭임이 들렸다.

"이제 언니 앞에 있는 사람이 내가 아니라 그 사람이라 생각해 봐. 아주 구체적으로."

고화는 의령의 얼굴을 상상했다.

의외로 아주 또렷하게 떠올랐다. 정말로 앞에 있는 듯이.

수아가 살짝 입김을 불어 고화의 귓불에 날렸다.

귓불에 느껴지는 따뜻한 입김. 마치 의령이 앞에서 간질이는 듯했다. 호롱불을 밝히고 회족의 문화를 가르쳐 주던 밤, 얼결에 서로 얼굴이 가까워졌을 때도 그의 숨결을 느꼈었다. 맞아. 그때도 이렇게 가까웠지……. 그때도 따뜻했어……. 그때 생각을 하자 갑자기 고화의 얼굴은 빨갛게 달아올랐다. 부풀어 떨어지기 직전의 홍시처럼.

어깨에 얹은 수아의 손이 떨어졌다.

"눈 떠."

고화는 눈을 떴다.

수아의 빙글빙글 웃는 얼굴이 앞에 있었다.

"아주 가관이구만. 어떻게 하면 그렇게 빨개져? 상상 속 그 사람이 입이라도 맞춘 거야?"

"수아야―!"

"아하하하하―!"

소년 같은 호탕한 웃음을 터뜨린 수아의 눈이 돌연 날카롭게 굳었다.

"이제 이 단계가 뭔지 알았지? 그걸 짝사랑이라구 하는 거야. 한심하긴……."

고화는 붉게 달아오른 얼굴을 감싸 쥐었다.

'저, 정말일까? 내가? 내가 왜 그 딴 둔탱이를! 아악!'

고화가 침상을 움켜쥐며 와락 엎드리자 수아가 펑펑 등을 두드려 주었다.

"둔탱 언니, 걱정 말라구. 그런 감각은 타고나는 거야. 내가 잘 연결해 줄게. 아하하하하!"

수아의 일방적인 승리였다.

3

의령이 머무는 동굴 방의 문이 또 쾅 하고 닫혔다.

이젠 익숙해졌는지 금아도 꿈쩍하지 않는다.

의령도 실소를 지었을 뿐.

몸에 밴 동작으로 천장에서 떨어져 내리는 흙먼지를 휘휘 젓던 의령은 고개를 갸웃거렸다. 조금 이상했다.

어느덧 월강의 역할을 소화하는 데 무리가 없을 정도가 되었다.

천패궁에 월강의 얼굴을 아는 이가 아무도 없다는 것이 큰 도움이되었다. 구태여 월강과 똑같이 변신할 필요가 없었던 것이다. 천패궁에 알려진 대략의 성격과 회족이라는 특성만을 이해한다면 무리없이월강으로 변신할 수 있을 듯했다.

문제는 외모였으나 그것은 떠나기 직전에 완벽하게 회족 사람처럼보일 수 있게 하겠다는 남옥당의 장담이 있었다.

월강이 사용한다는 둥글게 휘어진 사이프라는 칼은 쌍수도 대신 사용할 수 있을 듯했다. 안령도를 연상시키는 면이 있었지만 그보다 휘어진 각도가 훨씬 급했고 칼날이 얇고 예리했다. 기병들이 돌진하며 스치듯 적을 베는 용도로 사용하는 칼이라 했다. 특별한 도법을 연마한 것이 아니라 팔패산초를 도에 응용하는 것이 전부였던지라 그도 별 걱정을 하지 않았다. 의령에겐 맨손이 훨씬 편했고 이제는 묵룡도 완벽히 다룰 자신이 있었다.

동굴을 달리며 얻은 깨달음으로 비약적으로 발전한 무공도 점점 깊어져 가는 중이었다. 이제 자신의 몸을 스스로 통제한다 말할 수 있을 정도가 되었다고 여겼다.

남옥당이 제공한 몇 가지 도구도 몸에 완전히 익혔다.

고화의 도움으로 회족의 문화에 대한 이해도 깊어져 어느 정도 몸에 붙었다. 이제 남은 것은 천패궁으로 잠입하는 일뿐.

이상한 것은 고화였다.

처음엔 그저 감정의 기복이 꽤나 큰 성격이라고만 생각했었는데.

점점 자신에게 짜증을 내는 횟수가 늘고 있었다.

'무언가 내가 놓치고 있는 건가……?'

아무리 생각해도 알 수 없었다.

친절하게 대해주다 갑자기 표변하는 고화.

이상한 건 그리 밉지는 않다는 거였다.

자신이 구해준 이라서 그런 것일까.

그때 본 눈빛이 자신과 닮았었기 때문일까.

그러고 보면 자신도 좀 이상했다.

의령은 빙긋 웃고는 몸을 일으켜 밖으로 나갔다. 유성혼에게 가볼

시간이었다.

그 시간, 고화는 자신의 침상에 엎드려 베개에 얼굴을 박고 있었다. 귓불까지 새빨갛게 달아올라 있었다.

쯧쯧 혀를 차는 소리가 들린다.

"언니 정말 구제 불능이다. 또 화내구 나왔지?"

"……."

수아는 탁자에 앉아 발을 구르다 휘익 몸을 날려 고화의 침상으로 날아 내렸다. 산뜻한 신법. 남옥당에게 가르침을 제대로 받은 듯했다.

"이제 언니가 맡은 임무도 점점 끝나간다며?"

"으응."

베개에 얼굴을 파묻고 있는지라 푹 파묻힌 음성이 고화의 심경을 대변하고 있었다.

"그 사람 곧 여길 떠날 거라며?"

"…으응."

"근데도 여태 진전된 거 하나 없이 계속 그 상태야?"

답답하다는 듯 수아가 가슴을 두드렸다.

답답한 건 고화가 더했다.

수아가 입이 닳도록 가르쳐 주었지만 수아가 가르쳐 준 기술을 고화는 하나도 발휘하지 못했다.

아니, 고화 자신도 익히 알고 있고 익숙하게 구사할 수 있는 기술들이었다. 기녀로 화해 간세의 임무를 수행했던 고화가 남자 후리는 기술을 모른다면 말이 안 되는 법. 수아도 감탄할 만큼 유려한 동작을 거침없이 발휘할 수 있는 고화였다.

그런데… 의령 앞에서는 그게 도통 되지 않았다.

아무리 해도 안 되었다.

자신의 뜻대로 안 되니 짜증만 늘었다. 오늘도 의령에게 벌컥 화를 내고 나온 참이었다.

"이렇게 나가단 죽도 밥도 안 되겠어. 아무래도 특단의 조치를 취해야겠구만!"

고화는 슬며시 베개에서 얼굴을 돌렸다.

"…특단?"

수아가 힘차게 고개를 끄덕였다.

"아무래도 언니가 그 사람을 직접 공략하는 건 무리겠어. 좀 더 우회하는 방법을 써서 그 둔탱이가 언니 맘을 알게 해야지."

"내 맘을… 알고도 거절하면?"

수아가 씨익 웃었다.

"열 번 찍어 안 넘어가는 나무 없다잖아? 계속 찍으면 넘어와."

"자신… 있어?"

"떠나기 전에 언니 맘을 알릴 방법은 확실히 있고, 언니에 대한 감정을 좋게 만들어놓을 특단의 방법도 있지."

고화가 벌떡 일어났다.

"정말?"

수아는 만면에 웃음을 띠고 고개를 끄덕였다.

"두고 봐. 멋지게 해치울 테니. 언니는 내가 시키는 대로만 해."

주먹을 불끈 쥐는 수아의 얼굴을 고화는 감동한 얼굴로 바라보았다. 두 손을 모아 꼬옥 깍지 낀 채로.

쐬엥—

바람을 가르는 세찬 소리.

유성혼이 휘두르는 귀두도였다.

"헉헉!"

비 오듯 땀이 쏟아졌다.

땀에 흠뻑 젖은 붕대가 귀찮아 유성혼은 눈을 친친 감고 있는 붕대를 거칠게 벗겨냈다.

쾡하게 비어 있는 안공. 이제 상처는 거의 아문 듯 보였다.

그에겐 더 치명적이었던 마음의 상처.

임교연을 향한 불타는 연정은 그의 행동을 끝 간 데 없는 낭떠러지로 밀어붙였다.

한 번의 거부. 이해할 수 있었다.

기루로 팔려갈 뻔했던 여자 아이. 끈끈한 사내의 눈길과 손만이 여인을 향한 사내의 정(情)이라 믿는 소녀.

기다렸다. 그런 혐오감이 씻기는 날을.

맹세했다. 자신의 마음으로 그 상처를 덮어주리라고.

세월이 흘러도 그의 마음은 변하지 않았다.

그랬던 교연이 의령을 바라보고 있음을 알았다.

오대산의 그 밤을 기억한다.

의령을 달래주러 간 그가 본 것은 의령의 어깨를 감싸 안은 교연의 모습이었다.

하늘이 무너졌다.

의령을 멀리했다. 못난 짓임을 알고 있었으나 저도 모르게 그렇게 했다. 그러나 의령은 아우. 자신의 투영이기도 한 동생. 의령이 함정에 빠졌음을 안 후로 너무나 조급히 달려갔다.

그러나 교연은 그런 마음을 알아주지 않았다.

교연에게 뺨을 맞았다.

동굴의 추격을 끊으리라 결심했을 때, 모든 마음의 정리가 끝났다 여겼다.

자신이 사라지면 의령과 맺어지리라 믿었다.

그런데 살아남았다.

거기다 교연의 마음이 자신에게 향해 있음을 느꼈다.

그것은 전보다 더한 고통이었다.

그토록 원하던 사랑이었지만 그 사랑을 감당할 자격이 없었다.

그래서 아무 말도 하지 못했다.

교연의 손길을 거부할 수도 없었지만 그 손길을 기꺼이 받을 수도 없었다.

행복이며 고통이요, 기쁨이며 좌절이었다.

그렇게 방치했던 자신을, 한 번 버렸던 자신을 다시 세운 것은 무엇이었나.

교연이었을까. 의령이었을까. 칼이었을까. 오기였을까.

성혼의 귀두도가 다시 허공을 갈랐다.

꺼져 버린 화로 같던 단전이 조금씩 움직이고 있었다.

모든 것이 그의 의지에 달렸다던 남옥당의 말 그대로였다.

삶의 의지를 불태우기 시작하자 온몸에 가닥가닥 흩어져 버린 내공들이 서서히 단전으로 모여들었다. 대부분의 내공을 눈알이 터져 나가며 잃었지만 그의 몸은 지금 유성도(流星刀)의 뜻을 따라 움직이고 있었다.

처음엔 몸이 굳어 제대로 움직이지도 않았다.

의령이 날마다 베풀어준 추궁과혈에도 불구하고 장시간 사용치 않은 뻣뻣한 몸은 고통의 덩어리였다.

그 몸이 이젠 움직인다.

한 번의 칼질을 할 때마다 찢어지듯 아우성치던 혈맥과 근육들도 이젠 뜻대로 움직여진다.

그는 살아 있다. 그의 몸 구석구석이 살아 있다.

성혼은 힘찬 기합을 내뱉었다.

"타아아아아아—"

허공을 도약해 빛나는 반원을 그린 칼의 궤적이 조용히 멎었다.

박수 소리가 들려왔다.

짝짝짝짝.

성혼의 고개가 돌려졌다.

익숙한 음성.

"멋집니다, 형님."

의령이었다.

"아직 멀었다."

눈을 잃고 그의 이목은 청각에 의존하게 되었다.

그것을 더 날카롭게 갈아 심안(心眼)을 얻어야 한다. 그것을 얻는 날, 비로소 예전의 유성혼이 될 수 있으리라.

"형님, 부탁드릴 것이 있습니다."

"무어냐?"

등 뒤의 도갑에 귀두도를 꽂으며 유성혼이 짧게 물었다.

의령은 눈을 잃은 후에도 전과 다름없이 그를 대했다.

그가 넘어져도 부축하는 법이 없었고 그가 보지 못함을 의식하지도 않았다.

차정선이 처음 감탄했던 것처럼 사람에 대한 배려가 무언지 아는 녀석이었다.

"형님께 제가 필요로 하는 것이 있습니다."

"달라는 거냐?"

의령이 짧게 웃음을 터뜨렸다.

"제가 그리 뻔뻔한 놈은 아니지요. 저도 형님께 드릴 것이 있습니다."

"교환이냐?"

의령의 팔꿈치가 툭 성혼의 가슴을 쳤다.

"에이, 왜 그러세요? 형제 간에 교환은 무슨. 그냥 달라기엔 미안하니까 그런 거지요."

유성혼의 입에도 오랜만에 미소가 떠올랐다.

일부러 자신의 마음을 위해 장난을 치는 의령의 마음이 고마웠다.

"형제 간에도 계산은 확실해야 한다."

"후후. 그렇게 따지면 제가 맞은 주먹도 돌려 드려야겠네요?"

"그런 건 계산하는 게 아니다. 형이 때리면 동생은 맞는 거야."

"그거야말로 불공평의 전형이네요."

성혼이 크게 웃음을 터뜨렸다.

아무래도 그를 웃기리라 단단히 마음먹고 온 모양이었다.

"뜸 들이지 말고 말해라. 뭘 주면 되냐?"

"형님의 섭혼술을 가르쳐 주십시오."

성혼의 얼굴이 살짝 굳었다.

"그 무공은 너에게 맞지 않을 텐데……?"

"어떻게 맞춰보도록 해야지요. 천패궁에 들어가면 써먹을 곳이 많을 듯해서요."

"이제 보니 내 소중한 밑천을 긁어가려고 왔구나."

"주실 거죠?"

"그래. 가져가라. 이제 내겐 쓸모도 없는 무공이니."

지나가듯 나온 말이었으나 의령의 얼굴에 아픔이 지나갔다.

그러나 의령은 쾌활하게 말을 이었다.

"제가 드릴 건 무언지 궁금하지 않으세요?"

"네 녀석의 그 복잡한 호연심결을 줄 생각이라면 거절한다. 너나 많이 익혀라."

의령이 킥킥거리며 웃음을 터뜨렸다.

이렇게 성혼과 농담을 주고받게 되니 너무나 흥겨웠다.

과연 유성혼은 그의 믿음대로 강인한 사내였다.

"비슷한데 틀렸어요. 어렵지도 않고 효과도 꽤 쓸 만한 걸 준비했거든요."

"너한테 그런 게 어디 있냐? 넌 호연심결 하나로 버티는 놈 아니었냐?"

"왜 이러서요? 쌍수도도 쓸 줄 알고 활도 잘 쏜다구요."

이쯤 되니 성혼도 궁금해졌다.

의례적으로 한 말이 아닌 듯했다.

"뭐냐? 줄게."

"한 학사님이 무공을 닦은 분이 아니었다는 거 기억하시죠?"

한광후의 말을 하니 새삼스럽게 기억이 새로웠다.

그리운 이였다.

처음 보았을 때부터 무공을 익힌 듯 아닌 듯해 한동안 고민하게 만들었던 사람.

"그래. 한동안 무지 고민했지."

"그분이 남기신 원상도결을 드릴게요."

"그런 게 있었냐?"

"예."

"그거 무공이 아닐 거 아냐. 그럼 내가 밑지는 거 아니냐?"

"정신을 맑게 해주는 공능이 있으니 형님께 도움이 될 거예요. 익혀 보시면 제가 손해 본 것이라는 걸 아실 겁니다."

"속는 셈치고 허락하마."

"꼭 익히셔야 해요."

"알았다."

의령은 만족한 미소를 지었다.

섭혼술이 필요했기도 했지만 사실은 성혼의 부족한 내공을 메우기 위해 오랫동안 고민한 결과 결정한 일이었다. 원상도결은 몸 안에 기운을 쌓는 것이 아니라 천지간의 기운을 이용하는 것이 본뜻이기 때문에 지금의 성혼에게 매우 적합한 공부였다.

의령과 성혼이 어깨를 나란히 하고 성혼의 거처로 향했다.

의령은 성혼을 부축하지 않았다.

발을 끌듯이 내디뎌 지면의 특성을 확인하고 걷는 특이한 보법. 유성혼은 조금씩 보지 않고 생활하는 데 익숙해져 가고 있었다.

"근데 좀 억울해요."

"뭐가?"

"전 결국 형님 눈을 못 보고 말았잖아요."

"못생겨서 가리고 다닌 거야."

"하하하하."

의령의 입에서 맑은 웃음이 터졌다. 성혼도 함께 호탕하게 웃는다.

이제 떠날 준비가 거의 되었다.

문 앞에 서서 수아는 조금 망설였다.

임교연을 찾아왔는데 그녀는 지금 금지민이 출입을 금지한 그 방에 있었다.

'어떻게 하지? 에이! 하나밖에 없는 딸을 설마 죽이기야 하겠어?'

호기심도 조금 있었다.

교의 비밀이라고 강변했지만 무언가 억지로 숨기는 듯한 느낌도 금지민에게 받았기에.

수아는 과감히 문을 두드리고는 조심스럽게 밀고 들어갔다.

여전히 어두운 실내에 저만치 놓인 침상.

그 침상 앞에 의자를 놓고 앉아 있는 훤칠한 교구의 여인.

만나기는 처음이었다.

의령의 의형제 중 한 명인 임교연.

수아가 의령에 대한 고화의 마음을 전하기 위해 선택한 사람이었다.

고개를 돌린 임교연의 얼굴에 의아함이 떠올랐다.

"누구… 세요?"

일어서니 키가 더 커 보인다.

복장만이 아니라 전체적인 분위기가 왠지 남자 같다.

'이 언니 은근히 매력있네?'

수아는 임교연에게 호감이 감을 느꼈다.

자연스레 기분 좋은 미소가 떠올랐다.

"처음 뵙겠어요. 저는 소교주님의 여식인 금수아라고 합니다."

고개를 숙인 수아에게 교연은 포권을 취했다.

"임교연이에요."

수아가 침상 쪽으로 다가가 살짝 고개를 숙였다.

"고생이 많으세요."

"아뇨. 제 오라버니신걸요."

진영을 말함이었으나 수아는 임교연이 유성혼을 말하는 줄로만 알았다. 침상에 누워 있는 사내는 언뜻 보아도 임교연의 아버지뻘이었기에 오라버니라는 말이 그를 가리키리라고는 생각지 못했다.

"두 분이 사이가 좋아 보이던걸요? 잘 어울려 보여요."

임교연의 얼굴에 당혹한 빛이 떠올랐다. 그것은 곧 불쾌한 빛으로 바뀌었다.

"진 오라버니는 제게 아버님 같은 분이세요. 말씀이 좀 지나치시군요."

침상에 누워 있는 사람을 바라보는 임교연의 눈길에 수아는 아차 싶었다.

"아, 제 말을 오해하셨군요. 저는 이분을 말씀드린 것이 아닌데… 이분도 오라버니세요?"

수아가 말하는 사람이 유성혼이었다는 것을 깨달은 임교연의 얼굴이 그제야 풀렸다.

"우리 의형제의 대형이시랍니다."

수아는 그 말에 침상에 누워 있는 사람의 신분에 대해 자신이 하나도 모른다는 것을 깨달았다. 의아했다. 남옥당은 이 사람이 언제나 교의 최고 빈객 대우를 받을 사람이라 했었다. 이들 의형제와 교의 관계가 그리 돈독한 것이었단 말인가?

"그러시군요……."

수아의 얼굴을 바라보던 임교연이 고개를 갸웃거렸다.

"우리 언제 만난 적 있나요?"

"아니오. 처음 뵙는데요."

"산동에서 생활하신 적이라도……?"

"없는데요."

임교연의 얼굴에 의아함이 떠올랐다.

"이상하군요. 분명히 어디선가 본 듯한데. 무척 낯익은 얼굴이에요. 한 번 본 얼굴이라도 거의 기억을 하는데……. 정말 이상하네."

'어디서 많이 들어본 말인데…….'

생각해 보니 의령이 그를 처음 보았을 때 한 말이랑 똑같았다. 이들 남매와 어디선가 마주친 적이라도 있었나? 의령이 말할 때는 청춘남녀가 친교를 틀 때 듣기 좋으라고 한 말인 줄만 알았는데 형제인 두 사람에게서 같은 말을 들으니 기분이 묘했다.

'혹시?'

"제 어머니를 뵈어서 그런 게 아닐까요?"

임교연은 고개를 저었다. 두 사람의 분위기는 확연히 달랐다. 금지민이 날카로움을 간직한 섬연한 인상인 데 반해 수아는 부드러운 따뜻함이 느껴지는 여인이었다. 그것은 세월의 차이는 아니었다.

임교연의 부정에 수아는 미간을 찌푸렸다.

어릴 때부터 어머니랑 닮았다는 말을 한 번도 들어본 적이 없었다.

그래서 자신이 친자식이 아닐 거라는 생각을 한 적도 있었다. 커가면서 누구인지도 모르는 아버지를 닮았을 거라 생각한 적은 있지만. 오래된 고민이 다시 생각나자 수아는 저도 모르게 깊숙이 미간을 찌푸렸다.

"아!"

임교연이 탄성을 내질렀다.

생각에 잠길 때 미간을 찌푸리는 묘한 표정. 총명해 보이는 눈동자. 여자라기에는 조금 강해 보이는 턱 선. 그녀가 누구를 닮았는지 그제야 생각났다.

수아라는 이 아가씨는 진영을 닮았던 것이다.

'그렇다면?'

진영과 금지민의 과거는 조온에게 들어 알고 있었다.

그럼 이 아가씨가 진영과 금지민의 딸, 자신의 조카란 말인가!

불현듯 진영에게 유독 모질게 대했던 금지민의 태도가 환히 이해되었다.

사랑하던 남자가 자신의 터전을 불태우고 아버지마저 죽게 한데다 그 사람의 아이까지 가졌다. 어찌 원망하는 마음이 없었겠는가. 그 회한 속에 어찌 애정이 없었겠는가.

모질면서도 애정을 보이는 이중적 태도.

진영에 대한 현무교의 치료가 얼마나 살뜰한지 그녀조차 감탄한 적이 한두 번이 아니었다.

모든 것이 너무나 착착 들어맞는다.

자신의 추리에 커다란 충격을 받은 임교연은 멍하니 말을 잊었다.

"저… 왜 그러세요?"

무언가 엄청난 것을 깨달은 듯한 임교연의 표정에 이상한 예감을 느
낀 수아가 교연의 상념을 깼다.

"아, 아무것도 아니에요."

아직 확실치도 않은 것을 함부로 밝힐 수는 없다. 먼저 성혼과 의
령에게 의견을 물어야 했다. 그녀가 독단으로 결정할 문제가 아니었
다.

임교연은 얼른 화제를 바꾸었다.

교연은 진영의 얼굴이 보이지 않게 자신의 상체를 슬쩍 틀어 수아의
시야를 가렸다.

"그런데 어쩐 일로 절 찾으신 거죠?"

그제야 자신이 이곳을 찾은 목적이 생각나 수아는 침을 삼켰다.

자신이 친언니처럼 생각하는 고화를 위한 일이다.

어디서부터 이야기를 꺼내야 할지 몰랐으나 반드시 이야기해야 했
다.

수아가 멈칫거리자 마음이 급해진 임교연이 제안을 했다.

"우리 나가서 이야기하죠. 병자가 있는 곳에서 긴 얘기를 하는 것도
그렇고, 오랜만에 바깥바람도 좀 쐬고 싶네요."

수아의 얼굴에 미소가 떠올랐다.

"예. 그렇게 해요."

일이 잘 풀릴 것 같은 예감이 들었다.

유성혼의 동굴 방에 모인 세 사람은 말이 없었다.

교연이 꺼낸 이야기는 의령에게도 성혼에게도 충격이었다.

교연의 말대로 모든 정황이 너무나 잘 들어맞았다.

"과연."

의령이 고개를 끄덕였다.

"저도 처음 보았을 때, 어디서 많이 본 얼굴이라 느꼈습니다. 아주 친근한 느낌이라 이상하다고 생각했어요."

"네 생각에도 진영 오라버니를 닮은 것 같니?"

"예. 그때는 여자만 떠올렸기에 전혀 생각도 못했어요. 지금 다시 생각해 보니 그녀의 분위기는 확실히 형님을 많이 닮았습니다."

"나이도 대략 들어맞는 듯하고……."

성혼의 말에 의령과 교연 둘 다 고개를 끄덕였다.

"어떻게 하죠?"

교연이 성혼에게 의견을 구했다.

성혼의 얼굴에도 난감한 빛이 스쳤다.

"형님은 지금 의식이 없으시고… 무작정 그 소저에게 추측뿐인 말을 전할 수도 없고… 소교주에게 대놓고 물어볼 수도 없고……."

"확인할 방법이라면 있습니다."

"그게 무어냐?"

"남 장로님이라면 알고 계실 겁니다. 그분과 소교주님 두 분이 현무교를 이끈다 해도 과언이 아니니까요. 제가 슬쩍 떠보겠습니다."

교연이 조심스레 의견을 물었다.

"만약 사실이라면 어쩌죠? 우리는 어떻게 해야 할까요?"

성혼이 신중한 목소리로 대답했다.

"우리가 어쩔 수 있는 문제가 아니다. 형님이 일어나셔서 직접 해결하실 문제야."

의령도 동의했다.

"맞습니다. 현재로서는 지켜볼밖에요."

교연은 가볍게 한숨을 지었다.

"사실이라면 수아가 너무 불쌍해."

"수아? 그 아가씨를 그렇게 부르냐?"

성혼의 말에 교연이 고개를 끄덕였다.

"오늘 만났지만 오라버니를 닮아서 그런지 남 같지 않은데다 제게 언니라고 부르며 따르더군요. 그래서 그렇게 부르기로 했어요."

"그런데 뭐가 불쌍하다는 거냐?"

"불쌍하지요. 이제까지 아버지가 누구인지도 모르거나 죽었다고만 여기고 있을 텐데. 성이 금(金)인 것을 보면 아예 아버지가 누군지 가르쳐 주지 않았을 겁니다."

의령의 말에 교연도 동의했다.

"제 말이 그거예요."

"그나저나 그게 사실이라면 한시름 놓겠군요."

의령의 말에 성혼이 되물었다.

"그건 또 무슨 말이냐?"

"천패궁에 가기로 결정하고도 사실 계속 고민을 했었습니다. 소교주님이 형님을 치료할 방법이 정말 있는 것인지. 있다고 해도 그럴 의지가 있는 것인지를요. 누님의 추측이 사실이라면 남 장로의 다짐이나 소교주님의 의지를 믿어도 될 듯합니다."

"그럼 교연과 내 역할이 좀 바뀌게 되나?"

"그렇지요."

의령이 교연과 성혼을 바라보았다.

"제가 천패궁에서 시간을 버는 데 성공하더라도 형님을 치료할 것인지 감시하는 데에서 형님을 치료하는 데 전력을 보태는 것으로 역할이 바뀌게 되는 것이죠."

"훨씬 좋군."

의령이 고개를 끄덕였다.

"예. 만일 일이 잘 풀린다면 세 형님과 결합해서 일할 수도 있습니다."

"사실이었으면 좋겠어요."

"너는 그 소저가 무척 마음에 든 모양이구나."

성혼의 말에 교연은 방긋 미소를 지었다.

"아주 귀여운 애예요. 그런 애가 조카가 된다면 기분 좋은 일이죠."

"언니 소리 듣다가 고모 소리 들으면 그리 유쾌하진 않을 텐데?"

성혼의 농담에 모두 웃음을 터뜨렸다.

새로운 희망에 모두 들뜬 기분이 되었다.

"그런데 금 소저가 누님은 왜 찾아온 겁니까? 누님이 아니었으면 저는 생각도 못했을 겁니다."

의령의 질문에 교연이 의미 깊은 눈길을 보냈다.

"월하빙인(月下氷人)으로 왔더구나."

"월하빙인? 너를 누구에게 소개시킨다디?"

성혼의 목소리에서 어딘가 긴장한 기색이 느껴지자 교연이 웃음을 터뜨렸다.

"아니에요. 절 언제 봤다고 소개를 시켜요?"

"그럼?"

교연이 의령을 보며 입을 가리고 웃었다. 가늘게 뜬 눈이 무척 재밌어하는 표정이었다.

"둔탱이들을 이어주러 왔더군요."

"예?"

의령의 반문에 교연은 다시 한 번 웃음을 터뜨렸다.

4

황토의 절벽에 수직으로 파고들어 간 작은 동굴 방.

외따로 떨어져 있는 남옥당의 처소에 의령과 고화가 남옥당과 함께 앉아 있었다.

의령의 얼굴에 결단의 기색이 스쳤다.

"후자의 방법을 쓰겠습니다."

의령의 옆에 앉은 고화가 무언가 말리는 기색이 역력했다.

"한 번 더 신중하게 생각해 보세요. 한 번 시술하면 다시 돌이킬 수 없어요."

의령은 고개를 저었다.

"진(晉)의 예양(豫讓)은 복수를 위해 석탄을 삼켜 벙어리 노릇도 마다하지 않았습니다. 문둥병자처럼 보이기 위해 수염과 눈썹마저 밀었다 했지요. 그 정도의 각오가 아니고서는 아니 됩니다."

고화가 어처구니없다는 표정으로 고개를 저었다.

고화의 목소리가 조금 높아졌다.

"누가 서생 아니라고 할까 걱정이세요? 지금이 어느 땐데 이천 년 전 얘기를 하는 거예요? 인피면구 몇 장이면 충분할 일을 왜 어렵게 하는 거죠? 그 당시와 지금의 기술은 하늘과 땅 차이라고요!"

남옥당이 헛기침을 했다.

그가 존중하는 의령에게 고화가 지나친 말을 한다고 여겼던 것이다.

평소라면 쉽게 알아들었을 신호였건만 고화는 남옥당에게로 홱 고개를 돌렸다.

"할아버지가 좀 말려주세요! 한 번 용모를 훼손시키면 다시 돌이킬 수가 없잖아요!"

남옥당은 고화가 너무 강경하게 나오자 난처하기도 하거니와 의령에게 새삼 죄책감이 솟구쳤다.

천패궁에 들어가기 위한 마지막 준비. 의령의 얼굴을 변신시키는 방법으로 그가 제시한 두 가지는 인피면구를 이용하는 방법과 본래 모습 자체를 아예 바꾸어 버리는 방법이었다. 두 가지를 제시해 의령에게 선택을 하게 하는 형식을 띠었지만 소교주가 원한 방법은 확실히 후자였다. 의령이 전자를 택하더라도 설득해야 할 처지에 있었던 것이다.

의령의 얼굴이 고화에게 돌려졌다.

"남 소저, 현무교의 면구술이 고명한 경지에 올랐다는 것을 잘 압니다. 하지만 천패궁을 그렇게 만만히 보아서는 아니 됩니다. 제가 한 가지 여쭤보죠. 기존에 천패궁 내부에 잠입한 현무교의 간세 중 인피면구를 쓴 사람이 하나라도 있습니까?"

의령의 말에 고화는 말문이 막혔다.

의령의 말이 백 번 맞았던 것이다.

그녀 자신조차도 필요할 때만 사용하는 면구를 갖고 다녔을 뿐 장기간 간세 역할을 한곳에서 수행할 때는 항상 본얼굴을 유지했던 것이다. 얼굴을 바꾼다고 다른 사람이 되는 것은 아니다. 약간의 변화만 주고도 전혀 다른 이로 보일 수 있는 것이 진정한 변장술이었던 것. 그러나 그것은 단기간에 오를 수 있는 경지가 아니다. 의령에게 어째서 변신 훈련을 따로 시키지 않는지 궁금했던 고화에게 남옥당의 말은 청천의 날벼락과도 같았다. 용모를 훼손시켜 잠입하다니…….

"하, 하지만……."

"더구나 천패궁에는 본신의 힘만으로 자유자재로 변환술을 구사하는 자가 있습니다. 천패궁에 들어가게 되면 필연적으로 그를 만나야 합니다. 지금 밀전의 부전주로 있는 주소추라는 자 말입니다. 그는 제 얼굴을 알고 있습니다."

주소추의 이름을 말하며 의령은 저도 모르게 음성에 힘이 들어가는 것을 느꼈다.

그러나 그의 얼굴은 평온했다.

복수심에 이성을 잃는 일은 더 이상 용납치 않을 것이라 다짐했기에.

고화의 얼굴이 일그러졌다.

'그의 얼굴을 훼손(毁損)시켜야 한다니……. 이 얼굴을 다시는 못 보게 된다니……!'

의령을 바라보는 고화의 눈망울이 반짝 빛나기 시작했다.

두 눈에 차 오르는 눈물을 견디지 못하고 고화는 훌쩍 일어서 몸을 돌려 나가 버렸다.

"마음대로 하세욧!"

'저 녀석이……?'

고화의 눈물을 설핏 알아보았던 남옥당은 흠칫했다.

어릴 때부터 교에 대한 충성을 맹세하고 교를 위해 온갖 궂은 일을 마다하지 않았던 손녀.

천패궁에 사로잡혔을 때도 교의 안전을 위해 구하기를 거부했던 손녀.

그렇다고 왜 그녀를 남옥당이 아끼지 않았겠는가.

눈에 넣어도 아프지 않은 것이 손주라 했다.

고화가 의령에게 마음이 있음이 틀림없었다.

'수아의 말이 사실이었구나…….'

반신반의했건만 그것이 사실이었다니, 남옥당은 남몰래 망설였던 계획을 실행에 옮기기로 결심했다. 손녀의 마음을 아프게 하지는 않으리라. 그것을 위해 무리수를 두는 한이 있더라도.

천패궁에 갇힌 고화가 모진 고문을 받고 있을 거라 생각하며 한밤을 지새운 게 여러 날이었다.

여우량의 안내로 침상에 누운 고화를 보았을 때, 남옥당은 자식들이 죽었을 때도 흘리지 않았던 눈물을 남몰래 흘렸었다. 다시는 사지로 보내지 않겠다고 굳게 다짐하지 않았던가. 그녀를 이곳으로 부른 것도 그런 이유에서였다.

그때의 다짐을 떠올리며 남옥당은 의령에게 눈길을 돌렸다.

개봉 연좌 때부터 눈여겨보았던 청년이다.

실로 대협의 자질을 갖춘 기재라 생각했던 청년. 자신의 손녀사위로 모자람이 없다 생각했다.

"심 공자."

"말씀하시지요."

"손녀딸의 무례를 용서하시오."

"천만의 말씀입니다. 저를 위해 한 말인 걸 왜 모르겠습니까?"

매일같이 투닥거리며 장시간을 보냈다.

의령이 한 여인과 그리 오래 같이한 것은 난생처음.

여인의 마음을 알 수 없어 당황하기 일쑤였지만 그도 고화를 나쁘게 보지 않고 있었다. 그것이 호감이 되는 것은 의식적으로 거부하고 있었지만. 눈앞에 대적을 두고서 여인에게 눈길을 보낼 수 없다 생각했기에 고화에게 가는 마음을 일부러 외면했던 의령이었다. 임교연의 언질로 고화가 그에게 마음을 두고 있다는 것을 알고는 있었지만 그 마음을 받을 수 없음을 스스로 확실히 다짐했었다. 그래서 요 며칠 고화를 보는 것이 어색하기도 했다.

"이렇게 합시다."

"말씀하십시오."

남옥당은 자신의 수염을 쓸어 만지며 의령에게 뜻밖의 제안을 했다.

"사실 후자의 방법은 나도 쓰기가 마땅치 않았소이다. 내 손녀의 생명의 은인께는 말이오. 하나 공자가 말한 대로 용모를 훼손시켜 전혀 다른 인물로 변하는 것이 가장 완벽한 변신이기는 하외다. 노부는 두 가지 방법을 모두 사용하나 두 방법과 모두 다른 방법을 제안하겠소."

의령의 얼굴엔 의아함이 떠올랐다.

세 번째 방법이 있다는 것인가. 있다면 왜 처음부터 그 얘기를 하지 않았던 것일까.

"공자의 용모는 확실히 변할 것이오. 그러나 최소한의 방법을 씁시다. 공자의 피부색만 변화시키겠소. 하지만 이목을 훼손시키는 일은 그만두기로 합시다. 공자의 피부색은 일이 끝난 후에는 반드시 회복시켜 드리겠소."

"그 정도로 그들의 눈을 속일 수 있겠습니까?"

"피부색을 변화시키고 차림새만 바꾸어도 완전히 다른 사람처럼 보일 것이오. 그 점을 도와줄 사람을 붙여주겠소."

"그렇더라도 변환의 명수인 주소추의 눈까지 속일 수는 없을 것입니다."

남옥당은 고개를 끄덕였다.

애초에 의령의 용모를 훼손시키자는 의논이 나온 것이 바로 주소추 때문이었다. 다른 이들의 눈은 피해도 변환의 귀재라 할 수 있는 그의 눈까지 속이기는 어렵다 생각했기에.

그러나 그의 제안은 끝난 것이 아니었다.

자신의 독단으로 회회교와의 공조 계획을 앞당기는 것이었으나 남옥당은 망설이지 않았다. 손녀를 위해 처음으로 교를 위한 최선을 버린 것이다. 언니가 불쌍하다는 수아의 울음소리가 귀에 쟁쟁했다.

"주소추가 이번 회회교 공략의 군사를 맡았소. 그는 그것을 위해 본궁과 강남을 왕래하는 중이오. 곧 있으면 대대적인 회회교 정벌이 시작될 것이오."

주소추에 대한 말이 나오자 의령의 주먹에 불끈 힘이 들어가는 것을 본 남옥당은 천천히 한마디 덧붙였다.

"공자가 천패궁에 들어가기 전, 주소추를 제거하는 거요."

의령의 눈에 힘이 들어갔다. 뜻밖의 기회. 천패궁에 들어가 그 얼굴을 참고 보아야 한다는 생각만 했던 그에겐 귀가 번쩍 띄는 소리였다.

"그게 가능합니까?"

"그의 이동 경로를 알아내겠소. 단, 본래의 계획을 벗어난 일이니 처리는 공자께서 맡으셔야 할 거요. 내가 소교주를 설득하리다."

"좋습니다. 말씀에 따르겠습니다."

남옥당과 의령의 얼굴에 만족한 미소가 떠올랐다.

"그럼 시작해 볼까요?"

"지금 하는 것입니까?"

"며칠 있으면 떠나야 할 테니 그 얼굴에 익숙해질 필요가 있을 거요."

의령은 싱긋 미소를 지었다.

"너무 못생기게 만들지는 말아주십시오."

"피부색만 검게 해도 상당히 못난이가 될 것이외다."

두 노소의 얼굴에 웃음이 스쳤다.

의령은 남옥당의 지시에 따라 침상에 반듯이 누웠다.

훈기가 감돌기는 했으나 싸늘한 겨울.

그러나 의령은 사타구니만 천으로 가리고 완전히 벗은 알몸이었다.

단단히 단련된 몸이 이전보다 더 꽉 짜여 보였다.

남옥당의 눈이 슬쩍 사타구니를 가린 천으로 향했다.

"부기보다 아주 튼실하구려."

의령이 미소를 지었다.

"남 장로님께서 농도 하실 줄 안다니, 뜻밖입니다."

"허허, 노부를 아주 재미없는 사람으로 알고 계셨구려."

의령은 누운 채 남옥당을 올려다보다가 머뭇거리며 말을 꺼냈다.

"이 자세에서 드릴 말씀은 아닙니다만 감사드립니다."

조금씩 음성이 흔들리고 있었다.

마취를 위해 마신 몽혼약이 점점 효과를 발휘하는 중이었다.

"무엇을 말이오?"

"천추서림에 위령탑을 세워주신 분이 장로님이라 들었습니다."

남옥당은 인자한 얼굴로 고개를 끄덕였다.

"누군가 해야 할 일이었소."

"아무나 할 수 있는 일은 아니었지요."

"치사를 들으려고 한 일은 아니외다."

"알고 있습니다. 하지만 감사드립니다. 위령비에 써 있는 글귀가 참으로 마음에 들었습니다. 죽어도 죽지 않는 영혼[死而不亡魂]……. 남장로님의 마음을 잊지 않겠습니다."

"이제 눈을 감으시오."

의령은 눈을 감기 전 한마디 던졌다. 지나가는 말투였다. 의식이 혼몽해 생각나는 말을 그대로 내뱉는 투였다.

"소교주님의 따님이…… 제 형님을 빼다 박았더군요."

웃음을 띠고 의령을 내려다보던 남옥당의 얼굴이 딱딱하게 굳었다.

그것으로 충분했다.

의령은 천천히 눈을 감았다.

의령을 내려다보는 남옥당의 눈에는 잔물결이 일고 있었다.

두 마리의 건장한 말이 투레질을 하는 가운데 피풍의로 몸을 단단히 감싼 두 사람이 환송을 받고 있는 중이다.

광택이 도는 갈색의 피부를 한 사내와 섬세한 교구를 바람 속에 언

뜻언뜻 드러내는 여인이었다. 사내의 어깨에는 하얀 올빼미 한 마리가
앉아 있었다.

"형님을 부탁드립니다."

"걱정 마라."

유성혼이 부드러운 음성으로 대답했다. 어느새 다시 앞머리를 내려
뜨리고 있어 겉보기엔 이전의 유성혼과 달라진 점이 보이지 않았다.

갈색 피부를 한 자는 의령이었다. 남옥당의 시술로 온몸이 은은한
광택이 도는 갈색의 피부가 되었다. 언뜻 보면 색목인으로 착각할 만
큼. 눈썹을 다듬고 약간의 화장을 덧붙이자 남옥당의 장담대로 전혀
다른 인상의 사람이 되었다. 그를 아는 사람도 처음 보면 알아보지 못
할 정도였다.

"형님들께 안부 전해라. 그나저나 네 변한 꼴을 볼 수 없어 아쉽구
나."

성혼이 정감 어린 농을 던지자 의령이 쿡쿡 웃었다.

"안 보시는 게 좋은 겁니다. 저 처음 보시고 교연 누님이 기겁을 했
지요."

유성혼의 옆에 서 있던 임교연이 빙긋 웃음을 지었다.

"너 강호로 나가면 여자들 조심해야겠더라."

"그건 또 무슨 말이야?"

성혼의 질문에 임교연은 웃음을 터뜨렸다

"피부색이 변해서인지는 몰라도 아주 색감(色感)이 넘치는 사내가
되었어요. 요기(妖氣)까지 비친다구요."

성혼이 고개를 끄덕였다.

"형제 중에 하나쯤 색마(色魔)가 있는 것도 재미있겠군."

"형님!"

웃음이 커졌다.

죽으러 가는지도 모르는 길. 그러나 성혼과 교연은 웃음으로 보내고 있었다. 의령도 그렇게 가기를 원했다.

한쪽에서는 고화가 현무교도들과 작별 인사를 나누고 있었다. 피풍을 두른 여인이 바로 고화였던 것. 남옥당이 의령에게 붙여준다던 방수(幇手)가 바로 고화였던 것이다.

고화를 꼭 끌어안은 수아가 귓속말을 건넸다.

"이제 상은 다 차려줬으니 남은 건 언니가 떠먹어. 이렇게 해줬는데도 못 먹으면 다신 나 볼 생각하지 마."

"정말… 고마워."

수아와 떨어진 고화의 눈은 남옥당을 향했다.

인자한 얼굴로 고화를 보던 남옥당이 따뜻한 어조로 작별 인사를 건넸다.

"몸조심하거라."

"예, 할아버지."

가볍게 고화의 손을 잡은 남옥당은 고화의 눈을 응시했다.

─그동안 네 생각을 너무 하지 않아 미안했구나. 할아비가 주는 선물이니 심 공자와 잘해보거라.

고화는 달아오르는 얼굴을 감추려 고개를 숙였다.

위험 속으로 뛰어든다지만 그녀가 겪을 위험은 의령에 비하면 그리 크지 않았다. 천패궁으로 가는 여정을 동행하며 의령에게 간세로서 필요한 기술을 좀 더 가르치고 천패궁에 잠입한 후에는 합비에 머물며 현무교와 의령 간의 연락을 담당하기로 했던 것.

고화는 남옥당의 배려와 수아의 노력에 다시금 고마움을 느꼈다.

그때, 모두의 뒤에서 수행원들을 거느린 금지민이 등장했다.

교도들의 인사에 가볍게 화답하며 금지민이 의령의 앞에 섰다.

"잘 부탁해요."

"저도 잘 부탁드립니다."

짧게 인사를 나눈 두 사람은 여러 말이 담긴 시선으로 서로를 바라보았다.

의령의 행보에 따라 회회교와 현무교의 운명이 달라질 수도 있음을 아는 금지민은 마지막 승부수를 던지는 도수(賭手)와도 같은 심정이었다.

남옥당의 강력한 권고로 회회교와의 협력을 앞당겨 주소추를 치기로 했으나 한 점 불안함이 없지 않았다. 그나마 교에서 최고의 수준을 자랑하는 첩자인 고화가 옆에 있어 안심이 되었다. 교를 위한 남옥당의 충정에 언제나 감탄하는 금지민이었다.

작별은 짧을수록 좋은 법.

의령은 몸을 돌이켜 말에 올랐다. 고화도 자신의 말에 올라탔다.

잠시 진영이 누워 있는 요동을 응시하던 의령의 발이 말 배를 걷어찼다.

"하아―!"

의령과 고화를 태운 두 필의 말이 황토바람을 헤치고 달리기 시작했다.

그들의 머리 위로 하얀 날개를 활짝 편 금아가 날고 있었다.

28장 혼수모어(混水摸漁)

하얀 눈발이 연한 바람에 가볍게 날리고 있다.

눈은 세상을 평등하게 한다. 본모습이 무엇일지라도 눈이 쌓인 후엔 소담스러운 차가움으로 똑같이 빛난다.

눈 내리는 산의 신비를 아는가.

바람을 따라 물결쳐 층을 이뤄 날리는 자유로운 눈송이의 춤사위를.

우뚝 솟은 첨산(尖山)의 날카로운 연봉에 지금 눈발이 날리고 있다.

어깨를 낀 용사들이 눈의 신과 한바탕 일전불사(一戰不辭)의 의지를 북돋는 듯 당당하기 그지없는 산아.

그 첨산이 멀리 보이는 신향현(新鄕縣)의 초입에 두 필의 말이 뚜벅 뚜벅 들어섰다.

얼굴을 베로 감싼 여인이 말을 멈추고 첨산의 위용에 감탄성을 내뱉었다.

"정말 대단하군요!"

여인의 옆에 말을 멈춰 세운 사내가 고개를 끄덕였다. 머리와 얼굴에 친친 감싸 눈바람을 막고 있는 천 사이로 드러난 사내의 갈색 얼굴이 이국적인 신비감을 풍겼다. 사내의 어깨에 푸드득 하얀 올빼미가 내려앉았다.

"여기서 본 첨산이 이런 모습이었군."

"이곳에 와봤다고 하지 않았나요?"

"오긴 왔으나 여기선 제정신이 아니었소. 지금 보는 풍광은 처음 보는 것이오."

"이제 어느 정도 말투가 스물아홉 같군요."

"그렇소?"

사내가 빙긋 웃음을 짓는다. 시원하게 부서지는 눈웃음이 매력적이다.

"그래요. 월… 강(越剛)."

"어색하면 그냥 심 모라고 부르시오."

"지금부터 그 이름에 조금씩 익숙해지는 것이 좋아요."

"형님들 앞에서도 이래야 하는 거요?"

"아직까지는 둘이 있을 때만 연습하기로 한 거잖아요. 지금 월강은 회회교에 있는 걸로 되어 있다는 것을 잊지 마세요."

"알겠소."

두 사람은 섬서를 떠나 조온 등을 찾아온 의령과 고화였다.

"하필 저런 험악한 산세에 자리를 잡았을까요?"

"이 산은 태행산맥의 남녘 끝에 위치해 있소. 산만 내려서면 하남의 심장부로 곧바로 들어설 수 있지. 태행산맥을 따라 북과 서로 언제든

후퇴도 가능한 곳이오. 거기다 형님들께 아주 익숙한 산이라오."

"그렇군요."

"자, 그럼 형님들 솜씨나 구경해 봅시다. 아주 기대되오."

빙긋 웃음을 뿌린 의령이 뚜벅뚜벅 말을 몰아 걷기 시작했다.

의령의 뒷등을 바라보며 생긋 미소를 지은 고화도 고삐를 채어 천천히 뒤따랐다.

신향현에서 제일 큰 신향객잔.

어느 곳이나 그 지방의 지명(地名)을 객잔 이름으로 사용하는 개성 없는 자들이 있는 법이다.

이상한 것은 외지인들이 찾는 객잔은 거의 그런 곳이라는 점.

그 또한 스스로 개성이 없다는 것을 웅변하는 것이지만 의령은 오늘 그런 자가 되어야 할 운명이었다.

조온 등이 이 객잔을 통해 정탐을 하고 있다고 들었기 때문에.

자리를 잡자 현무교의 연락망을 이용해 소식을 전해왔던 것.

말을 맡긴 의령과 고화가 객잔 안에 들어서자 점소이가 쪼르르 달려와 손님들을 반겼다.

"친절 봉사 신향객잔입니다. 어서 옵쇼!"

참으로 무개성한 인사. 역시 간판에 어울리는 점원이었다.

의령의 어깨에 앉아 있던 금아는 어디로 갔는지 보이지 않았다.

녀석도 식사는 해야 하는 법이니 이해하자.

의령은 얼굴을 가린 천을 거두지 않고 날카로운 눈으로 점소이를 아래위로 쭈욱 살폈다.

'잘 다듬어진 몸이로군.'

의령이 속으로 자신을 칭찬하고 있는 줄을 모르는 점소이는 눈을 껌벅였다.

'이놈 우리말을 모르나? 아니면 혹시 변댄가?'

"안내하지 않고 뭐 하느냐?"

날카로운 고화의 음성에 점소이는 화들짝 정신을 차렸다.

"예예. 따라오십시오."

손님도 그리 많지 않건만, 인사까지 깍듯이 해줬으면 알아서 아무 데나 앉을 일이지. 여기가 무슨 동정호(洞庭湖)의 신선루(神仙樓)라도 되는 줄 아남!

속마음이야 어찌 됐던 점소이의 얼굴은 여전히 웃음을 가득 띠고 있었다. 기본은 된 녀석이었다.

자리에 앉은 고화는 눈바람을 막기 위해 얼굴을 가렸던 천을 내렸다.

점소이의 눈이 커졌다. 쉽게 볼 수 있는 미인이 아니었다.

고화의 입술이 팔랑거리는 동안 점소이는 멍하니 붉은 꽃잎이 열렸다 닫히는 것을 감상하고 있었다. 고화가 무어라 하는지는 제대로 들리지도 않았다. 참으로 기막힌 광경 아닌가. 아랫배에 불끈 힘이 들어가는 것이 느껴졌다.

"뭘 잘하냐고 묻지 않았느냐?"

조금 짜증스러운 듯 고화가 목소리를 높이자 점소이는 그제야 망상에서 깨어났다. 아니, 이런 미녀가 자신에게 관심을 보이다니!

"옙! 장작을 잘 패고 밤일에 자신있고, 심부름도 아주……."

자신의 장점을 한참 자랑하려는데 고화의 눈길이 왠지 심상치 않아 점소이는 입을 다물었다. 이 바닥에서 먹고살려면 최소한의 눈치는 기본인 법이다.

"재미있는 놈이군. 이봐! 자네가 잘하는 걸 물은 게 아니라 이 집에서 잘하는 간단한 요리를 물은 거라네."

점소이가 안쓰러웠는지 의령이 입을 열었다. 그러나 다정히 정황을 설명해 주는 말과는 달리 의령의 손은 점소이의 엉덩이를 짝 소리 나게 힘껏 쳤다.

"엉덩이가 튼실한 걸 보니 사랑받겠구만."

'아아니! 이런 개놈의 변태자식이!'

점소이는 눈에서 불똥이 튀는 듯했으나 자신이 먼저 잘못한 일이 있었기에 웃음으로 얼버무렸다.

"험험. 제가 실례했습니다. 저희 주방장이 자랑하는 간단한 요리로는 도삭면(刀削麵)이 있습니다."

"도삭면?"

고화가 관심을 보이자 점소이는 신이 났다.

"예예. 한 손엔 반죽, 한 손엔 칼을 들고 버들잎 같은 면발을 탁탁 쳐내 곧바로 끓는 물에 삶는 면이지요. 주방장의 손이 보이지도 않는 경지에 이르러 그 맛이……."

"그거 내와봐."

신이 난 점소이의 음식 자랑을 의령이 끊었다.

'이거 성날 개사식일세.'

그 정도의 감정 표현을 드러낼 정도의 하수 점소이는 아니었던 듯 공손히 머리를 숙인 후 물러났다.

의령과 고화는 할 말이 없는 사람들처럼 가만히 앉아 있었다.

의령은 조온 등이 얼마나 신향현을 잘 살피고 있나 궁금했기에 객잔의 분위기를 면밀히 살피는 중이었다.

고화는 그런 의령의 얼굴을 물끄러미 바라보고만 있었다.

'보기만 해도 좋아!'

여인에게 사랑받는 느낌이 어떤 것인 줄 아는가?

아무 말 없이 바라보는 수많은 어휘가 함축된 그 뜨거우며 정겨운 눈길을 받아본 적이 있는가? 살짝 행복에 겨워 보일 듯 말 듯 말려 올라간 입꼬리가 무얼 의미하는지 아는가? 그렇게 자신을 바라보는 여인의 얼굴을 마주 보며 가슴이 짜릿해지는 느낌을 아는가? 그 느낌을 아직 모르는 자, 인생의 진미를 모르는 불쌍한 자이리라.

의령은 바로 그런 불쌍한 자였다.

"눈을 가끔 깜박거리시오. 이런 겨울에 안구가 건조하면 산에서 고생하는 법이오."

예전 같으면 화를 버럭 낼 고화였지만 오히려 쌩글쌩글 미소를 지었다.

여자에게 둔하다는 것. 약점이 되기도 하지만 대단한 장점 또한 존재하는 법이다. 처음에 낚을 때는 힘들지만 한 번 낚아놓으면 여간해선 한눈을 팔지 않는, 아니, 팔 줄 모르는 장점이 있다. 그 점을 상기시켜 준 사람은 떠나기 전날 밤, 함께 잠을 자며 이것저것 마지막 금언(金言)들을 전수한 수아였다. 그 후로 고화는 의령에게 점차 화를 내지 않게 되었다.

분위기를 깬 것은 점소이였다. 세상의 점소이는 모두 그런 악역을 맡는 법이다.

"도삭면 나왔습니다. 맛있게 드십시오."

별다른 반응이 없자 시들해진 점소이가 물러갔다. 딱히 돈이 나올 것 같지도 않은 성격이 더러운 손님들. 점소이를 멀리하고 싶으면 그렇게 보이면 된다.

점소이가 물러가자 의령도 얼굴의 천을 거두고 고화와 함께 식사를 시작했다.

묵묵히 음식을 먹는 의령을 보며 고화는 새삼 감탄했다.

분명히 같지만 전과는 전혀 다른 인상의 얼굴.

몇 번을 보아도 할아버지의 솜씨에 감탄할 수밖에 없었다.

옅은 갈색에 은은히 검은 기운이 섞인 참으로 매력적인 색깔.

눈썹을 조금 다듬고 눈매를 강조하는 화장을 덧붙이자 의령의 얼굴은 갑자기 십여 년은 더 노숙해진 얼굴이 되었다.

은근히 사내만이 갖고 있는 성적 매력이 풍겨 고화는 가끔 피부색을 다시 되돌리지 말아볼까 생각하는 중이었다.

그렇다고 뭔가 둘 사이에 획기적인 진전이 있는 것은 아니었다.

의령도 고화의 마음을 알고 있었기에 처음엔 둘만의 여정이 어색했으나 지금은 편한 친구처럼 대하고 있었다. 고화가 별다른 태를 내지 않자 동료처럼, 혹은 형제처럼 생각하기 시작한 때문이었다.

'뭔가 변화의 전기가 필요한데…….'

그 전기에 대한 생각에 고화가 몰두해 있는 동안 어느덧 둘의 식사가 끝나가고 있었다.

역시 고화는 이런 쪽으로 젠병이었다.

잘 생각이 나질 않았다.

'일단 심 공자의 형님들을 내 편으로 만들고 보자.'

아무리 주변인들을 자기 편으로 끌어들여도 당사자를 넘어뜨리지 못하는 이상 끝나지 않는 것이 남녀 간이건만 소질이 없는 자들은 아무리 머리가 좋아도 그걸 못하는 것이 오묘한 이 세계.

의령은 육수까지 시원히 비운 후, 고화와 함께 일어섰다.

의령의 눈에 가벼운 장난기가 떠올랐다 사라졌다.

그들을 안내했던 점소이가 계산을 위해 나오자 도삭면의 가격을 지불한 후, 의령이 은근히 물었다.

"첨산에 요새 못 보던 분들이 있다 들었는데 사실인가?"

계산대에 올려놓은 손에는 동전 이십 문이 쥐어져 있었다.

점소이의 눈이 그 동전에 멈춰 고정되었다.

'이 자식 되게 짜네.'

이십 문이면 도삭면 이인분 가격. 겨우 그 돈으로 뭔가 알아내려고 한단 말인가?

점소이의 눈은 아무 동요도 없었다.

"요새 같은 겨울에야 사냥꾼들이나 좀 있겠지요."

"내가 듣기론 녹림의 처사들이 출몰한다 들었는데……."

의령은 손바닥을 펴더니 동전 위에 은자 반 냥을 떨어뜨렸다.

점소이의 눈이 갑자기 커졌다.

"어때? 이제 생각나나?"

"에… 아쉽긴 하지만 그런 분들 얘기는 듣지 못했습지요."

"그래? 이상하군."

의령이 할 수 없다는 듯 은자와 동전을 거두었다.

점소이가 아쉽다는 듯 입맛을 다셨다.

"다른 거 궁금하신 점은 없나요?"

의령이 빙긋 웃더니 아무 말도 없이 몸을 돌렸다.

고화와 함께 의령이 사라지자 점소이의 얼굴이 갑자기 싸늘하게 굳었다.

그는 주방 쪽으로 급히 사라졌다.

말에서 내려 고삐를 잡고 첨산을 오르고 있는 의령과 고화의 기색은
여유로워 보였다.

첨산의 주봉 장군봉에서 뻗어 내린 한천곡을 따라 오르는 중이었다.

어느새 눈이 그쳐 뽀드득거리는 소리가 투명하게 계곡을 울렸다.

가지에 쌓인 눈이 아름답게 설화(雪花)로 피어나 겨울의 정취가 물
씬 풍기는 산길.

의령은 나란히 걷고 있는 고화에게 물었다.

"아까 그 점소이 어떤 것 같소?"

"잘 훈련되었더군요. 내정을 살피려는 사람에게 한 올의 빈틈도 보
여주지 않았고 돈을 추가하자 탐욕까지 적절히 드러냈어요. 그 정도면
꽤 쓸 만했어요."

"엉덩이도 아주 쓸 만하더이다."

"호호… 월강다운 말이군요."

"그런데 그치가 정말 남녀 가리지 않고 달려드는 그런 인간이었소?"

고화가 웃으며 고개를 저었다.

"달려들진 않았을 거예요. 그는 혼자 있는 걸 좋아했다고 하니까."

"특이하게 고독을 즐기는 자였구려."

"너무 똑같아질 필요는 없어요."

"절대 사양이오."

한가하게 말을 주고받던 의령의 눈이 잔물결을 그렸다.

"슬슬 시작될 모양이오."

"기대가 크시겠군요."

둘의 기대에 화답하듯 계곡을 쩌렁쩌렁 울리는 음성이 터졌다.

"끼놈들―! 그 자리에 멈춰라―!"

짐승 가죽을 몸에 걸친 사내 십여 명이 우르르 계곡의 양편 능선 위에서 달려 내려왔다.

무질서한 듯 보이나 어딘가 절도가 엿보였다.

그것은 능선을 달려 내려오는 속도와 기술 때문이었다.

경사면에 솟아 있는 나무를 탁탁 잡아채며 한숨에 내려오는 이들.

'산에 꽤 익숙한 자들이군.'

의령은 고함 소리에 놀란 말의 목을 슬슬 쓸어 내리며 사내들을 지켜보고 있었다.

고슴도치같이 수염을 빽빽이 기른 사내가 십여 명의 선두에 섰다.

그가 이 관문을 지키는 자들의 수장인 듯했다.

장창을 비스듬히 잡고 있는 사내의 기세가 꽤 쓸 만해 의령은 빙긋 미소를 지었다.

"어쭈! 이 자식이 어르신들을 몰라보고―! 어디서 실실 쪼개느냐!"

장창을 든 자의 옆에 선 자가 목소리를 높였다.

목소리가 상당히 큰 자였다. 목소리가 크고 얼굴이 험상궂게 생긴 것은 밑바닥 주먹들 사이에서는 상당히 중요한 덕목이었다. 그를 위해 폭포 앞에서 목청을 틔우기 위해 수련하는 자들도 허다했다.

의령이 계속 슬슬 웃으며 아예 팔짱까지 끼자 고슴도치 수염을 한 사내, 맹방은 은근히 뒤가 캥기기 시작했다.

신향객잔에서 수상한 자가 산에 오르고 있다는 전갈을 받고 온 참이었다. 미리 본채에 연락을 하긴 했지만 여유만만한 상대를 보니 어쩐지 불안했다.

맹방이 보기에 일남일녀인 상대는 특별히 강해 보이지는 않았다.

사내보다는 오히려 여인의 기운이 도드라져 보였다.

그러나 사내의 여유가 마음에 걸렸다.

힘차게 달려 내려온 자들이 정작 앞에 서 있기만 하자, 의령은 웃는 와중에도 고개를 끄덕였다.

'상대를 알아볼 줄은 아나 보군.'

하지만 이대로는 역량을 평가할 수가 없다.

재미도 없지 않은가.

의령이 느물느물 웃으며 입을 열었다.

"달려 내려올 때는 성난 멧돼지더니 앞에 서서는 비 맞은 개새끼 꼴이로다. 멈추라 해서 멈췄으니 뭐라고 말이라도 하게나."

맹방의 눈에서 불똥이 튀었다.

천하의 차정선에게도 얻어맞을지언정 할 말은 하고 산 자신이었다.

대충 배운 도법을 버리고 차정선의 창법을 배우며 무공에 대해 새롭게 개안도 하는 중.

맹방은 창을 쥔 손에 탁 침을 뱉고 슬슬 문질렀다.

"그 입을 후회하게 해주지."

의령이 피식 미소를 지었다.

"내게 그 말을 했던 늙은이가 얼마 전에 있었지."

맹방이 주마회두(走馬回頭)의 식(式)으로 창대를 수평으로 휘익 돌려 잡아 휘둘러 기수식을 취했다.

맹방의 창끝이 의령을 향했다.

의령은 고화에게 여유있게 말고삐를 건네고 맹방을 향해 천천히 다가섰다. 맹방과 함께 온 사내들이 뒤로 쫘악 물러서 공간을 만들어주었다. 그들은 맹방을 대단히 신뢰하는 듯 보였다.

의령이 맹방의 삼 장 앞에 서서 말을 건넸다.

"그 늙은이가 어찌 됐는지 궁금하지 않나?"

"네가 이겼다고 자랑하는 거겠지."

"아니야."

의령의 얼굴에 빙긋 웃음이 떠올랐다. 이전의 부드러운 미소가 아니라 싸늘한 웃음이었다.

"그 늙은인 밥숟갈을 영원히 못 들게 됐지."

의령의 말과 동시에 맹방의 창이 허공을 갈랐다.

"타ㅡ!"

의령의 빈틈을 노린 것.

한 점을 노려 온몸의 기력을 창끝에 담는 찌르기. 찰(扎)이었다.

"앗!"

고화가 짧은 비명을 질렀다.

꼭 의령의 머리가 창날에 꿰인 듯 보인 것이다.

그러나 의령은 창끝이 미간에 닿을 찰나 아슬아슬하게 고개를 옆으로 틀어 피한 상태였다.

자연스럽게 손을 내려 자세도 취하지 않은 상태.

맹방의 창날이 무수히 쏘아져 왔으나 의령은 그때마다 종이 한 장 차이로 여유있게 피하고 있었다.

'내… 내 상대가 아니야.'

제자리에서 이동도 하지 않고 슥슥 창끝을 피하는 모습은 마치 약속한 대타(對打)를 보는 듯 여유로워 보였다.

맹방은 마침내 동료들에게 도움을 청했다.

"모두 공격해—!'

각자의 무기를 빼 들고 긴장한 상태로 둘의 대결을 지켜보던 십여명의 사내가 한꺼번에 달려들어 의령을 포위하고 검도(劍刀)를 휘두르기 시작했다.

의령은 쏟아지는 연환 공격 속에서 여전히 춤을 추듯 여유로워 보였다.

그의 호접무는 이제 쌓인 눈을 디뎌도 자취를 남기지 않을 정도로 표홀하여 아름답기까지 했다. 매의 움직임 같았던 거친 동작이 어느새 나비의 팔랑거림으로 돌아와 있었던 것. 돌아온 그것은 예전의 그것이 아니었다. 검도창으로 이어지는 거센 연환 공격 속에서 의령의 여유있는 신법은 옷깃에 스침조차 용납치 않았다. 의령을 공격하는 자들이 일으킨 눈보라가 하얗게 떠올라 눈 속을 날아다니는 한 마리 나비와 같았다.

'그만 나오실 때가 되었는데?'

의령의 신형이 갑자기 허공으로 쭈욱 솟구쳤다.

"헉!'

의령을 공격하던 십여 명의 눈에는 의령이 한순간 사라진 것으로 보였다.

갑자기 공격 대상을 놓친 그들이 어리둥절해 있을 때, 천둥 치는 듯한 고함이 그들의 머리 위에 떨어졌다.

"모두 피해—!'

맹방 등은 그 음성을 듣자마자 죽어라고 전권(戰圈)에서 뛰어 물러섰다. 그들이 보인 제일 일사불란한 움직임이었다.

맹방 등이 사라진 자리에는 흑창을 꼬나 든 차정선이 이글거리는 눈으로 능선에서 뛰어내려 서 있었다.

그의 앞에는 허공으로 몸을 솟구쳤던 의령이 서서히 지면으로 내려서는 중이었다. 의령은 손에 들었던 강전을 가볍게 바닥에 던졌다.

허공으로 솟구친 의령의 살기가 심상치 않음을 깨달은 차정선이 화살을 날리고 전권에 뛰어들었던 것.

의령을 바라보는 차정선의 눈에 전의(戰意)가 불타올랐다. 가볍게 경고용으로 날린 그의 화살이 효과가 있으리라고 기대하지는 않았지만 너무나 가볍게 채어 잡아 은근히 긴장하는 중이었다.

의령도 차가운 눈으로 차정선을 마주 보고 있었다.

허공으로 뛰어올라 한 수를 전개하려 하는 기미를 보였더니 과연 능선에서 지켜보던 차정선이 더 관망치 못하고 뛰쳐나왔다.

아직 자신을 알아보지 못하는 듯 보여 의령은 속으로 웃고 있었다.

'이거 정말 못 알아보시네? 호접무를 보시고도 그러나……? 조금 섭섭한걸.'

차정선은 본채에서 맹방의 보고를 받고 아무래도 심상치 않은 예감이 들어 슬며시 맹방의 구역까지 나왔던 참이었다. 보고의 내용이 그들의 존재를 명확히 아는 자로 보였던 것이다. 아직까지 본격적인 활동도 벌이지 않았기에 차정선의 긴장은 컸다.

마침 조온과 반류가 산을 비워 그가 최고수인 상태.

침입자가 맹방의 창을 여유있게 피할 때부터 장내를 지켜본지라 그가 허공으로 몸을 띄워 반격을 하려는 것을 보고 화살을 날리고는 소리쳐 퇴각시켰다. 허공에서 내뻗는 살기가 장난이 아니었다.

그마저도 필승을 장담할 수 없는 상대였다.

"어디서 온 누군가?"

잔뜩 전의를 끌어올려 긴장감이 감도는 음성.

의령은 차갑게 대꾸했다. 오랜만에 차정선과 손을 섞어보고 싶은 마음이 들었던 것. 천추서림에서 대타를 나눈 후, 한 번도 손을 섞은 적이 없었다.

"이곳에 쥐새끼들이 숨어 있다 하여 잡으러 왔지."

"네 이름을 물었다."

의령이 빙글빙글 웃음을 흘렸다.

"날 이기면 알려주지."

차정선의 흑창이 허공을 갈랐다.

맹방의 창과는 기세부터가 확연히 다른 섬전 같은 빠르기.

피하는 의령과 찌르는 정선의 공방이 눈부시게 펼쳐졌다.

제자리에 서서 상대를 찌르려는 정선과 거리를 좁혀 접근하려는 의령. 부챗살 모양으로 좌우로 펼쳐지는 흑창의 연속 공격은 계곡을 온통 쉭쉭거리는 창 소리로 가득 채웠다.

맹방의 입이 떠억 벌어졌다.

저 대단한 것이 자신이 배우는 창술의 정화인 것이다.

눈을 커다랗게 떠 하나라도 놓치지 않으려는 맹방의 눈에는 의령이 괴물처럼 보였다.

자신의 눈에는 잘 보이지도 않는 차정선의 창끝을 피하면서도 의령의 신형은 한 가닥 여유가 있어 보였기에.

돌연 의령의 몸이 비스듬히 이동하며 차정선을 향해 장력(掌力)을 날렸다. 팔괘산초 중 손(巽)이 차정선의 가슴팍을 향해 거센 바람처럼 휘돌았다.

파아아아—

의령과 정선의 사이에 쌓인 눈이 일직선으로 갈라지며 양 옆 허공으로 자욱하게 파편을 튀겼다.

차정선은 창끝을 잡은 왼팔을 빙글 돌렸다. 미처 피할 틈이 없어 하박에 붙인 패우간으로 의령의 장력을 막으려 했던 것. 그와 동시에 흑창은 의령의 장력에도 아랑곳하지 않고 한 끝을 찌른 그 상태에서 빙글 회전했다. 밖에서 안으로 창을 휘돌려 공격하는 나(拏)가 의령의 어깨를 노리고 떨어졌다.

꽈릉—!

장세와 방패가 부딪치는 소리가 눈 속을 갈랐다.

눈발이 가라앉는 사이로 창대의 끝 창날 아래를 부여잡은 의령과 입을 벌리고 흑창을 잡고 서 있는 차정선이 모습을 드러냈다.

전력을 다한 장력은 아니었기에 차정선은 아무 충격도 받지 않았다.

그러나 차정선의 입은 충격을 받은 듯 벌어져 있었다. 그의 눈은 자신의 흑창을 맨손으로 움켜잡은 상대의 팔뚝에 고정되어 있었다.

검게 빛나는 묵룡.

의령의 입이 빙긋이 벌어졌다.

"형님, 오랜만에 만나는데 이렇게 찔러대기만 하실 겁니까?"

묵룡과 의령을 번갈아 바라보던 차정선이 흑창을 집어 던지며 몸을 날렸다.

"의령아—!"

"형님!"

둘은 아이들처럼 부둥켜안고 눈 속을 데굴데굴 뒹굴었다.

호탕한 웃음소리가 두 사람의 입에서 터져 나왔다.

돌연한 반전에 맹방 등이 입을 헤벌리고 있었다.

휘영청 밝은 달이 떠 있다.

장군봉의 중턱, 바위를 쌓아 만들어 자연스레 보이는 성벽의 안쪽 빈 터에 활활 장작불이 타올랐다.

그 위에 엎어진 멧돼지 한 마리가 통째로 지글지글 익어가는 중이었다.

상석에는 조온과 차정선, 반류와 함께 의령과 고화가 앉았다. 그 주위에 어지러이 자리를 잡고 앉은 사내들이 술을 마시며 흥겨운 잔치를 벌이고 있었다.

근처의 산채에 무공을 전수하러 나갔다가 얼마 전 돌아온 조온과 반류도 자리를 함께하는 중이었다.

오랜만에 만난 형제들 사이에는 진영과 유성혼, 임교연의 안부가 바삐 오갔고 서로의 어깨를 두드리며 재회의 기쁨을 만끽하고 있었다.

차정선이 호쾌하게 술잔을 입 안에 털어 넣고 맞은편에 앉은 의령에게도 한 잔 권했다. 산서의 독한 분주(汾酒)였다.

"오늘 아주 죽을 각오해라."

"제가 왜요?"

"아까 너 때문에 얼마나 놀랐는 줄 아느냐? 나야 낯선 놈들이 우리를 뻔히 아는 눈치로 깨물었다는 말에 친패궁에시 나온 정탐꾼 놈들인 줄만 알았지. 찜찜해서 달려가 보니 직접 가르친 놈도 개박살나고 있고 열 명이 넘는 놈들이 덤벼도 옷깃 하나 건드리지 못하지 않겠냐? 허공에서 내뻗은 살기는 나조차 얼어붙을 지경에다 직접 부딪쳐 봤더니 놀림받는 것처럼 상대도 안 되잖아. 내가 마지막으로 창을 휘둘렀을 때는 정말 죽음도 각오한 거였다."

의령은 쭈욱 술을 들이켜고 웃음을 터뜨렸다. 차정선에게도 술을 따랐다.

"형님이 절 못 알아보시길래 장난을 좀 친다는 게 지나쳤나 봅니다. 그래도 너무하신 거 아닙니까? 빤히 호접무를 눈앞에서 펼쳤는데 어떻게 절 못 알아보세요?"

차정선이 입술을 불퉁거렸다.

"네놈 꼬라지를 봐라. 누가 넌 줄 알아보냐? 조온 형님이랑 류는 널 알아보디? 빨리 그놈의 얼굴색부터 지워라. 누가 보면 내 친동생인 줄 알겠다."

반류가 옆에서 큭큭댔다.

"야! 색깔이 비슷하다고 다 동류인 줄 아냐? 깎은 밤톨과 가시 빽빽한 밤송이는 하늘과 땅만큼 차이가 나는 법이야. 아무도 니 친동생이라고는 안 할 테니 걱정 붙들어 매라."

"밤송이 껍질 속에 밤톨 있으니 결국은 형제 아니겠냐?"

"꿈보다 해몽이다, 이 녀석아."

반류는 의령의 어깨에 팔을 둘렀다.

"근데, 여기서는 얼굴에 먹칠한 건 좀 지워. 변장도 좋지만 우리끼리 있을 때까지 그럴 게 무어냐? 도대체 뭘 발랐길래 이렇게 잘 익은 색깔이 되었누? 진짜 너라고는 아무도 짐작 못할 거다."

차정선이 눈덩이를 들어 의령의 얼굴에 문질렀다.

"응? 물로는 안 지워지나?"

"예."

"그럼 뭘로 해야 지워져? 빨리 지우자. 우리 막내 본얼굴 좀 보자구."

"이 얼굴에 익숙해지느라 일부러 이러고 있어요. 다시 변장하는 데 시간이 더 많이 걸리니 그냥 봐주십시오."

다시 남옥당의 시술을 받지 않는 이상, 본래의 용모를 회복할 수 없다고 하면 무슨 말이 나올지 몰라 의령은 가볍게 대꾸했다.

조온 등이 현무교에 대해 갖고 있는 감정은 그리 좋다고만은 할 수 없었기에.

조온은 고화를 바라보며 슬며시 얼굴에 웃음을 지었다.

"그런데 이 소저는 뉘시냐?"

의령이 무어라 하기 전, 반류가 술잔을 건네며 웃음을 터뜨렸다.

"참, 형님도. 보시면 모르우? 우리 제수씨 될 소저가 아니겠소이까?"

차정선이 눈을 껌벅였다.

"정말? 현무교에서 나오신 분이라잖아?"

"너같이 남녀 간의 정리에 무지한 놈이 뭘 알겠냐? 나는 척 보니 알겠던데. 자! 제수씨, 내 술 한잔 받으시오. 나 반류라고 의령이에게 암기술에다 활 쏘기까지 가르쳐 준 아주 친한 형이오."

조온과 반류는 의령을 바라보는 고화의 은근한 눈빛에서 둘 사이가 보통이 아님을 이미 감지하고 있었다. 성혼과 의령, 교연의 사이를 은밀히 걱정하고 있었기에 고화의 존재는 그들로서는 반갑기 그지없었다.

술잔을 받는 고화의 얼굴이 발갛게 달아오른 것이 그들의 짐작을 확실하게 했다.

다소곳하게 술잔을 입에 대는 고화를 바라보는 반류의 눈이 살갑게 찢어졌다.

"어이구. 아주 술을 잘하는군. 그래, 우리 제수씨가 되려면 그 정도는 해야지."

"아니, 왜 자꾸 제수씨라고 하세요? 남 소저가 곤란해하겠습니다."

의령이 나서자 차정선은 고개를 갸웃거렸다.

"야! 의령이는 아니라잖냐?"

반류가 차정선에게 고개를 돌렸다.

"니눔이 그러니까 아직도 면총각도 못한 거여."

"뭐야, 임마? 동자공을 익히고 있으니 자제한 거지!"

"넌 이제 동정을 깨도 되는 수준이잖냐? 니눔이 익힌 금강동자공(金剛童子功)은 평생 수절케 하는 그런 공부가 아니잖아. 변명하려면 그럴듯하게 해라!"

반류의 반격에 차정선의 얼굴이 벌겋게 달아올랐다. 서른이 훌쩍 넘었으나 아직 여인을 접한 적이 없는 순진한 사내 차정선. 검은 얼굴이 붉어지니 청동상에 노을이 비친 듯했다. 분김에 반류에게 쏘아붙이려는 찰나.

조온이 가볍게 손을 저었다.

그의 입에서 단호한 꾸짖음이 터졌다.

"왜들 이러냐? 막내가 온 경사스런 날에 형이란 것들이 말다툼이라니!"

반류와 차정선은 조온의 꾸짖음에 모두 고개를 돌리고 툴툴거리며 애꿎은 술만 마셨다.

의령의 얼굴에 고마운 기색이 떠올랐다. 가뜩이나 고화와의 관계가 마음에 걸렸던지라 반류의 말이 불편하기 짝이 없었다.

조온은 고화의 빈 잔에 술을 따라주며 부드럽게 말을 건넸다.

"제수씨, 저것들의 무례를 용서하시구려."

"형님!"

의령의 말에 아랑곳없이 조온 등은 웃음을 터뜨렸다.

수줍은 듯 모로 고개를 내린 고화의 입가에도 살포시 미소가 떠올랐다.

산채의 가운데에 꾸며진 너른 방. 호피로 꾸며진 의자를 바라보며 의령이 말을 건넸다.

"아주 대적(大賊)의 소굴 같군요."

차정선이 호탕하게 웃음을 터뜨렸다.

"이 근처 녹림도들을 모두 평정했으니 대적이라고 해도 되겠지."

"형세가 어느 정도입니까?"

의령의 질문에 반류가 찻잔을 들며 대답했다. 수하들과 함께한 잔치를 끝내고 형제들만 함께한 자리였다. 고화가 의령의 옆에 다소곳하게 앉아 있었다.

"태행산맥은 아울렀다고 보면 된다. 녹림도들은 우리를 새로 자리를 튼 도적 떼쯤으로 보고 있지."

조온이 반류의 말을 부연했다.

"네 말대로 낭인들을 끌어들이는 데 주력하고 있다. 지금은 그들에게 무공을 가르치며 힘을 기르는 중이지. 생각보다 많은 힘이 모여 웬만한 방파도 부럽지 않을 정도가 되었나."

"형님들의 노고가 크셨습니다."

"네가 할 일에 비하면 가벼운 일이다."

"우리 형제가 함께하는 일이지요. 형님들께 선물을 하나 드릴 셈입니다."

"무어냐?"

의령은 품 안에서 새로 쓴 서책 하나를 꺼냈다.

섬서의 요동에서 틈틈이 무공을 정리하며 완성한 서책이었다.

"제가 개봉에서 올빼미들을 키웠던 것 기억하시죠?"

"그럼. 그놈들이 연좌 때 큰 역할을 했지."

"뿔뿔이 흩어졌겠지만 그놈들을 다시 모을 수 있습니다. 여기 그놈들을 모으고 다시 기를 수 있는 조령대법이 있습니다."

반류의 얼굴이 환해졌다.

호기심이 많고 새로운 것을 찾는 것이 즐거운 그로서는 멋진 선물이었다.

"이 책을 소화하면 그놈들을 길들일 수 있다는 거냐?"

"예. 금아를 데려왔으니 그놈하고 먼저 익숙해지세요. 형세를 유지하는 데 큰 도움이 될 것입니다. 현무교와의 연락도 좀 더 원활해질 수 있겠고요."

조온이 마뜩치 않은 얼굴로 인상을 찌푸렸다.

"난 현무교의 소교주가 아직도 맘에 들지 않아."

"형님……."

"천패궁에 잠입한다는 발상은 나쁘지 않다. 안팎에서 공격해야 한다는 것은 나도 알아. 그런데 그 역할을 네가 맡는다는 것이 영 내키지 않는다."

"그렇게 생각지 마십시오. 어차피 누군가 해야 할 일이라면 제가 하는 편이 옳습니다. 천패궁은 강호의 대악(大惡)일 뿐만 아니라 제 개인의 원한이 모여 있는 집결체라고 할 수 있습니다. 천패궁을 없애는 것은 하늘이 제게 내린 천명이라 생각합니다."

담담히 말하는 가운데 서린 굳건한 의지가 모두에게 전해졌다.

진영이 쓰러진 이후 확실히 의령은 자신의 중심을 다진 듯했다. 복수만을 위해 물불을 가리지 않던 모습에서 한결 차분해진 의령의 변화에 조온은 내심 고개를 끄덕였다.

불안하기만 했던 의령의 모습이 어느새 안정을 찾은 듯 보였던 것이다. 예전의 진영에게 향했던 마음의 의지가 어린 아우에게 옮겨간 듯해 조온은 뿌듯하기까지 했다.

성장하는 아우를 보는 형의 마음은 원래 그런 것이다.

"그럼 이제 천패궁으로 잠입하는 것이냐?"

걱정에 가득 찬 차정선의 말에 의령은 살며시 고개를 저었다.

"형님들과 오랜만에 만났는데 이대로 천패궁에 갈 수는 없지요."

반류의 눈이 반짝였다.

"뭔가 건수가 있구나!"

"몸이 근질거리셨나 보군요."

의령의 웃음 섞인 말에 반류가 고개를 주억거렸다.

"산을 좋아하기는 한다만 이렇게 산 구석에 처박혀 힘만 기르는 건 답답한 일이지."

"힘을 길러? 맨날 애들 데리고 노닥거리기만 하는 것이?"

차정선의 말에 반류는 고개를 하늘로 치켜들었다.

"그럼 내가 니눔처럼 무식하게 창대나 휘둘러야겠냐? 다 노는 듯하면서 이것저것 가르치는 게 내 방법이야."

"앓느니 죽지."

두 형의 밉지 않은 지분댐을 지켜보는 의령의 마음은 가벼웠다.

그리웠던 정경이다.

이 속에 진영과 유성혼, 임교연이 끼어 있었으면 더 좋았을 것을.

성혼이 다시 칼을 들었다는 말에 모두 다 흔쾌히 축하의 술잔을 부딪쳤지 않은가.

다시 함께할 날이 있을 터였다.

조온이 의령의 상념을 깼다.

"우리가 도울 일이 있나 보구나."

"돕기보다는 당연히 우리가 함께할 일입니다."

"무어냐?"

"천패궁에 숨은 쥐새끼를 때려잡는 일이지요."

의령의 말에 조온 등이 눈을 빛냈다.

"숨은 쥐라면?"

"주소추를 잡는 겁니다."

2

　귀주(貴州)의 들판을 달리는 한 떼의 인마(人馬) 사이로 휘장을 두르고 단단히 사면을 짠 마차 한 대가 달리고 있다.

　여덟 필의 말이 끄는 커다란 마차.

　마차의 안에는 여기저기에 양피지와 종이 묶음이 널려져 있고 그 안에 좌정한 사내가 앉아 있었다.

　천패궁 밀전의 부전주. 주소추였다.

　이동 중에도 전술을 검토하기 위해 분주히 머리를 굴리던 주소추의 입에 만족한 웃음이 떠올랐다.

　"됐어!"

　이 정도면 척무절도 만족하리라.

　이제 회회교 공략이 코앞에 다가왔다.

　운남의 한구석에 똬리를 틀 듯 숨어 있는 회회교.

천패궁의 대공세에 맞서 그들도 총력을 기울이고 있는 상태였다.

그에게 회회교 공략의 군사를 맡긴 척무절에게 보답키 위해 직접 운남까지 답사를 오간 것이 수차례.

그사이 운남의 코앞 귀주에는 천패궁을 비롯한 회회교 정벌대가 속속 진영을 구축하는 중이었다.

생각보다 이탈자가 많아 정심맹과 사흑련의 파견대는 엉성하기 짝이 없었으나 그들을 끌어들였다는 명분만으로도 충분했다. 어차피 주력은 천패궁이 맡을 터였으니.

운남의 회회교를 완전히 공략하기란 쉽지 않을 터였다.

정해진 본교가 있는 것이 아니라 드러난 것은 민간의 촌락들에 불과했다. 어디에도 그들의 본거지는 드러나지 않았다.

한인들이 문자로 적을 때, 목속만(木速蠻)이라 음차해 적는 무슬림(회회교를 믿는 사람)들은 당(唐) 시대에 이미 중원에 들어왔다.

이슬람교를 믿는 그들이 대규모로 중원에 살게 된 것은 원(元)에서 기원한다. 숭령 서쪽과 흑해 동쪽에 살던 무슬림의 땅을 빼앗은 원은 강제로 그들을 동쪽으로 이주시키고 '회회(回回)'라 불렀던 것.

신강에 주로 모여 살던 이들은 세월이 흐르며 중원의 여러 민족 중 하나로 정착했고 운남에까지 그 터전을 잡게 되었다.

운남의 무슬림들이 하나의 방파를 구축하게 된 것은 외따로 떨어진 그들에게는 필연이었을지도 몰랐다.

그 힘이 강성해진 것은 운남에서 은(銀)이 발견된 후였다. 은밀히 잠채(潛採)를 통해 부(富)를 손에 넣은 그들이 채굴을 노린 여러 방파들에 맞서 자생력을 기르기 시작했던 것이다.

천패궁에서 멀리 떨어져 있는 회회교를 굳이 병탄하려는 것도 바로 그 숨은 은광(銀鑛) 때문이었다. 정심맹과 사흑련이 동조하고 나선 이면에도 바로 그것이 있었다.

주소추의 머리에는 차곡차곡 그동안 생각해 둔 전술이 하나둘씩 펼쳐져 갔다.

운남의 밀림을 정벌하는 것이 얼마나 어려운 일인지 잘 알기에 본거지를 파악하는 데만 주력해 왔던 것이 그동안 시간을 보낸 이유였다.

그러나 회회교에는 본거지라는 것이 아예 없었다.

밀정을 통해 교주의 신분과 근거지를 탐지하기 위해 고심했으나 그조차 파악이 쉽지 않았다. 수시로 근거를 옮겨 다니는 그의 본거지를 파악하기란 불가능에 가까웠다.

상층부에는 접근조차 쉽지 않아 가까스로 알아낸 것이 운남에 있는 회회교도들의 촌락 분포였다.

직접 운남에 답사를 온 주소추는 발상의 전환을 꾀하기로 했다.

본교를 단번에 제압한다는 것이 불가능한 적.

그렇다면 그들의 근거임이 분명한 촌락들을 하나하나 깨뜨리면 되는 것이다.

그를 위한 지형의 숙지는 이미 끝난 상태.

이미 대략의 전략, 전술은 척무절에게 보고된 상태였고 인가 또한 떨어진 후였다. 이번에 천패궁에 돌아가서는 마지막 보고를 마치고 곧바로 정벌을 시작할 터.

아예 회족을 운남에서 말살해 버린다는 무시무시한 계책이었다.

그 후에 천패궁 분타를 운남에 세워 직접 채굴을 담당케 한다는 것이 그의 복안이었다.

주소추의 입가에는 비릿한 웃음이 떠올랐다.

"이번 일만 잘 끝내면 천패궁에서 나의 입지는 탄탄대로일 것이다."

실패할 리가 없는 계획이었다.

압도적인 무력(武力)의 차이를 이용해 그대로 밀어붙이면 그만.

그때였다.

마차가 멈추는 것이 느껴졌다.

공손한 음성이 마차 밖에서 들려왔다.

"부전주님, 속하 등곡(鄧谷)입니다."

"무슨 일인가?"

위엄있는 반문과 함께 주소추는 휘장을 걷어 창을 열었다.

말 위에 앉은 그의 귀주행 호위대장인 철기각주(鐵騎閣主) 등곡의 얼굴이 보였다. 검은 갑주에 투구까지 쓴 그의 외양은 황군의 대장군과도 같이 당당하기 짝이 없었다.

"조금 이상한 일이 생겼습니다."

"적이라도 나타났는가?"

"그것은 아닌 듯합니다만… 전방의 두 갈림길에 각각 방문이 세워져 있습니다."

"방문?"

"예."

"이리 가져와 보게."

등곡의 목소리가 호위대의 선두를 향했다.

"그 방문들을 가져오너라!"

귀주행을 위해 척무절은 철기각의 정예들을 주소추에게 맡겼다. 말들까지도 갑주를 걸친 황군(皇軍)과도 같은 위용의 그들. 주소추가 대동한 오십 여기의 철기대만으로도 한두 개 정도의 방파는 쓸어버릴 수 있는 전력이었다.

척후로 앞서 있던 두 명의 대원이 이상한 방문을 발견했다 보고하자 등곡이 마차를 멈춘 것이었다.

등곡에게서 방문을 받아 든 주소추의 얼굴이 묘하게 일그러졌다.

용사비등(龍蛇飛騰)한 필체로 쓰여 있는 방문은 묵향이 채 가시지 않아 은은한 향기가 마차 안에 진동했다.

멋대로 들어오면 죽는다[擅入者死]!
살려면 여기로 가라[生則其路]!

주소추의 얼굴에 미미한 웃음이 떠올랐다.

'어떤 놈이 감히 나 주소추에게 머리 싸움을 걸어온 것이냐?'

주소추의 얼굴이 등곡에게 돌려졌다.

"이 두 방문이 세워져 있던 길은 어떤 길들인가?"

"부전주께서 저번 길에도 통과하셨던 곳입니다. 왼편은 양편이 절벽으로 막혀 있는 계곡을 통과하는 길이고 오른편은 억새가 무성한 초지입니다."

"저번엔 어디로 갔지?"

"척후를 보내 확인하고 초지를 통과해 갔었습니다."

"계곡으로 가는 길에 붙이 있던 방문은 어느 것인가?"

등곡이 수하에게 되묻는 소리가 들렸다.

고개를 돌린 등곡이 아뢰었다.

"천입자사(擅入者死)라 적혀 있던 방문입니다."

주소추의 얼굴에 흥미진진한 웃음이 떠올랐다.

이런 머리 싸움이 얼마 만이던가.

상대가 누구인지 알 수 없었으나 주소추의 마음엔 가벼운 흥분이 일었다.

"척후는 보내보았는가?"

"양편으로 보낸 척후병들이 모두 다 별다른 징후를 발견하지 못했다합니다."

"그래?"

잠시 생각에 잠겼던 주소추가 껄껄 하고 웃음을 터뜨렸다.

"어떤 놈들인지 정말 재밌구만. 우리는 초지로 가세."

등곡의 얼굴에는 한 점 의문이 떠올라 있었지만 망설임없이 명을 내렸다.

"초지로 향한다!"

오십여 기의 인마와 한 대의 마차가 초지로 들어서는 갈림길로 방향을 틀었다.

마차에 있던 문건들을 정리해 행낭에 챙긴 주소추는 마차 밖으로 나서 마부석에 올라섰다.

확 트인 초지에는 갈색 물결이 일렁이고 있었다.

딱히 길이라고 부르기에도 어색한 좁은 길을 조심스럽게 행렬이 통과하는 중이었다.

마부석에 앉아 사방을 둘러보는 주소추의 곁으로 등곡을 태운 말이 뚜벅뚜벅 다가왔다.

고삐를 채어 방향을 잡으며 등곡이 주소추에게 고개를 돌렸다.

"별다른 징후는 없는 듯합니다."

"그렇겠지."

당연하다는 듯한 웃음이 주소추의 얼굴에 떠올랐다.

"부전주께서는 이쪽에 매복이 없다고 확신하시는 듯합니다만."

등곡의 조심스런 어투에 주소추는 웃음을 머금고 고개를 끄덕였다.

"그렇네."

"속하가 보기에도 이곳에는 매복이 없는 듯합니다. 그래서 더 이상하군요."

주소추가 수염을 손가락으로 꼬으며 빙긋 미소를 지었다.

자신만만한 웃음이 떠올라 있었다.

"당연하지."

"그들은 이 길로 가면 산다고 했는데 정말 이 길에는 매복이 없는 것일까요?"

"등 각주도 생각해 보시게. 이 길이 매복을 하기에 적합한가? 계곡이 매복을 하기에 적합한가?"

"그야 당연히 양편이 절벽으로 둘러싸인 길이 매복을 하기에 더 적당하지요. 저라면 그곳으로 우리가 향해 오도록 유인을 하고 매복을 펼쳤을 겁니다. 절벽의 위에서 바위나 통나무를 굴리기만 해도 훌륭한 매복이 되지 않습니까."

주소추가 만면에 웃음을 지었다.

"그렇지. 그래서 지들은 나름대로 머리를 쓴 거야. 계곡의 앞에는 '멋대로 들어오면 죽는다' 고 쓰고 이 길의 앞에는 '여기로 가면 산다' 고 한 것이 그것이지."

"그건 있는 그대로 알려준 것이 아닙니까?"

"그들로서는 역을 찔렀다 생각했겠지. 이 길로 가면 산다 했으니 누가 봐도 속임수라 생각하고 계곡으로 향하길 바란 것이 아니겠나? 참으로 속이 빤히 들여다보이는 하책(下策)이야."

주소추는 다시 웃음을 터뜨렸다.

등곡의 얼굴에 감탄한 기색이 떠올랐다.

"그렇다면 부전주께서는 그런 속임수를 빤히 들여다보시고 망설임 없이 이 길을 택하신 것이군요."

"물론이네. 우리가 전에 택한 길이 이 길이었으니 다시 이 길을 갈 것이 자명할 터. 저들은 우리를 유인하기 위해 역으로 방문을 붙였으나 그거야말로 자신들의 속내를 빤히 내보이는 짓이지. 그 따위 용렬한 하책이 내게 통할 턱이 있나."

"하긴 저라도 기마술에 유리한 이런 평지에 매복을 두지는 않을 겁니다. 이곳이야말로 우리 철기각이 가장 위맹을 떨칠 수 있는 지형이니까요."

"내 말이 그 말일세. 참 모자란 것들이야."

'모자란'이란 말이 떨어질 때쯤, 모자란 것들의 답변이 날아왔다.

삐익 하는 호각 소리가 초지를 갈랐다.

돌연 사면에서 치솟아오르는 불화살.

노(弩)에 장전한 쇠뇌를 사용한 것인지 갑주를 걸친 말 등을 뚫고 푹푹 박히는 화살촉.

히히히힝—

주욱 늘어서 걸음을 옮기고 있던 말들이 앞다리를 들며 날뛰었다.

화살에 꿰인 철기각의 기병들이 비명을 지르며 말에서 떨어져 내렸다.

억새밭에 떨어진 화살은 기름을 머금었는지 활활 불길이 치솟아올랐다.

등곡이 허리춤에서 검을 빼어 들며 소리 높여 외쳤다.

"마차를 중심으로 방진(方陣)을 쌓는다!"

혼란스런 와중에도 쇠뇌를 창검으로 퉁겨내며 철기각은 차츰 대오를 정비했다.

"전속력으로 전진!"

등곡의 명에 따라 마차를 중심으로 뭉친 오십여 기의 인마가 지축을 울리며 달려나가기 시작했다.

말들의 어깨까지 닿을 듯 솟아 있는 억새밭이었지만 이미 길과 억새밭의 구분이 무의미해진 터.

철기각은 전속력으로 달려나갔다.

주소추의 얼굴이 똥빛으로 물들었다.

'이, 이런!'

다급한 와중에도 주소추에게 향했던 등곡의 눈초리는 힐난, 바로 그것이었다.

'어떤 자가 감히!'

회회교에 이 정도의 인물이 있었던가.

파라락 머리를 굴리는 주소추의 눈앞이 갑자기 훤해졌다.

선두를 달리던 십여 기의 인마가 자취를 감추었던 것.

"크악!"

심득한 비명이 말 울음소리에 뒤섞여 디져 나왔다.

"멈춰!"

등곡의 명령에 일사불란하게 전진을 멈춘 철기각.

그들의 머리 위로 다시 쇠뇌가 쏟아져 내렸다.

뻥 뚫린 전면은 함정이었다.

말이 단번에 빠질 정도의 삼 장 깊이로 파인 함정 안에는 날카롭게 깎인 죽창들이 빽빽이 꽂혀 있었다.

말과 함께 떨어진 철기각의 십여 기 인마가 그 속에 피투성이로 뒹굴었다.

등곡은 다급하게 소리쳤다.

"마차에서 말들을 떼어내!"

등자도 얹지 못한 말들이었지만 그것을 따질 틈이 없었다. 살아남은 동료들을 함정에서 끌어 올린 철기각의 대원들은 말들을 나눠 타고 함정을 우회해 달리기 시작했다.

그러나 함정은 그 하나가 아니었다.

"아아악!"

억새밭이 불타오르며 끔찍한 비명 소리가 하늘을 향해 터져 올랐다.

뚜벅! 뚜벅!

검게 그슬린 갑주를 걸친 이십 여 인마가 낭패한 몰골로 걷고 있다.

선두에 서 있던 등곡은 부드득 이를 갈았다.

반이 넘는 수하를 지옥 같았던 그 억새밭에서 잃었다.

그들이 향하는 앞길마다 자욱하게 펼쳐져 있던 매복.

함정에 빠져 전진을 멈출 때마다 기다렸다는 듯 쇠뇌가 날아와 수하들을 죽였다. 잘 훈련된 무인들일지라도 불길을 뚫고 쏘아지는 쇠뇌의 광풍 앞에서는 속수무책이었다. 갑주마저도 소용없었다. 게다가 부상을 입은 수하들마저 급박한 상황 때문에 구하지 못한 이들이 다수였다.

적은 하나도 만나지 못했다.

그들은 불화살과 죽창, 타오르는 불길만 상대해야 했던 것.

불화살로 만들어진 불의 장막이 활을 쏘는 적들과 그들의 사이를 굳건히 가로막았다.

그들의 존재는 쇠뇌로만 알 수 있었을 뿐.

수하들을 독려해 한 줄기 퇴로를 찾는 것이 등곡이 할 수 있었던 전부였다.

등곡은 그의 옆에서 말 등에 올라 말발굽 소리에 맞춰 몸을 흔들고 있는 주소추의 꼴도 보기 싫었다.

뭐가 역을 찌른 것이란 말인가!

잘난 척하는 그의 말에 응대했던 자신의 혀를 잘라 버리고만 싶었다.

도대체 척후를 맡았던 놈들은 무엇을 본 것이란 말인가.

등곡은 짜증스럽게 고개를 뒤로 돌려 억새밭을 먼저 정찰했던 척후를 찾았다. 다행인지 한 놈이 살아남아 있었다.

"민오(閔五)!"

지친 표정의 수하 하나가 그의 곁으로 말을 몰아왔다.

"네놈의 척후는 도대체 어찌 된 것이냐! 매복의 아무 징후도 없어?"

"속하도… 어찌 된 영문인지 모르겠습니다. 억새밭의 끝에서 끝까지 훑은 것은 아니었지만 그 길가에는 분명 함정이 없었습니다……."

"수하를 탓하지 마라."

주소추의 힘없는 음성이 등곡에게 들렸다.

"무슨 말씀이십니까? 이놈이 제대로 정찰을 하지 못해 이 꼴이 되었는데."

"함정이 있던 곳들은 우리가 가려던 길이 아니었다."

"예?"

주소추가 등곡에게 고개를 돌렸다.

그의 얼굴에는 답답하다는 기색이 떠올라 있었다.

"말한 그대로야. 정찰을 할 때는 억새밭의 한가운데에 난 길로만 달렸던 거겠지. 안 그런가?"

주소추의 질문을 받은 민오가 고개를 끄덕였다.

"그렇… 습니다."

"그들은 불화살로 우리들의 도주로를 한편으로 몰았던 것이야. 기억해 보라구, 등 각주. 어느 순간부터 우리는 길이 아닌 억새밭의 가운데를 달렸지 않나."

등곡의 얼굴에는 그제야 수긍한 빛이 떠올랐다. 그러나 그 얼굴 한구석에는 은은한 불쾌감이 자리 잡고 있었다.

적에게 당한 후에 어찌 당했는가만 명철하게 분석하는 군사란 전장에서 소용이 없는 법이다. 당하기 전에 그것을 간파해야 할 것이 아닌가!

"어떤 작자인지 멋지게 당했군. 그 작자가 회회교도라면 내가 직접 정벌에 참여해야겠어……."

'또 실컷 당하기나 하겠지!'

등곡이 속으로 잔뜩 주소추를 욕해갈 때였다.

그들이 향하는 전면의 향나무 기둥 한가운데 나무판자 하나가 박혀 있는 것이 눈에 띄었다. 향나무의 뒤편에는 숲이 펼쳐져 있었다.

등곡은 뚜벅뚜벅 말을 몰아갔다.

그의 눈앞에 있는 나무판자에는 또 방문이 붙어 있었다.

"이건 또 뭐야?"

말을 멈춘 등곡의 시선이 방문을 향했다.

여기서 항복하는 자는 살 수 있다[其處伏者能生也].

분노한 등곡의 검이 방문을 갈기갈기 찢어 허공에 날려 버렸다.

"어떤 놈이냐! 여기 천패궁의 철기각주 등곡이 있다! 썩 나서라―!"

등곡의 일갈이 숲 언저리를 쩌렁쩌렁 울렸다.

주소추의 음성이 등곡을 말렸다.

"진정하게나. 적이 바라는 것은 우리가 흥분해 혼란에 빠지는 거야!"

등곡이 조금 진정되자 주소추가 냉정한 목소리로 물었다.

"이 숲을 우회하는 길이 있는가?"

방문을 보자 오히려 그의 머리는 차갑게 가라앉았던 것.

억새밭의 매복에 당해 머리 싸움에서 졌다는 열패감에 빠져 있던 주소추는 다시 한 번 기회가 왔음을 알고 오히려 머리가 활발히 돌아가는 중이었다.

"있긴 합니다만."

"어떤 길인가?"

"그 길은 장강의 지류인 이도하(異道河)의 절벽을 깎아 만든 잔도(棧道)입니다. 말 한 마리가 겨우 통과할 만한 곳입니다. 너무 위험합니다."

"매복을 할 만한 곳인가?"

"부전주께서도 지리를 살피셔서 아는 곳입니다. 이도하의 물길이 거세 큰 배는 띄울 수 없겠지만 뗏목만 띄워도 적은 화살로 우리를 공격할 수 있는 곳입니다."

"그러니까 그 길이 매복을 하기에는 더 알맞은 곳이다 이거군."

"그렇습니다."

주소추가 돌연 무릎을 치더니 고개를 들어 웃음을 터뜨렸다.

"그럼 당연히 이 숲으로 가야지!"

"무슨 말씀이십니까? 숲이 시작되는 곳에 저들이 항복하라는 방문을 붙였지 않습니까!'

주소추가 웃음을 멈추고 등곡을 바라보았다.

"좀 전의 매복을 생각해 보게. 저들은 매복이 쉬운 곳을 버리고 어려운 곳에 함정을 팠어. 이번에도 같은 상황이야. 이번에는 우리가 매복이 쉬운 길을 택하리라 생각하고 그쪽에 매복을 펼쳤을 걸세. 좀 전의 매복은 우리가 역을 노리리라 생각하고 역의 역을 노린 매복이었지만 이번엔 그 반대일 걸세."

등곡은 고개를 저었다.

"양편에 모두 매복을 깔았을 수도 있습니다."

"그렇지는 않을 걸세. 저들의 병력은 그리 많은 수는 아닐 거야. 그렇지 않다면 억새밭에서 우리를 순순히 놔주었을 리가 없지. 조금의 병력만 있었더라도 우리를 몰살시킬 수도 있는 기회였어."

등곡은 자신만만한 주소추의 단정이 오히려 미덥지 못했다.

그러나 두 길 중에 그나마 기마를 이용한 돌파가 용이한 길은 이 길이었다.

"그렇다면 척후를 보내 적정을 먼저 살펴보도록 하지요."

"그러게."

등곡의 명을 받은 두 필의 인마가 조심스레 컴컴한 숲을 파고들어 갔다.

말 머리를 되돌려 숲을 빠져나가는 두 필의 인마를 커다란 전나무 가지에 서서 내려다보며 반류가 옆에 선 의령에게 가볍게 전음을 보냈다.

─저놈들 이리로 올까?

─틀림없이 올 겁니다.

─어차피 그들이 오는 길에 매복을 펼쳤으면서 왜 방문을 걸어놓은 것이냐?

─주소추는 머리를 쓰는 것을 즐기는 자입니다. 그놈에게 어울리는 최후를 주어야지요.

─그놈이 이리로 오면 고소한 일이긴 하다만 올까?

─스스로 똑똑하다고 생각하는 자이니 반드시 올 겁니다.

─그럼 준비하라고 해야겠다.

─예. 이번엔 형님들이 수고하셔야겠군요.

─걱정 마. 계획대로만 된다면 이 숲이 끝나기 전, 주소추만 남을 게다.

의령과 반류의 신형이 은밀히 숲 안쪽으로 사라져 갔다.

척후의 보고를 받은 주소추의 얼굴에 득의한 미소가 떠올랐다.

"그것 보게. 얼른 가세나."

등곡의 얼굴에는 미미한 불안감이 싹터 올랐다.

그가 불안한 이유는 오직 하나.

자신만만한 주소추 때문이었다.

억새밭에서도 그러다 애꿎은 수하들만 잃었지 않은가.

"어쩐지 예감이 좋지 않습니다."

"그렇다고 말을 끌고 잔도를 통과하다 습격받는 것보다는 낫지."

"적의 병력이 그리 많은 수가 아니라 했지 않습니까. 그러니 매복은 한쪽에만 펼쳤을 거라는 말씀이 옳다 생각합니다."

주소추의 얼굴에는 언뜻 짜증스런 기색이 떠올랐다.

"그래서 숲으로 가자는 말이 아닌가. 같은 술수를 두 번 펼치는 모사는 없네. 그것은 병법에서도 금기로 치는 것이야. 한 번 역의 역을 노렸으니 이번엔 역을 노리는 것이 당연한 법이지."

"어차피 우리가 갈 길은 이 숲이었는데 그 앞에 방을 붙인 것이 오히려 수상합니다. 방문이 없었다면 우린 그냥 이 숲을 통과했을 겁니다."

"그렇기에 역을 노린다지 않는가! 자네가 병법에 대해 무얼 안다고 자꾸 토를 다는 것인가!"

역정을 내는 주소추에게 등곡은 더 이상 말을 붙일 여지가 없음을 깨달았다. 이러다간 상명하복이 아니라 하극상을 범할 위험도 있었다. 천패궁에서 그것은 즉결 처분도 가능한 중죄였다.

내심 속으로 한숨을 쉰 등곡이 내키지 않는 명을 내렸다.

이십여 필의 인마가 서서히 검은 숲을 향해 발걸음을 옮겼다.

으슥한 어둠이 내리 깔린 숲 속.

빽빽이 늘어선 울울창창한 숲은 햇빛마저 가릴 만큼 촘촘하여 빽빽했다.

사람들의 발길에 자연스레 열린 숲길을 통과하며 등곡을 비롯한 철기각의 기마들은 잔뜩 긴장해 있었다.

그중 여유작작한 사람은 주소추 한 명뿐이었다.

주소추는 등곡과 나란히 말 머리를 같이 하고 말을 건넸다.

"보시게. 자네 이목에 인기척이 걸리는가?"

숲의 어둠을 날카롭게 뚫어보며 등곡이 대답했다.

"잡히지 않습니다."

"살기라도 감지되나?"

"그렇지 않습니다."

"그럼 긴장을 풀게. 내 말이 맞다는 것이 증명되지 않았나? 이 숲의 어디에도 매복의 흔적은 없지 않은가? 척후의 보고와 일치하네."

"긴장을 해서 나쁠 것은 없습니다."

"사람도 참……!"

어느덧 숲길이 차츰 좁아지고 있었다.

구불구불 이어지는 숲길을 통과하며 잔뜩 긴장해 있던 철기각의 인원들은 차츰 주소추의 말처럼 긴장이 풀리기 시작했다.

새소리가 이따금 울리는 숲 속에는 아무런 매복이 없어 보였다.

몇 굽이의 갈래를 무사히 통과하며 차츰 긴장이 느슨해져 갔던 것.

그들은 맨 뒤를 따르던 인물들이 하나둘 말 위에서 사라지고 있음을 감지할 수 없었다.

조온과 반류, 차정선과 의령이 짝을 이뤄 소리도 내지 않고 한 사람씩 숲 속으로 낚아채고 있음을 그들은 까맣게 몰랐다.

의령 등의 행사가 너무도 은밀하여 한 점의 흔적도 남기지 않아 후미의 맨 뒤를 따르는 두 필의 말을 제외하곤 말들마저 조용히 사라지고 있음을 알 수 없었다.

두툼하게 낙엽이 깔린 숲길이 말발굽 소리를 흡수하는 덕이 컸다.

어느덧 어두운 숲길이 확 트인 공간으로 바뀌었다.

숲의 한가운데에 자연적으로 생긴 공터였다.

햇빛이 차라한 숲 속의 빈터로 들어선 철기각의 대원들이 얼굴에 웃음을 지을 즈음, 뒤를 돌아보던 등곡의 얼굴이 딱딱하게 굳었다.

하나, 둘, 셋, 넷…….

그의 뒤를 따르던 수하들이 반수 가까이 없어져 있었다.

남은 인원은 십여 명 남짓.

맨 뒤를 따라오는 두 필의 주인 없는 말들이 그의 시선을 꽉 잡고 놓지 않았다.

"이, 이것이……!"

등곡의 신음 소리에 고개를 뒤로 돌린 주소추의 얼굴도 딱딱하게 굳었다.

아무도 모르는 가운데 사라진 철기각 대원들. 그것이 의미하는 바가 너무도 컸기에.

더구나 이곳은 훤히 트인 숲 속의 공지(空地).

매복을 펼치기에 그야말로 적합한 곳.

경고를 발하려는 주소추의 입이 열리기도 전, 그들이 지나온 숲에서 쉭쉭 소리와 함께 강전(鋼箭)이 쏘아져 나왔다.

노궁에서 쏘아지는 화살도 아니련만 화살은 두터운 갑주의 사이를 뚫고 하나같이 정확히 천돌혈에 틀어박혔다.

삽시간에 다섯의 철기각 대원이 바닥에 고꾸라졌다.

등곡의 눈꼬리가 하늘을 향해 치솟았다.

"웬 놈들이냐―!"

그에 대한 대답이었을까.

돌연 화살이 날아오던 숲 속에서 쉭쉭 투창(投槍)이 날아오기 시작했다.

사람이 아닌 말을 노리고 날렸음이 분명한 투창에 남은 여섯을 태운 말들이 일제히 놀라 앞굽을 치켜 올렸다.

그 틈에 두 필의 말이 투창에 맞아 뒹굴었다.

주소추가 날쌔게 말 머리를 돌려 말 배를 걷어차며 등곡에게 소리를 높였다.

"어서 이곳을 빠져나가야 해! 포위되면 끝장이야!"

자신과 수하들을 노리는 투창을 이리저리 날뛰며 거둬내던 등곡이 이를 부드득 갈고 자신의 말에 올라탔다.

혼자 몸을 빼려는 주소추가 밉기 그지없었으나 그를 보호하는 것이 자신의 임무.

등곡은 분루를 삼키며 살아남은 수하들을 이끌고 허겁지겁 말을 달리기 시작했다.

그들의 말이 공지의 가운데를 통과할 때쯤 주소추의 말은 어느새 숲속의 공지를 벗어나 숲길로 접어들고 있었다.

혼자서 도망가는 상관을 쫓아가며 스스로에게 한심해하고 있는 등곡의 귓전에 낯선 호곡성이 울렸다.

끼이이이야아아아아악—

반류가 개량한 명적의 소리였건만 등곡에게는 청각을 뺏는 울부짖음.

소리가 향하는 뒤편을 바라보는 등곡의 눈이 커졌다.

어느새 그를 따르던 다섯의 철기병이 좌우로 튕겨져 나가듯 떨어지고 있었다.

그들의 몸에 빽빽이 틀어박힌 쇠뇌.

공지의 양편에 노궁을 갖고 있는 매복이 있음이 분명했다.

잔뜩 부릅떠진 등곡의 몸도 어느덧 서서히 말에서 떨어지고 있었다.

그의 목에는 한 뼘두 안 되는 화살 두 개가 나란히 박혀 있었다.

'소리도… 없었는데……'

무공의 고수들만을 상대하기 위해 반류가 개발한 전법. 명적으로 청각을 뺏고 한 뼘도 되지 않는 무음전(無音箭)으로 적을 살상하는 전술에 당했음을 등곡은 죽는 순간까지 알지 못했다.

자신의 뒤를 따르는 말발굽 소리가 하나도 없음이 주소추의 가슴을 더욱 답답하게 했다.

이대로 최단거리를 돌파해 숲을 빠져나가는 것만이 살길인 양 주소추는 마구 말 배를 걷어찼다.

뒷덜미를 노리고 화살이 쏘아져 오는 것만 같아 등골이 오싹하기 짝이 없었다.

"하아―!"

어두운 숲이 끝나가고 있었다.

하얗게 보이는 저곳까지만 가면 장강이 코앞. 그를 기다리는 천패궁의 배가 멀지 않은 곳에 있을 터.

콧김을 내뿜으며 가쁘게 달려가던 말이 어느 순간 비명을 내지르며 무릎을 꺾었다.

히힝―!

주소추는 어찌 된 영문인지도 모르며 등자에 걸친 발을 빼내며 말 등을 박차고 날아올랐다.

그 순간 갑자기 앞이 컴컴해졌다.

신체가 완전히 친친 감기는 낯선 구속감과 함께 주소추의 몸은 의지에 관계없이 공중으로 솟구쳤다.

천지가 뒤바뀌며 바닥이 갑자기 꺼지듯 멀어졌다.

그물이었다.

머리를 때리는 커다란 충격과 함께 주소추는 정신을 잃어갔다.

무언가 뜨뜻한 기운이 얼굴을 때리는 느낌에 주소추는 차츰 정신이

들었다.

하얗게 시야가 밝아져 왔다.

"이 자식 정신을 차렸는뎁쇼?"

"이왕 싸던 거 계속 싸."

왁자한 웃음 속에 정신을 차린 주소추는 미칠 듯이 분노했다.

그의 얼굴에 느껴지던 뜨뜻한 기운의 정체를 알았던 것.

그것은 한 사내의 세찬 오줌발이었다.

"여— 맹 형. 물건이 아주 거하구려."

"왕후장상들이 자줏빛을 좋아하는 이유가 바로 이놈 색깔 때문입지
요. 잘 여문 놈일수록 위풍당당한 자줏빛 아니겠습니까?"

"그런 심오한 뜻이 있었구려."

호탕한 웃음들이 터져 나왔다.

굴욕감에 사로잡혀 다시 눈을 내리 감은 주소추는 사내들의 웃음소
리에 오륙십 명은 족히 모여 있다는 것을 감지했다.

마혈을 제압당했는지 꼼짝도 할 수 없었다.

묵묵히 얼굴에 내리 붓는 오줌발을 견디는 수밖에.

호랑이 굴에 들어가도 정신만 차리면 산다고 했다. 주소추는 냉정을
유지하려 안간힘을 썼다.

툭툭 마지막 오줌 방울을 털어낸 맹방이 괴춤을 여몄다.

눈을 껌벅거리며 눈썹 위로 흘러내리는 오줌 방울들을 흘려보낸 주
소추가 서서히 눈을 떴다.

그의 시야에는 낭인들로 보이는 무질서하게 늘어진 인간들이 노궁
과 투창을 비껴들고 선 것이 보였다. 이곳은 철기각의 인물들과 함께
습격을 받았던 숲 속의 공지였다.

'겨우 이런 자들이?'

"당신들의 수뇌를 만나고 싶다."

자신의 처지를 의식치 않는 듯 담담하기만 한 주소추의 음성이 흘러나왔다.

주소추의 앞에 선 맹방이 피식 웃음을 흘렸다.

"뭐 하러?"

"나를 살려둔 것은 이유가 있어서가 아니겠는가?"

"그래서?"

"나는 쓸모가 많은 사람이다."

그의 뒤통수에서 비릿한 웃음이 들려왔다.

"이젠 우리에게 붙으려고?"

주소추로서는 처음 듣는 음성이었다.

그는 목을 돌리려 애를 썼지만 꿈쩍도 하지 않았다.

"조건만 맞는다면 못할 것도 없지. 난 천패궁의 일급기밀들을 많이 알고 있다."

"예를 들면 어떤?"

"회회교 침공의 기본 전략과 세부 전술을 모두 짠 것이 나다."

주소추의 뒤통수에서 피식 웃음소리가 들렸다.

"그거? 그거라면 이미 우리 손에 있어. 당신이 등짐에 고이 모셔두었던 문건들만 봐도 훤히 알겠던걸?"

주소추는 입술이 바싹 타는 것을 느꼈다. 그에게 닥친 최대의 위기였다.

"그것만으론 완전하지 않다."

"이것만으로도 충분해."

"천패궁 내부의 세력 관계에 대해서도 상세히 알려주겠다. 원한다면 현무교의 정보도 넘겨주겠다."

"별로……. 뭐 다른 건 없나?"

주소추의 머리는 생애 최고의 속도로 회전했다.

"나를 사로잡은 것은 이유가 있어서가 아니겠는가? 무엇을 원하는지 말해 달라."

"그놈을 앉혀."

바닥에 눕혀놓았던 주소추의 몸을 맹방이 조심스레 일으켰다. 자신의 오줌이었지만 닿지 않도록 조심하는 꼴이 역력했다.

주소추의 눈앞에 얼굴을 천으로 감싼 날렵한 인물이 나타났다.

천 사이로 드러난 눈 언저리는 갈색이 완연한 구리빛 피부.

주소추로서는 처음 보는 얼굴이었다.

깊게 가라앉아 있는 눈빛에서는 만만치 않은 지혜가 느껴졌다.

'이자가 날 함정에 빠뜨린 자로군.'

상대를 판단하기 위해 주소추는 눈도 깜박이지 않고 처음 보는 사내를 뚫어져라 응시했다. 사내의 눈 속 깊숙이 담긴 적개심이 주소추의 마음을 급하게 했다.

'원한을 맺은 상대인가? 이런 놈은 기억에 없는데……?'

"날 알아보지 못하는군."

얼굴을 반쯤 가린 사내가 입을 열었다.

어딘가 들어본 듯한 음성. 그러나 기억이 나지 않았다.

주소추가 재빠르게 기억을 더듬어갈 무렵, 낯선 사내가 주소추의 등 뒤로 시선을 돌리며 입을 열었다.

"형님들도 이리 오시지요."

얼굴을 가린 사내의 옆에 세 명의 사내가 붙어 섰다.

외눈박이 사내와 호리호리한 장발사내, 커다란 쇠지팡이를 짚고 선 장대한 체구의 묵인.

주소추의 입이 서서히 벌어졌다.

직접 본 적은 없었으나 용모파기를 통해 수없이 낯을 익혔던 인물.

"너, 너희들은……?"

얼굴을 가린 사내가 천을 내려 얼굴을 드러냈다.

건강한 갈색으로 물든 사내의 얼굴.

처음 보는 얼굴이나 어딘가 낯익었다.

주소추의 얼굴이 서서히 일그러졌다.

"너는……!"

"역시 알아보는군."

"심. 의. 령!"

한 자 한 자 뱉듯이 내뱉는 주소추의 음성에는 절망의 기색이 내비 쳤다. 주소추는 눈을 내리 감았다.

"그래, 오랜만이군. 위도천, 아니, 주소추!"

"……."

"왜 아무 말이 없나?"

"…죽여라!"

"너무 쉽게 목숨을 포기하는군."

"네놈이 날 살려둘 리 없으니까."

"마지막까지 목숨을 구걸하는 게 너다운 것 아닌가? 이무력은 그렇 게 하던데."

주소추의 얼굴에서 돌연 비릿한 웃음이 떠올랐다.

"내가 그런 벌레 같은 놈이랑 같을 줄 아느냐?"

의령은 차가운 미소를 지었다.

"너나 그놈이나 하등 다를 바 없어."

주소추는 번쩍 눈을 떴다.

"그런 나약한 놈하고 나를 같이 취급하지 마라!"

"너는 당당한 사내다 이거냐?"

반류의 반문에 주소추는 돌연 당당하게 입을 열었다.

"비록 뜻이 달라 이렇게 되었지만 천하를 한 손에 쥐려 했던 나다. 모욕은 하지 마라."

차정선이 퉤 하고 침을 뱉었다.

"더러운 놈 같으니! 네놈이 그런 말을 할 자격이 있다고 보느냐?"

주소추가 돌연 웃음을 터뜨렸다.

"자격? 낭인에 불과한 네놈들이 정파 나부랭이들이나 말하는 대의를 운운할 셈이냐? 나는 관리로서 그 임무에 충실했고 이젠 무림에 몸담아 내 역할을 다하고자 했을 뿐이다!"

조온이 주소추를 세차게 꾸짖었다.

"무고한 양민이 억울한 죽임을 당했는데도 거짓 재판으로 세상의 눈과 귀를 속인 게 네놈 아니더냐! 그를 위해 친인을 배반케 하는 더러운 술수를 서문 각주에게 부린 것이 네놈 아니더냐! 관리를 자칭하는 놈이 백성의 어려움을 돌볼 생각은 않고 권력의 유시에만 급급해 개봉연좌를 깨뜨린 것이 네놈 아니더냐! 천추서림의 무고한 인명들을 잔인하게 도륙한 것이 바로 네놈 아니더냐!"

주소추의 입에는 유유한 웃음마저 떠올랐다.

"그게 다 너희들이 대세의 편에 서 있지 않았기 때문이다. 그럼, 계집애 둘 죽은 것으로 황궁마저 좌지우지하는 천패궁을 향해 한낱 개봉지부에 불과한 이무력이 등을 돌릴 것이라 생각했느냐? 백성들의 어려움 운운하지만 그 많은 인명이 죽어간 것이 어찌 나의 탓이더냐? 안 되는 일인 줄 번연히 알면서도 우격다짐으로 연좌를 조직한 네놈들 탓 아니냐? 나는 세상의 번거로움을 없애기 위해, 대(大)를 위해 소(小)를 희생시키는 결단을 내렸을 뿐이다. 큰 눈으로 세상을 다스리려면 어쩔 수 없는 선택인 게야!"

부드득 이를 갈고 다가서려는 의형들을 제지한 의령의 입이 서서히 벌어졌다.

"너를 꾸짖어 참회를 시키려는 생각은 전혀 없다. 애초에 진정한 대의를 아는 놈이라면 그런 일을 벌이지도 않았을 테니. 네놈이 그렇게 당당한 사내인 척하니, 그에 어울리는 최후를 주마."

"진정한 대의? 정말 웃기는군!"

의령은 아무 말 없이 지풍(指風)을 쏘아내 주소추의 마혈을 풀어주었다.

"너의 의지가 옳은지 나의 의지가 옳은지 하늘이 증명해 줄 것이다. 나와 일 대 일로 생사결(生死決)을 나눈다."

"의령아!"

의형들의 말에도 대답하지 않고 의령은 조용히 입을 열었다.

"모두 십 장 밖으로 물러서 주십시오."

결연한 의령의 태도에 조온이 나직하게 한숨을 쉬고 아우들을 끌어당겼다. 그의 지시에 따라 의령과 주소추를 에워싸고 커다란 동심원이 생겨났다. 낭인들로 겹겹이 둘러쳐진.

주소추는 얼굴에 묻은 오물을 닦아내며 좌우사방을 빠르게 눈으로 훑었다. 어쩌면 몸을 피할 틈이 있을지도 몰랐다.

의령의 음성이 조용히 들려왔다.

"쓸데없는 짓 하지 말고 몸이나 풀어라. 나를 죽이면 무사히 벗어나게 해주겠다."

의령의 말에 주소추는 비릿하게 웃음을 머금었다.

설사 의령의 말대로 되지 않더라도 결전 중에 한순간의 틈만 있다면 몸을 빼낼 자신이 있었다.

그의 음풍부영신법을 능가할 신법은 없다고 굳게 믿었기에.

짧은 운기를 통해 몸의 구석구석을 풀어준 주소추가 조용히 몸을 일으켜 세웠다.

전신에 끌어올린 공력이 주소추의 얼굴을 푸르뎅뎅하게 굳혔다.

어느새 그의 변환이 풀어져 한광후에게 보였던 창백한 얼굴이 드러나 있었다. 변환술에 사용하던 공력마저 모두 열 손가락에 집중시켰던 것.

"그 얼굴이 본얼굴이었군."

주소추는 문득 궁금했다. 의령은 과연 그의 얼굴을 어떻게 평가할 것인가. 그의 얼굴이 불쌍하다던 한광후의 말이 생각났던 것이다.

"내 본얼굴을 본 소감이 어떠냐?"

의령의 담담한 눈빛이 주소추를 향해 반짝였다.

"한 학사님이 생각난 모양이구나. 그 대화를 나도 들었다. 네 얼굴은……."

잔뜩 공력을 끌어올린 주소추를 마주 보며 의령은 오른손을 들었다.

챙 하는 소리와 함께 묵룡이 풀어져 검은 비수가 그의 손에 쥐어졌다.

"…과연 불쌍하구나."

주소추의 분노에 찬 일갈이 숲 속의 공지를 갈랐다.

열 가닥의 푸른 음청지가 의령을 향해 번개처럼 쏘아졌다.

의령은 음청지를 피하지 않았다.

그의 눈은 주소추의 푸른 얼굴을, 푸른 빛을 발하는 창백한 눈동자를 응시하고 있었다.

빗나간 천재, 주소추.

서문 삼촌과 할아버지를 죽게 만든 원흉.

수많은 연좌대의 생령을 끊은 인물.

천추서림의 식솔들을 남김없이 도륙한 자.

의령의 손에서 문득 묵룡이 사라졌다.

손목을 떨쳐 내지도 손가락을 튕기지도 않았다.

묵룡은 그저 사라졌다.

의령의 의지와 하나로 이어진 묵룡은 음청지의 푸른 줄기를 거침없이 뚫고 공간을 가로질러 주소추의 미간에 틀어박혔다.

믿을 수 없다는 듯 부릅떠진 주소추의 눈이 서서히 뒤집어졌다.

주소추의 몸이 천천히 뒤로 넘어갔다.

의령은 눈을 들어 하늘을 보았다.

한광후의 맑은 웃음이 들리는 듯했다.

29장 입궁도하(入宮渡河)

공야치의 보고를 받는 척무절의 음성에는 한 치의 동요도 없었다.

"죽었단 말이지?"

"예. 비수 종류에 미간을 꿰뚫렸다고 합니다. 얼굴 가득 경악에 찬 놀라움이 떠올라 있었다는군요."

척무절은 손가락을 톡톡 쳐 태사의의 손잡이를 두드렸다.

"부전주가 보고했던 전략 전술은 모두 정리되어 있나?"

공야치가 깊숙이 머리를 숙였다.

"물론입니다."

공야치의 숙인 머리를 바라보며 척무절은 잠깐 주소추의 죽음이 아깝다는 생각이 들었다.

늙어가는 공야치의 노쇠한 머리를 대신할 만한 인물이라 여겼거늘.

그러나 그뿐이었다.

"그럼 공야 전주가 회회교 공략의 전권을 담당하게. 귀주에 있는 본진으로 출발하도록. 계획을 다시 한 번 검토해 보고 모자란 것은 전주가 알아서 보충하게."

"존명!"

서서히 뒷걸음쳐 공야치가 물러나자 넓은 대전에는 그 혼자 남았다.

척무절은 한 손으로 머리를 짚으며 짧게 외쳤다.

"암영(暗影)!"

천장에서 음울한 목소리가 들려왔다.

"하명하십시오."

"궁 내의 변화는 어떠한가?"

"강북의 분타가 뒤흔들린 후, 빈 곳으로 이동한 원로파(元老派)가 흔들리고 있습니다. 명부전주의 죽음도 큰 타격을 주었습니다."

"결과는 어떠한가?"

"아직은… 비세(非勢)입니다."

잠시 생각을 정리하듯 짧게 고개를 흔든 척무절의 음성이 나직해졌다.

"그 녀석은?"

"궁에 돌아오시긴 했으나 부용전(芙蓉殿)에 칩거하시고 나오지 않으십니다."

"다시 궁 밖으로 나가면 보고하도록. 눈을 떼지 마."

"존명!"

짧은 대화가 사라진 커다란 대전에는 적막이 감돌았다.

척무절의 시선은 허공 중에 카악 박힌 채 떨어질 줄 몰랐다.

그의 시선은 머언 창문 너머 바라다 보이는 부용전을 좇고 있었다.

　　　　　　*　　　　　　*　　　　　　*

　튼튼히 쌓인 제방에 앉아 강물을 물끄러미 응시하는 두 사람.

　사내 하나와 여인 하나.

　제방 둑에 올라서 살얼음이 살짝 언 물가를 내려다보는 두 사람은
말이 없었다.

　그들의 뒤에는 풀어놓은 두 필의 말들이 서로의 목을 부비며 장난을
치고 있었다.

　여인의 눈이 언뜻 두 필의 말을 향했다.

　부러움이 담겨진 듯한 눈빛.

　묵묵히 흐르는 강물을 내려다보는 사내를 흘깃 흘겨본 여인의 입가
에 작은 미소가 떠올랐다.

　"월강, 왜 굳이 이곳으로 오신 것이죠?"

　사내의 눈이 천천히 여인을 향했다.

　사내는 의령, 여인은 고화였다.

　귀주에서 주소추를 척살한 의령은 첨산의 본채로 돌아와 반류에게
조령대법을 차분히 전수한 후, 고화를 대동하고 이곳 낙하(洛河)로 왔
던 것이다.

　천패궁에 잠입하기로 한 시간이 얼마 남지 않았지만 주소추를 척살
하며 한광후를 떠올린 의령은 한광후의 유언이 불현듯 떠올랐다.

　낙양의 형설건을 꼭 찾으라던 한광후의 유언.

　그 뒤에 쓰인 글귀들이 빗물에 지워져 알아볼 수 없었기에 뒤로 미
뤄만 놓았던 유언이었다.

의형들에게는 별 걱정 말라 가볍게 이야기했지만 죽음을 각오하고 천패궁에 잠입하려는 의령에게 한광후가 남긴 말은 짐이 되었다.

그 유언을 지키려 이곳에 왔건만 제방은 완성되었고 형설건과 일꾼들은 떠나고 없었다.

그들의 힘찬 영치기 소리와 여름의 따사로왔던 낙하를 떠올리는 중이었다.

첫 살인의 충격을 간신히 이겨내고 유성혼과 함께 왔던 이곳.

이곳에서 한광후를 만났고 그를 개봉으로 모셨다.

한광후는 그에게 '자네는 내 자랑이야'라는 말을 남기고 떠나갔다.

이제 그의 곁에는 한광후가 없었다.

텅 빈 낙하의 제방에서 의령은 자신의 스승들이 하나둘 사라져 감이 불현듯 느껴졌다.

"내게 아버님 같았던 마음속의 스승이 계셨소."

조용히 들려오는 의령의 독백과도 같은 고백에 고화는 한 가닥 애잔함을 느꼈다.

한광후는 그녀도 본 적이 있었다.

쩌렁쩌렁 사자후를 뿜어내며 연좌를 지휘하던 그.

그가 의령에게 어떤 존재였는지 그녀는 알게 되었다.

이곳에 온 의미가 어떤 것이었는지 그녀는 알게 되었다.

천패궁에 들어가며 의령이 가진 결사의 각오를 그녀는 알게 되었다.

고화는 살며시 의령의 어깨에 볼을 대었다.

움찔했던 의령의 어깨가 떨림을 멈추었다.

"남 소저… 나는……."

"제 말도 들어보세요."

흐르는 강물 소리가 고화에게 평온함을 안겨준 것일까.

차분히 말할 수 없었던 마음에 용기를 가져다 준 것일까.

고화는 담담히 엽살혼에게 당했던 고문을 말해 주었다.

아무에게도 말하지 않았던 이야기.

수아에게도 하지 않았던 이야기.

그녀의 내밀한 상처.

의령에게 구출되고 정신을 차린 후의 변화를 말해 주었다.

고문의 공포가 오히려 삶의 환희를 일깨워 준 이야기.

의식을 놓았었다는 의령의 말에 공감을 느꼈던 이야기.

어느덧 의령에게 마음이 끌렸던 이야기.

의령의 어깨에 기댄 채 고화의 나직한 고백이 이어졌다.

"당신이 어떤 마음으로 천패궁에 가는 줄 알고 있어요. 당신의 미래가 불확실하다는 걸 잘 알고 있어요. 당신이 짊어진 짐이 너무 커 그 속에 여인의 마음까지 담고 싶지 않다는 마음도 잘 알고 있어요. 하지만……."

고화는 고개를 들어 의령의 얼굴을 바라보았다.

손을 들어 의령의 뺨에 살며시 대었다.

"저는 당신을 좋아해요. 그것 하나만 생각하고 있어요. 내게는 당신이, 당신에게는 내가 있어요."

"남 소저……."

고화의 눈이 살며시 감겼다.

눈을 감고 어떻게 서로의 입술을 찾을 수 있는 것일까.

눈을 감고 어떻게 서로의 모든 것을 볼 수 있는 것일까.

의령은 고화를, 고화는 의령을 볼 수 있었다.

두 입술이 만난 그곳에는 평화가 있었다.

뜨거운 평화가 있었다.

히히히힝—

투레질 소리에 언뜻 두 사람의 얼굴은 떨어졌다.

의령이 무어라 말하려 하자 고화의 손가락이 의령의 입술이 벌어짐을 막았다.

둘의 눈빛이 마주쳤다.

둘의 입가에 싱긋 미소가 떠올랐다.

고화가 벌떡 일어섰다.

"배고파요! 맛있는 거 먹으러 가요!"

섬연한 교구가 어느새 말안장 위에 올라 있었다.

달콤한 입맞춤을 방해한 말이 밉다는 듯 고화는 힘차게 고삐를 채었다.

의령도 고화의 뒤를 따라 말을 달렸다.

말 머리를 나란히 한 둘의 입가에 따뜻한 미소가 맴돌았다.

낙하의 어귀에 있는 허름한 음식점에 들어선 의령과 고화는 말이 없었으나 훈훈했다.

가볍게 자리를 잡고 교자를 시키는 고화에게 의령이 웃음을 흘렸다.

"맛있는 것이 먹고 싶다더니 겨우 교자요?"

"저는 교자를 무척 좋아해요."

지금 무엇이 맛없겠는가.

지금 무슨 소리가 달콤하지 않겠는가.

그러나 세상에는 젊은이들이 기분 낼 때, 분위기 잡치는 이상한 노인네들이 항상 있기 마련. 때로는 노인네가 아니면서도 그러는 젊은 놈들도 많다. 원래 그러는 놈들은 나이와 관계없는 것이 세상의 이치. 눈꼴이 시리다는 증상은 나이에 관계없이 찾아오기 때문이다.

의령과 고화를 못마땅한 눈초리로 쏘아보는 두 청년이 지금 그런 증상에 시달리고 있었다.

"참내, 언 놈은 계집 꿰차고 기분 내고 언 놈은 목구멍에 풀칠할 걱정으로 바쁘기만 하다니……."

"원래 세상은 공평치 못한 법이여. 원래 여자들은 진짜 사내를 알아보는 눈들이 없는 법이지."

제법 큰 소리를 내는 품이 이곳의 터줏대감들인 듯.

고화는 미간을 찌푸렸다.

어떻게 조성된 분위기인데!

의령이 슬며시 고화의 손을 잡았다.

"미인은 자고로 개미월구(開眉月口)라고 했소. 미간을 펴시구려."

의령의 말에 고화가 생긋 미소를 지었다.

"이렇게 웃어야 월구(月口)가 되겠지요?"

"맞소."

의령과 고화의 반대 편에 앉아 있던 두 청년이 사신을 눈앞에 둔 줄도 모르고 목소리를 드높였다.

"어쭈! 이젠 손까지 잡는구나."

"좀 더 보자구. 손이 아니라 다른 곳도 잡을지 몰라."

의령이 전음으로 경고라도 줄까 망설이고 있는데 주방 쪽에서 고함이 터져 나왔다.

"이 자식들! 아가리 닥치지 못해! 어디서 손님들께 행패야ㅡ!"

이곳의 주방장은 음식 솜씨뿐만이 아니라 주먹 솜씨도 꽤 있는 듯했다. 무례하게 지껄여 대던 두 청년의 목이 주방에서 터진 한소리에 자라목이 들어가듯 움츠러들었다.

의령과 고화의 고개가 당연히 주방 쪽으로 돌려졌다.

한소리 훈계로는 마음에 차지 않는다는 듯 주방을 가린 주렴에서 목만 길게 빼 청년들을 노려보던 주방장으로 보이는 사내가 침을 튀겼다. 사십 대의 장년으로 보이는 단단한 인상.

"당장 집구석으로 기어들어 가서 새끼라도 꽈라, 이놈들아! 하릴없이 비비적거리면 니눔들 부친들께 머리끄덩이 잡구 끌구 갈겨!"

"에이, 장난 좀 친 것 갖고 뭘 그러세요, 형(衡) 아저씨."

"이 자식들이 장가도 안 간 총각보고!"

목만 빼내고 있던 주방장이 주렴을 젖히고 전신을 드러내자 두 청년이 얼른 몸을 일으켜 음식점 밖으로 달아났다.

"그럼 울 아부지하고 형아우 하는 아저씨를 어떻게 불러요—!"

"담번에도 그 따위로 아가리 놀리면 작살날 줄 알어—!"

문밖까지 쫓아가 고래고래 고함을 지르는 주방장의 목소리에는 한 가닥 정겨움이 묻어 있었다.

문을 닫아 차가운 바람을 막고 몸을 돌린 주방장의 허리가 정중히 굽혀졌다. 그는 손님이라고는 의령과 고화 둘밖에 없는 음식점이 쾅쾅 울리도록 우렁우렁한 목소리로 사과를 했다.

"이거 정말 죄송하게 되었습니다. 저희 동네 어린것들이 철없이 굴었습니다. 너그럽게 용서해 주시길. 그 대신 최고의 교자를 대접해 드리지요."

우렁우렁 울리던 그의 목소리는 나직한 의령의 한마디에 씻은 듯 멈추었다.

"형… 설건(衡舌楗)!"

고개를 드는 형설건의 얼굴에는 의아함이 가득했다.

"뉘슈?"

통성명을 마친 후 크게 놀라 음식점 문을 걸어 잠근 형설건은 내실로 의령과 고화를 안내했다.

형설건의 눈이 찬찬히 의령을 훑었다.

몸을 일으킨 형설건이 의령에게 천천히 절을 했다.

당황한 의령도 급히 맞절을 했다.

"제가 눈이 어두워 존체를 알아 모시지 못했습니다. 용서해 주십시오."

"너무 과한 예입니다."

자리를 잡고 앉은 형설건의 눈에 언뜻 의아함이 스쳤다.

"주공께서 저를 시험하시는 것입니까?"

"주공이라니요? 저는 한 학사님의 유언으로 이곳에 들렀을 뿐입니다."

형설건은 의령을 바라보다 나직하게 장탄식을 했다.

"허긴 너무 고단한 자리이지요."

의령의 얼굴에도 의이함이 떠올랐디.

고화가 답답한 두 사내의 선문답에 끼어들었다.

"계속 동문서답만 하시지 말고 차근차근 이야기를 나눠보세요. 한 학사님의 유언이 무엇이었는지 말씀하시는 게 순서겠네요."

의령은 고개를 끄덕인 후, 형설건에게 한광후가 남긴 원상도결의 말

미에 적힌 유언을 이야기했다. 낙양에 가 형설건을 만나라는 말을 끝으로 빗물에 지워져 그 이후를 알아볼 수 없었다는 말과 함께.

의령의 말을 들은 형설건은 무언가 망설이는 듯하더니 마침내 마음을 굳힌 듯 의령에게 고개를 끄덕였다.

"어르신이 돌아가셨다는 소식을 듣고도 공자께서 오지 않으시기에 어르신이 공자를 선택치 않으셨을지도 모른다 생각하고 있었지요. 오늘 뵙고는 그것이 아니었다는 것을 알았지만……. 어르신의 지워진 유서가 어떤 내용이었을지 짐작이 갑니다."

"제게 말씀해 주십시오."

형설건의 눈이 의령을 응시했다.

"먼저 다짐해 주십시오. 지금부터 드릴 말씀은 절대 남에게 알려져서는 안 되는 일입니다."

"비밀을 지킬 것을 맹세하겠습니다."

"이분 소저는……?"

형설건이 고화에게 고개를 돌리자 고화가 자리에서 일어나려 했다.

그런 고화의 손을 잡아 만류하며 의령의 눈은 형설건의 눈을 정면으로 마주 보았다.

"제 생명이 다하는 그날까지 마음속에 간직할 분입니다. 제겐 남이라 할 수 없는 사람입니다."

형설건의 앞에서 처음 말하는 의령의 속마음.

고화의 가슴은 밀려드는 감동으로 터질 것만 같았다.

형설건이 고개를 끄덕였다.

"그러시다면 괜찮습니다."

잠시 침묵하며 말을 고른 형설건은 의령에게 이야기를 풀어놓기 시작했다.

"어르신이 황하와 싸워가며 물길을 잡기 위해 동분서주하셨던 것은 잘 아실 겁니다."

"물론입니다."

"역대의 왕조가 강북과 강남을 연결하기 위해 여러 번의 대공사를 벌였던 것도 아시겠지요?"

"수당(隋唐)시대에 그렇게 한 것으로 알고 있습니다."

형설건의 고개가 좌우로 흔들렸다.

"춘추시대부터 그 짓거리가 시작되었지요."

의령으로선 처음 듣는 말이었다.

"와신상담(臥薪嘗膽)으로 유명한 오(吳)의 부차(夫差)가 시작한 일이지요. 그 당시 강남의 강국으로 성장했던 오는 중원으로 진출하기 위해 장강과 회수를 연결하는 한독(邗瀆)이라는 운하를 건설했습니다. 그것이 오늘날 북경과 항주를 잇는 대운하의 기초가 되었습니다."

"그렇군요……."

"수의 양제가 한대의 운하를 수리하고 새롭게 보강하여 황하와 회수, 장강, 전당강을 연결하는 대역사를 벌였지요. 강남의 물자와 병력을 북경까지 곧바로 집결시킬 수 있었고 수도였던 서안에까지 강남의 물산을 끌어올리게 되었습니다."

"정말 대단해요."

고화가 새삼 감탄한 듯 고개를 주억거리자 형설건의 눈이 왠지 단호해졌다.

"소저는 그 운하를 누가 뚫었다고 생각하십니까?"

"예?"

"황하의 범람으로 매번 운하가 막히곤 했지요. 그 복구를 누가 했다고 생각하십니까?"

"……."

"철없는 유람객들은 대단한 일이다 감탄하며 대운하를 오갑니다. 인간의 힘으로 별다른 장비도 없이 천지의 모습을 뒤바꾼 엄청난 역사라고 떠들어대지요. 허나… 그 빌어먹을 운하에는 황하에 기대 땅을 일구어 먹고사는 우리 선조들의 피눈물이 배어 있습니다."

"……."

"수 양제가 황하의 물길을 동남으로 바꾸어 회수로 연결시킬 때 동원한 백성들이 얼마나 되는지 아십니까?"

"……."

"백만 명입니다. 그들 중 무사히 집으로 돌아갈 수 있었던 이들은 얼마나 된다고 생각하십니까?"

의령과 고화가 말이 없자 형설건은 흥분을 가라앉히려는 듯 지그시 눈을 내리 감았다.

잠시 숨을 고른 후 눈을 뜬 형설건은 고화에게 사과의 말을 건넸다.

"제가 너무 흥분한 모양입니다."

"아니에요. 제 생각이 모자랐어요."

"후인들은 선인들의 고통을 잊기 쉽지요. 당연한 일인지도 모릅니다. 저야 누천년을 땅만 파고 산 그들의 후손이고 아직도 그 빌어먹을 노역을 감당해야 하는 몸이라 조금 격해졌습니다."

"계속해 주시지요."

의령이 말을 재촉하자 형설건의 느릿한 어조가 이어졌다.

"원 말에도 그놈의 운하 복구가 있었지요. 그때 동원된 사람이 육십여만 명이 넘었다 합니다. 지급되는 식사는 형편없고 감독과 독촉은 가혹하기 그지없어 반란까지 일어났었습니다."

"백련교(白蓮教)가 개입했다는 그것을 말씀하시는 거군요."

형설건이 고개를 끄덕였다.

"그렇습니다."

형설건의 눈이 침착하게 의령을 응시했다.

"황하 주변의 농사꾼들의 삶이란 말할 수 없이 고단합니다. 황하에 기대어 농사를 지을 수밖에 없으나 토사가 쌓인 물줄기를 가두기 위해 언제나 제방을 쌓아야 합니다. 조금만 방심해 한 올의 구멍이라도 나게 되면 근처의 옥답은 전부 못 쓰게 되고 말지요. 홍수 뒤에는 그래서 언제나 기근이 찾아옵니다. 세경을 조달하기 위해 언제나 운하를 복구하는 노역에 동원되기도 하지요. 참으로 빌어먹을 인생입니다."

형설건의 말이 핵심으로 접근한 듯해 의령은 묵묵히 그를 응시했다.

한광후가 그런 백성들을 돕기 위해 직접 치수(治水)에 뛰어들었음은 그도 잘 알고 있었다.

"어르신은 그런 저희들을 진심으로 안타깝게 여기셨습니다. 직접 소매를 동여매시고 저희들의 속으로 뛰어드셨죠. 그분은 황하 주변에 잘게 흩어져 있던 저희들을 하나로 묶어 스스로 황하와 싸우는 방법을 알려주셨습니다. 황하와 대운하 주변의 농투산이들에게 그분은 다시 없는 은인이시자 모두의 아버지셨습니다."

형설건의 눈이 날카롭게 빛났다.

"공자와 함께 개봉으로 떠나실 무렵, 어르신은 당신의 천수(天壽)가 얼마 남지 않았다고 하셨습니다. 당신의 후임을 제게 보내겠다 하시고 떠나셨지요. 저는 그분이 공자라고 생각했습니다."

생각에 잠긴 듯한 의령을 바라보며 형설건은 말을 맺었다.

"어르신의 유언은 공자께 저희들을 맡기신다는 내용이었을 겁니다. 어르신의 유업을 이어 평생 황하와 싸우시겠습니까?"

의령이 묵묵부답하자 형설건은 천장을 올려다보며 가는 한숨을 내쉬었다.

"역시……. 하긴 어지간한 강단과 사명감 없이는 감당할 수 없는 고통의 연속일 겁니다. 한시도 마음 편할 날이 없으실 테니까요."

형설건은 몸을 일으켰다.

"오늘은 여기서 지내십시오. 어르신의 마지막이나마 상세히 듣고 싶습니다. 정성껏 뫼시겠습니다."

의령의 말이 형설건을 붙들었다.

"저로서는… 한 학사님의 유언이 그런 내용이었다는 것을 짐작도 하지 못했습니다. 조금 경황이 없군요. 제 일신상의 문제도 복잡하기 짝이 없는 데다 나이도 어린 제가……."

형설건의 사람 좋은 미소가 의령을 다독였다.

"어르신은 황하와 싸울 때 가장 중요한 것은 '의지(意志)'라 하셨습니다. 자신의 뜻을 세운다면 이후의 것은 모두 그를 따라 움직이는 법입니다."

희미한 호롱불이 밝혀진 안채에 의령과 고화가 마주 앉아 있다.

깊은 생각에 잠긴 듯한 의령에게 고화가 다정히 말을 건넸다.

"무엇을 생각하는 중이세요?"

"…뜻을 세운다는 말을 생각 중이었소."

"당신은 이미 뜻을 세웠잖아요."

의령은 고개를 저었다.

"천패궁을 치는 것을 내 천명이라 생각하고 있지만 그것이 뜻하는 대의(大義)를 고민해 본 적은 없었소. 뜻을 세운다는 것은 무엇을 달성하겠다는 목표를 세우는 것이 아니라 어떻게 살겠다는 것을 정하는 것이라 들었소."

"어려운 말이군요."

"꼭 그렇지만은 않소. 한 학사님이 내게 무거운 숙제를 주고 떠나셨구려."

"유언을 따를 생각이세요?"

"이 한 몸 추스르기도 버거운 판이거늘 수많은 사람들의 안전을 위해 산다는 것이 가능할까 모르겠소."

고화는 의령이 돌려 말하고 있음을 잘 알고 있었다.

언제 죽을지 모르는 처지에 한광후의 유업을 잇는 것은 불가능하다는 고민.

고화는 가슴이 아파왔다.

명치를 콕콕 찌르는 듯한 아픔이 가슴 가득 퍼지기 시작했다.

"그분들이 천패궁과 싸우는 데 도움이 될 수도 있어요."

"어떻게 말이오?"

"대운하 주변 백성들의 손과 발을 당신의 뜻대로 할 수 있다는 것은 엄청난 힘이 될 수도 있어요. 그 정보력만 하더라도 무시할 수 없는 것이잖아요."

의령은 고개를 저었다.

"그분들은 힘도 갖고 있소."

"예?"

"당신은 느끼지 못했겠지만 나는 알 수 있소. 한 학사님은 고대의 심결을 수련하셨던 분이오. 무공을 닦은 내력이 전혀 느껴지지 않으나 천지간의 기운을 이용할 수 있는 강력한 힘이오. 형설건이라는 분에게 같은 기운을 느꼈소. 아마 그분만이 아니라 많은 분들이 그것을 익혔을 것이오."

고화의 얼굴이 활짝 피었다.

"그렇다면 무엇을 고민하세요? 한 학사님의 유업을 잇겠다고 말씀하시고 그분들의 힘을 빌리세요!"

"그럴 수 없소이다."

"어째서요?"

"한 학사님의 유업을 잇겠다는 것은 황하 주변 백성들의 고통을 함께한다는 결의에 다름 아니오. 무엇을 받는 자리가 아니라 그들을 위해 모든 것을 바쳐야 하는 자리요. 내 사사로운 원한을 위해 어찌 그분들의 피를 흘리자 말할 수 있겠소."

고화는 가볍게 한숨을 쉬었다.

의령이 너무 어렵게 생각하는 듯했다.

무언가 잘못 생각하는 듯했다.

"당신은 천패궁을 치는 것이 사사로운 복수라 생각하고 계시나요?"

"아무리 미사여구로 치장해도 그것이 나의 복수라는 것은 변하지 않는 사실이오."

"그렇다면 한 학사님은 왜 이곳을 버리고 당신께로 가신 걸까요? 당신의 의형들은 무엇 때문에 당신을 도와 목숨까지 걸고 있는 걸까요? 우리 교가 천패궁과 맞서는 것이 우리의 사사로운 존폐가 걸렸기 때문인가요? 천패궁이 백성들에게 끼친 해악을 징치한다는 생각은 해보신

적 없어요? 천패궁에 맞서고자 하는 것과 황하와 싸우고자 하는 것은 전혀 다르지 않아요. 그 품은 뜻은 결국 백성을 위하는 큰 대의로 모이는 거예요."

"그렇게 포장한다고 해서 내가 복수를 위해 시작한 일이라는 것이 가려지는 게 아니오."

"답답하군요. 당신은 가족과 친지들의 원한이라는 것에 너무 얽매여 있어요. 그것만이 아니라는 것을 왜 모르세요?"

그랬다. 의령도 답답했다.

의령은 진영이 불현듯 그리워졌다. 언제나 그의 버팀목이 되어주었던 대형. 그라면 무어라 말해 줄 것인가.

호롱불의 심지가 가라앉는 듯 방 안이 깜박이고 있었다.

2

"교연 언니!"

수아가 왁 하고 요동의 방문을 열어젖혔다.

"어머!"

익힌 무공을 달리 써먹을 데가 없어서일까. 남옥당에게 사사받은 수아의 신법은 현무교에서도 발군이라 손꼽힐 수 있는 정도였다. 교연에게 은신의 기초를 전수받고 난 후로는 교연마저도 수아의 기척을 알아채지 못할 때가 다반사였다.

놀란 교연을 바라보는 수아의 얼굴에는 장난스런 미소가 떠올라 있었다.

고화마저 떠나 버려 말동무가 없어진 수아는 요사이 뻔질나게 교연을 찾고 있었다. 금지민이 그마저 금하지는 않았기에 외로움을 달래려는 방편이었을 수도.

"왔니?"

조용히 돌려지는 교연의 얼굴에는 평온한 미소가 떠올랐다.

사지로 향한 의령에 대한 걱정 말고는 교연의 일상은 평온하기 짝이 없었다.

수련을 거듭하고 있는 유성혼의 곁에 있으며 진영을 방문하는 것은 잊었던 안정을 가져다 주었다.

성혼은 차츰 오감(五感)을 극한까지 연마해 심안(心眼)을 여는 데 근접하고 있었다.

황토의 찬바람을 맞으며 수련에 여념이 없는 그를 보는 것은 즐거운 일이었다.

소중한 것은 곁에서 멀어져야 그 진가를 알 수 있다 했던가.

진영과 유성혼이 생사를 넘나드는 위험에 처해 있는 동안 교연은 그들이 자신에게 얼마나 소중한 존재였는지를 새삼 깨달았다.

진영은 그녀에게 아버지와 같은 대형이었고 성혼은 언제나 그녀의 곁을 지켰던 사람이었다.

성혼에게 마음을 열고 그가 자신의 마음을 받아주자 그전엔 알지 못했던 안정감으로 교연의 얼굴은 날이 갈수록 여성스럽게 변하고 있었다.

버릇처럼 지켜왔던 남장(男裝)을 포기한 것은 아니었으나 그녀에게선 여인만이 가실 수 있는 포근한 기품이 은은히 비쳤다.

"혼자서 뭐 해?"

친언니라도 되는 듯 살갑게 다가와 말을 붙이는 수아.

수아는 보면 볼수록 진영의 여러 구석을 떠올리게 하는 아이였다.

사람의 마음을 꿰뚫어 보는 눈과 그것을 배려를 위해 사용할 줄 아는 심성. 언뜻언뜻 보이는 진영만의 독특한 버릇을 발견할 때마다 새삼 씨도둑은 못한다는 옛말이 생각나는 교연이었다.

"옷을 만들고 있어."

"언니가?"

"안 어울리니?"

수아가 까르르 웃음을 터뜨렸다.

"아니, 너무 잘 어울려. 태는 정숙한 부인의 완벽한 그것이야. 그런데……."

"그런데?"

"바느질 솜씨는 아직 한참 멀었는걸?"

"연습 삼아 하는 중이야."

"많이많이 연습해야겠다아."

명랑한 수아의 어리광에 교연은 웃음을 터뜨렸다.

자신도 채찍 대신 바늘을 든 모습이 어색하기만 한데 남이 보면 어떨 것인가.

"그 무뚝뚝한 오라버니?"

성혼의 것이냐고 묻는 말에 교연은 가볍게 얼굴을 붉혔다.

"…응."

수아는 교연이 앉아 있는 탁자의 맞은편에 털썩 주저앉으며 투덜댔다.

"나는 언제나 그런 사람이 생기나……?"

"아마 이 하늘 아래 같이 숨 쉬고 있겠지."

"어머! 그런 참신한 발상을!"

"넌 그런 생각한 적 없니?"

"아직 태어나지 않았을지도 모르지 뭐."

교연은 웃음을 터뜨렸다. 사내의 그것처럼 호탕한 웃음이었으나 청아한 기품이 감도는 웃음. 수아는 교연의 웃음소리를 좋아했다.

"연하한테 관심있니?"

"연하래도 뭐 상관없겠더라. 고화 언니만 해도 심 공자보다 두 살이나 위인걸?"

"네가 의령이랑 동갑이지?"

"그렇지 뭐. 내 또래에선 이렇다 할 남자가 없으니 아무래도 후대에서 골라야 될까 봐."

"의령이는 어때?"

수아는 눈을 흘겼다.

"의리 빼면 시체인데, 언니 걸 탐내진 않아."

"여협(女俠)이 나셨군."

"협녀(俠女) 금수아라고 불러줘."

"경극(京劇)에 올리면 성공할 거야."

도란거리며 농을 주고받던 두 사람은 맑은 웃음을 터뜨렸다.

우아하게 일어나 소매를 저으며 칭칭칭 하고 입으로 경극의 흉내를 내는 수아 덕분에 교연은 마음껏 웃었다.

자리에 앉은 수아는 교연을 향해 턱을 받치고 앉았다. 수아의 눈이 호기심으로 만짝였다.

"근데 언니, 나 물어볼 거 있는데……?"

"물어봐."

자신의 손을 물라는 듯 불쑥 내미는 교연의 손을 장난스레 밀친 수아는 초롱초롱 눈을 빛냈다.

"저쪽 약방에 누워 계시는 언니 대형이라는 분 말야……."

교연은 가슴속에서 쿵 소리가 나는 듯했으나 애써 웃음을 지었다.

"어… 진 오라버니? 왜?"

"그분 어떤 분이야?"

핏줄은 역시 당기는 법일까. 아니면 금지민이 애써 막은 금기가 수아의 호기심을 자극한 것일까. 교연은 살풋 어지러움을 느꼈다.

"너무 광범위하구나. 글쎄… 내겐 아버지 같기도 오라버니 같기도 사부 같기도 한 분이야."

"언니 대형이라면 무공도 굉장하겠지?"

"천패궁의 사대봉공 중 한 명도 격살했던 분이니까……. 적어도 강호십대고수에는 꼽힐 만하실 거야."

"근데 왜 전혀 알려지지 않았지? 강호비사를 수없이 들었지만 그분에 대해 들은 적은 한 번도 없어."

"그건……."

그 얘기를 하려면 고림성을 말할 수밖에 없다. 수아는 고림성에 대해 얼마나 알고 있는 것일까. 자신의 어머니가 고림성의 생존자 중 한 명이라는 것을, 성주의 딸이라는 것을 알고 있을까. 교연이 망설이며 말을 고르는 순간, 동굴 방의 문이 삐걱 하고 열리며 유성혼이 들어섰다.

뿌옇게 먼지에 덮여 들어온 유성혼을 발견하곤 수아는 얼른 자리에서 일어났다. 그녀의 앞에서 과묵하기만 유성혼이 아직은 낯선 수아였다.

"언니, 다음에 또 올게. 저 그만 가볼게요. 쉬세요."

유성혼에게 가볍게 목례를 하고 수아가 동굴 방을 나서자 교연은 가볍게 한숨을 쉬었다.

성혼이 문을 열고 옷에 묻은 먼지를 털어낸 후 문을 닫았다. 교연에게 다가와 자리에 앉았다.

손끝으로 더듬지 않고도 의자의 위치를 정확히 감지하는 것이 놀랍기만 했다.

"당황했겠구나."

"들으셨어요?"

"응."

"진 오라버니에 대해 관심이 생긴 것 같은데 어찌해야 할지 모르겠네요."

"우리가 간섭할 수 있는 문제가 아니다."

"알고 있어요. 하지만……."

"형님이 먼저 정신을 되찾으시는 게 순서야."

"그 애가 너무 안됐어요."

"내가 남 장로와 소교주를 한번 만나보겠다."

"무어라 하시게요?"

"의령이와 형님들이 주소추를 해치웠다 들었다. 그것만으로도 시간을 벌었다 할 수 있어. 형님을 치료하자고 운을 떠워볼 생각이다. 그들의 방법이라는 것도 궁금하고."

"먼저 남 장로님을 만나보세요."

유성혼은 고개를 끄덕였다.

"그러지."

남옥당은 문건을 정리하던 중 유성혼의 갑작스런 방문을 받았다.

시비를 통해 알려오지도 않은 예정에 없는 방문이었다.

탁자 위에 늘어놓은 기밀 문건들을 차분히 정리하며 남옥당은 자리에서 일어섰다.

"앉으시오."

"방해를 하지 않았나 모르겠군요."

"진 대협의 아우 분인데 어찌 방해라 하겠소."

자리를 마주하고 앉아 조용히 차를 권하는 남옥당은 유성혼이 방문한 이유를 어렴풋이 짐작할 수 있었다.

별다른 교분이 없었던 사이인데 달리 할 말이 무어가 있겠는가.

"예전의 헌앙했던 기태를 찾아가시는 듯싶소이다."

"염려해 주신 덕분입니다."

가볍게 고개를 숙여 답례한 유성혼의 얼굴이 남옥당을 향했다. 앞머리를 내린 그의 모습은 눈을 잃기 전의 모습과 별반 다르지 않아 모르는 사람은 그가 맹인이 되었다는 것조차 잘 모를 정도였다.

"제 형제들이 이번에 큰 전과를 올렸다 들었습니다."

"예. 아주 통쾌한 일이었소이다. 그렇게 주머니 속의 돌을 꺼내듯 쉽게 처리하실 줄은 미처 몰랐소이다."

"멀리서 보면 쉬운 법이겠지요."

"폄하할 뜻은 없었소이다."

"저도 그런 뜻에서 드린 말씀은 아닙니다."

남옥당의 입가에 희미한 미소가 떠올랐다. 진영의 아우들은 하나같이 놀랍기 그지없는 인재들이었다.

'이런 사람들이 교에 있다면 후사를 걱정할 필요가 없을 것을……'

특별한 교리에 따라 뭉친 것이 아니라 건문제(建文帝)를 받들 뿐인 현무교의 포교라는 것은 그리 쉽지 않았다. 건문제가 영락제에게 폐위를 당한 지도 백여 년. 인심은 흘러흘러 변화하기 마련이다. 어느덧 세인들의 머리 속에는 이야깃거리로만 남은 사연들.

건문제를 받들던 후예들로만 근근히 맥을 이어가는 현무교가 되고 만 것. 아직까지는 중원을 위협할 정도의 힘이 있다지만 어떻게 사그라들지 알 수 없는 운명이었다.

남옥당의 상념을 깨고 유성혼의 음성이 들렸다.

"이번 일의 성공만으로도 현무교에서 회회교를 충분히 도왔다고 생각이 되는데요."

사실이었다.

주소추가 작성한 공격 전략과 전술서들은 의령을 통해 현무교로, 현무교를 통해 회회교로 비밀리에 전해진 상태.

지금쯤 운남에서는 멀쩡히 서 있던 촌락이 하나둘 자취를 감추고 있는 중일 것이다.

"귀주에 집결한 천패궁의 세력은 아직 그대로요. 조만간 회회교 공략이 시작될 것은 자명한 사실이와다."

"회회교 쪽에서도 시간을 번 만큼 무언가 대비를 하겠지요. 멀쩡히 기다리다 당하리라곤 생각지 않습니다."

"그럴 거외다."

"그렇다면 현무교 쪽에서는 확실히 시간을 벌었다 할 수 있는 건가요?"

"진 대협의 상세를 치료하자는 말씀이시겠지요?"

남옥당이 단도직입으로 핵심을 짚었다.

유성혼은 크게 고개를 끄덕였다.

"그렇습니다. 방법이 없다면 모르겠지만 너무 오래 그 상태로 계십니다. 이러다간 근골마저 굳어버릴지 모릅니다."

남옥당이 침묵을 지키자 유성혼이 재우쳐 물었다.

"의령이한테 약조를 하셨다 들었습니다. 소교주께서도 제 형님을 치료하실 뜻이 있다고 들었습니다. 그 방법이라는 것만도 알고 싶습니다. 약재가 없다면 구해오겠습니다. 공력이 필요하다면 한 손이라도 거들겠습니다."

남옥당은 지그시 눈을 내리 감았다.

그도 생각하고 있는 문제였다.

시기가 맞다고 느끼고도 있었다.

"필요한 약재도, 공력을 갖춘 고수도 그에 합당한 의술도 모두 구비되어 있소이다. 치료할 때가 되었다고 생각하는 것은 노부도 마찬가지외다. 허나……."

"무엇이 부족한 것입니까?"

"소교주의 결심이 필요한 일이외다."

"그 말씀은 치료를 하실 분이 소교주님이란 말씀입니까?"

"…그렇소."

유성혼의 표정이 차갑게 굳더니 자리에서 벌떡 일어섰다.

"지금 그분을 만나야겠습니다."

남옥당의 얼굴에 안타까운 빛이 스쳤다.

"그분들 사이에 얽힌 인연이 복잡함으로 인해 생긴 일이오. 강요한다고 되는 일이 아니외다."

유성혼의 목소리가 커졌다.

"소교주님은 제 형님과 부부나 마찬가지인 분이십니다. 두 분의 따님인 수아가 있는데도 그걸 부정하시는 겁니까! 아버지가 사경을 헤매고 있음도 모르는 수아가 불쌍하지도 않습니까!"

순간, 흡 하는 호흡을 삼키는 소리가 가냘프게 들렸다.

"누구냐!"

바람처럼 몸을 날려 방문을 열어젖힌 남옥당은 두 손을 입가에 대고 파랗게 질린 얼굴을 한 여인을 발견할 수 있었다.

사부를 놀래키겠다고 최대한 기척을 숨겨 접근한 수아였다.

태사의에 앉은 채 금지민은 손가락으로 이마를 매만지고 있었다.

어느새 내려앉은 몇 가닥의 잔주름이 만져진다.

본궁을 비운 지 오래되었으나 천패궁의 직접적 위협이 사라졌다는 핑계로 금지민도 계속 섬서의 외진 고원에 머무르는 중이었다.

금지민과 남옥당이 머무르자 어느덧 이곳이 본궁의 역할까지도 수행하는 중.

그들이 있다는 핑계로 이곳을 뜨지 않는 수아.

몇 번을 본궁으로 돌려보내려 했으나 금지민은 어린 딸의 고집에 지고 말았다.

하루에 한 번은 침상에 누운 진영을 보러 간다.

여러 생각이 스친다.

눈을 감고 수척해진 그를 볼 때마다 느끼는 복잡한 감정의 소용돌이.

자신이 사랑한 남자.

수아의 아버지.

아버지의 원수.

생명의 은인.

그 여러 말들이 그녀가 간직한 진영의 의미였다.

수아를 낳을 때만 해도 그가 죽은 줄로만 알았다.

커가는 자식의 모습에서 사랑하며 증오하는 사내의 표정들을 발견하는 것은 고통스러운 일이다.

금지민은 한 번도 수아를 안아준 적이 없었다.

단 한 번도.

강하게 키우기 위해서라 스스로 말했지만 과연 그 때문이었을까.

살풋 찡그리는 미간에서, 빙그레 웃는 입매에서, 초롱초롱 움직이는 눈빛에서 진영을 발견할 때마다 금지민은 고통스러웠다.

그런데 그가 살아 있음을 알았다.

그를 만났다.

그에게 수아의 존재를 말할 수 없었다.

그를 이용했다.

그 와중에 그가 돌아왔다.

폐인이 된 정신까지 잃은 몰골로.

그의 동생과 남옥당에게 말했던 대로 그를 치료할 수 있는 시간이 생겼다. 그는 정신을 차릴 수 있을 것이다. 무공은 몰라도 몸은 움직일 수 있을 것이다.

그러나 금지민은 그 후가 두려웠다.

그 후에 어떻게 진영을 대해야 할지, 진영에게 호기심을 보이는 수아를 어떻게 해야 할지 알 수 없었다.

금지민은 쾅 하고 열리는 문 소리에 깊은 상념의 늪에서 빠져나왔다.

수아였다.

파랗게 질린 얼굴.

그 얼굴은 공포가 아니라 분노의 기색을 드러내고 있었다.

"무슨 일이기에 이 소란이냐?"

수아는 태사의에 앉아 있는 금지민의 앞으로 한 걸음 한 걸음 다가 갔다.

"그… 그게 정말이에요?"

떨리는 수아의 목소리에 대답하는 금지민의 목소리도 떨려왔다.

"무엇… 을 말하는 게냐?"

"약방… 에 누워 있는 분이 제… 아버지란 말씀이 사실… 이에요?"

금지민은 머리가 어지러워짐을 느꼈다.

누군가!

누가 수아에게 그 사실을 말했다는 말인가!

창백한 금지민의 얼굴을 바라보던 수아의 눈이 커졌다.

"사… 사실이군요. 사실… 이었어. 아버… 지……."

"누가 그가 네 아비라 하더냐? 누가!"

수아의 커다란 눈에서 툭툭 눈물이 떨어져 내렸다. 수아는 돌연 목 소리를 높여 금지민에게 대들기 시작했다.

"아버지는 죽었다고 했잖아? 아버지는 이름도 모르는 낭인이라고 했잖아!"

"그 사람은……."

금지민의 말은 수아의 고함 소리에 묻혔다.

"왜 말해 주지 않은 거야! 그 사람이 아빠라고 왜 말해 주지 않은 거 야! 아빠를 곁에 두고도 여태까지 몰랐잖아!"

두 눈을 꼭 감고 하염없이 눈물을 흘리며 울부짖는 수아는 위태로워 보였다.

금지민은 아무 말도 할 수 없었다. 부인하기엔 이미 늦어버렸다.

어찌 된 일인가. 어찌해야 한단 말인가.

"내가 얼마나 아빠를 찾았는지 알잖아. 내가 얼마나 아빠를 그리워했는지 알잖아. 엄마가 어떻게 그럴 수 있어? 어떻게? 어떻게!"

"수아야……."

금지민은 미친 듯 고함을 지르며 흐느끼는 수아를 달래려 어깨를 짚었다. 수아는 그 손을 홱 뿌리쳤다.

"엄마는 고칠 수 있다면서? 엄마만 고칠 수 있다면서? 왜 안 고쳐 주는 거야! 왜!"

"그 사람과 어미의 관계는 복……."

"그건 엄마와 아빠 문제잖아. 왜 내게 알려주지 않은 거야! 내가 그렇게 미워? 아빠가 그렇게 미워?"

"무슨 소리야! 내가 너를 어떻게 키웠는지 몰라서 그래?"

"한 번도! 한 번도! 엄마는 날 안아준 적이 없어! 날 미워해서 그런 거잖아! 아빠를 미워해서 그런 거잖아!"

금지민은 가슴을 찢는 고통에 어지럼증을 느꼈다.

고함을 지르던 수아의 눈이 풀려가다 맥을 놓고 기절하고 말았다.

금지민이 깜짝 놀라 쓰러지는 수아를 안았다.

그렇게 그리워하던 어머니의 품을 정신을 잃은 수아는 느낄 수 없었다.

침상에 누워 있는 수아를 내려다보는 금지민의 얼굴은 착잡했다.

수아에게 섭섭했다.

자신의 고통은 왜 몰라준다는 말인가.

그렇게 오랜 세월을 함께한 자신보다 진영을 더 그리워했다는 말인가.

수아를 진맥하던 남옥당이 조용히 몸을 일으켰다.

"안정을 찾았소. 한숨 자면 일어날 겁니다."

"남 사부가 말씀해 주셨나요?"

조용히 물어오는 금지민의 목소리에 추궁의 기색은 없었다. 그저 쓸쓸한 목소리였을 뿐.

"유 소협이 수아의 일을 눈치 챘을 줄은 몰랐습니다. 진 대협의 상세에 대해 이야기를 나누다 감정이 격해진 유 소협이 그만……. 수아가 문밖에 숨어 있음을 미처 알지 못했소이다."

"너무 잘 가르쳐 놓았던 것이 탈이 되었군요."

금지민은 피식 하고 허탈한 웃음을 지었다.

"노부의 실수외다."

"아니에요. 이렇게 수아가 알게 된 것이 어쩌면 하늘의 뜻인지도 모르지요."

무언가 결심한 듯한 금지민의 목소리에 남옥당은 고개를 끄덕였다.

"결심하신 것이오이까?"

몸을 돌려 밖으로 나가며 금지민은 쓸쓸한 듯 입을 열었다.

"저 애에게 아비를 돌려줘야겠지요."

방문을 나서는 금지민의 뒷모습을 바라보며 남옥당의 얼굴에는 슬찍 미소가 떠올랐다.

'소교주에게도 지아비가 돌아올 거요.'

환기창을 향해 흐리게 비치는 별빛이 남옥당의 마음을 가볍게 했다.

'결국 세상은 순리를 따라 흐르는 것을……'

문을 향해 몸을 돌리고 서 있던 남옥당은 수아의 눈에서 눈물이 한 자락 흘러내리는 것을 알 수 없었다.

"준비가 다 끝났소이다."

남옥당이 이마를 훔치며 몸을 일으켰다. 침상을 가린 휘장을 젖히고 나서는 그의 눈에는 피곤함이 서려 있었다.

벽을 보고 고개를 돌리고 서 있던 금지민은 시선을 돌리지 않았다.

"모두 나가주세요."

남옥당이 교연과 성혼을 향해 고개를 끄덕였다.

교연이 소매를 끌자 성혼도 묵묵히 따라나섰다.

"너도 나가거라."

금지민은 고개도 돌리지 않고 수아에게 말을 건넸다.

냉정한 음성.

그러나 수아는 주춤주춤 금지민의 등 뒤로 다가섰다.

"제가 지나쳤어요. 용서해 주세요."

"나중에 이야기하자. 시간을 끌면 좋지 않다."

수아는 금지민의 몸을 다정하게 뒤에서 끌어안았다.

"미안해, 엄마."

"……."

"엄마가 날 미워하지 않는다는 거 잘 알아. 미안… 해……."

금지민을 안고 있던 수아의 손이 풀어지려 할 때, 금지민의 몸이 천천히 돌아섰다.

아무 말 없이 수아의 얼굴을 매만지던 금지민은 조용히 수아의 몸을 품에 안았다.

따뜻한 어머니의 품.

수아는 많은 것을 원하며 자란 것이 아니었다.

자신에게 머리를 조아리는 교도들을 원한 것도, 화려한 침상과 좋은 옷가지를 바란 것도 아니었다.

이 품이, 따뜻한 손길이 그리웠을 뿐이다.

수아의 눈에서 눈물이 또르르 흘러내렸다.

진한 약향이 흐르는 방 안에 홀로 남게 되자 금지민은 천천히 침상을 향해 다가가 휘장을 열었다.

한 점의 옷도 걸치지 않고 전신에 빽빽하게 침을 꽂아놓은 진영의 나신이 있었다.

"두나……."

금지민은 슬며시 진영의 더부룩한 머리칼을 쓸어 올렸다.

"우리가 함께 오대산을 달릴 무렵, 당신이 둔하다고 모두들 두나라고 놀려댔었지요."

금지민의 입가에 미소가 피어올랐다.

"당신은 아직도 둔해요."

허공을 격하고 금지민의 손이 눈부시게 물결쳤다.

살을 에는 차가운 기운이 그녀의 손가락을 통해 진영의 전신 대혈로 스며들었다. 진영의 전신이 창백해지며 차츰 얇은 서리가 내려앉기 시작하사 금시민은 춤추듯 저어내던 손을 밈추었다.

조심스럽게 침상의 머리맡에 놓여진 단함을 열었다.

붉은 향내가 자욱하게 진영의 침상을 감싸고 피어올랐다.

금지민의 눈에 차츰 붉은 기운이 떠오르기 시작했다.

그녀가 손을 들어 머리에 얹은 금옥매화(錦玉梅花)를 벗자 구름처럼 틀어 올린 머리카락이 물결쳐 흘러내렸다. 비단으로 곱게 지은 착수배자(窄袖背子)가 금지민의 어깨에서 미끄러져 내렸다.

진영과 같이 태어날 때의 그 모습으로 돌아간 그녀는 침상으로 부드럽게 올라섰다.

그녀의 손길을 따라 진영의 전신에 박혀 있던 금침들이 일순간에 뽑혀 나갔다.

금지민은 진영의 몸 위에 서서히 자신의 몸을 얹었다.

가벼운 현기증.

이십 년 만에 맞대는 진영의 맨살이었다.

금지민은 정신을 차리기 위해 입술을 깨물었다.

부부끼리나 사용하는 고림성 비전의 진기요상술(眞氣療傷術), 금강회혼환정대법(金剛回魂還精大法)의 시술을 위해서는 지금 이 순간이 가장 중요했다.

그녀의 머리 위로 떠도는 붉은 향기는 천하의 영약이면서도 미약(媚藥)의 기운도 가볍게 담고 있는 미타성수(彌陀聖水)의 증기였기에 그녀는 가벼운 흥분 상태였다.

금지민은 손을 들어 그녀의 머리를 왼편으로 모아 내렸다.

그녀의 눈앞에 눈을 감은 진영의 얼굴이 보였다.

눈을 감은 그 모습에 이십여 년 전, 그 밤의 모습이 겹쳐 갔다.

금지민의 얼굴이 서서히 진영의 얼굴에 가까워져 갔다.

그녀의 입을 통해 그녀의 몸을 통해 전신 경락이 토막토막 가닥난 진영의 몸속으로 부드러운 진기가 스며들기 시작했다.

금지민은 의념을 열어 진영의 몸을 들여다보며 눈을 감았다.

눈을 감아도 볼 수가 있다. 모든 것을 볼 수가 있다. 모르는 자는 평생 알 수 없는 오묘한 진리가 그것이다.

　아침에 시작된 시술이 밤을 넘기자 끝났다.

　문을 열고 나타난 금지민에게 남옥당은 묻는 듯한 시선을 던졌다.

　"한 시진쯤 지나면 정신을 차릴 겁니다. 이후는 남 사부께서 맡아 해주세요."

　"애쓰셨소이다. 소교주께선 지켜보지 않으실 생각입니까?"

　"열흘간 폐관에 들어갈 거예요. 진기의 소모가 너무 심했어요. 부탁드려요."

　초췌한 얼굴의 금지민에게 남옥당은 말없이 고개를 끄덕여 주었다.

　금지민은 몸을 돌려 처소로 향해갔다.

　―수아야, 어머니를 모셔야지.

　남옥당의 전음에 정신을 차린 수아가 금지민에게로 달려갔다. 어깨를 부축하듯 곁에 붙는 수아에게 금지민은 정겨운 미소를 건넸다. 금지민의 손이 수아의 어깨를 짚었다.

　두 모녀가 나란히 걷는 뒷모습은 흐뭇한 광경이었다. 남옥당의 마음도 그러했다.

　"남 장로님, 이제 저희가 들어가 봐도 괜찮을까요?"

　임교연의 말에 남옥당은 흠흠 헛기침을 했다.

　"조금 있다 들어갑시다. 향을 피워놓고 나오셨을 테니 환자의 몸에서 나온 악기(惡氣)가 사라진 후에 들어가도록 하지요."

　"오!"

　"오라버니!"

나직한 탄성들이 들린다.

진영은 뿌옇게 흐린 시야를 씻기 위해 몇 번이고 눈을 깜박였지만 무엇 하나 분명한 것이 없었다.

귓전에 들리는 교연의 음성만을 알아들을 수 있었다.

몸을 일으키려 했으나 온몸이 찢어질 듯 쑤셔왔다.

"으… 윽."

"아직 몸에 힘을 주면 아니 됩니다. 천천히 눈을 깜박이십시오."

어딘가 귀에 익은 음성.

진영은 음성이 시키는 대로 천천히 눈을 깜박여 갔다. 흐릿하던 시야들이 차츰 정돈되기 시작했다.

몇몇의 사람들이 있는 듯한 방. 짙은 약향이 코를 찌른다.

그가 누워 있음이 느껴졌다.

"여기는……?"

잔뜩 쉰 목소리로 진영이 묻자 머리맡에서 성혼의 음성이 들렸다.

"현무교의 비밀 분타입니다. 제 목소리를 알아들으시겠는지요?"

"성혼……."

"형님!"

격동에 찬 듯 떨리는 목소리. 손을 불끈 잡는 따뜻한 손바닥. 진영은 길게 한숨을 내쉬었다.

살아 있구나…….

졸리다…….

그의 눈이 감겨가자 침착한 목소리가 다시 들렸다.

"억지로 정신을 차리려고 하지 마십시오. 잠시 눈을 붙이시지요. 곧 정신이 맑아질 것입니다."

그의 말이 아득히 멀어지며 진영은 잠의 나락으로 빠져들었다.

규칙적인 진영의 호흡 소리를 들으며 남옥당은 빙긋 미소를 지었다.

"이제 의식을 완전히 회복하신 것인가요?"

"그렇소이다. 이제 안심이외다."

"애쓰셨습니다."

성혼의 치하에 남옥당은 웃음을 띤 얼굴로 고개를 저었다.

"소교주께서 하신 일이지요. 노부는 약간 거든 것뿐이외다."

"몸 상태는 어떤가요?"

"가닥가닥 끊어졌던 기경팔맥과 십이정경이 미세하나마 모두 제자리를 잡은 듯하외다. 충실히 몸을 보하신다면 거동에는 문제가 없을 것으로 보이오."

"휴우……."

안심을 한 듯 성혼이 길게 한숨을 내쉬었다.

남옥당은 교연과 성혼을 바라보며 고개를 끄덕였다.

"두 분도 꼬박 밤을 새셨으니 조금 쉬시는 게 좋을 듯싶습니다."

남옥당이 멍하니 한구석에 서 있는 수아를 눈짓하며 말을 건네자 교연이 고개를 가볍게 끄덕였다.

"그러죠. 그러면 부탁드리겠습니다."

자신의 옷깃을 끄는 교연의 손짓에 성혼은 말없이 따라 일어섰다.

그들이 밖으로 나서자 남옥당이 수아를 손짓했다.

"이리 와 앉거라."

진영의 머리맡에 앉아 물끄러미 진영을 응시하는 수아.

남옥당의 말이 흘러나왔으나 수아의 귓전에는 지나가는 바람 소리처럼 멀리 들렸다.

"나는 약재를 점검하러 잠시 창고에 다녀올 테니 네가 침상을 지키도록 하거라. 무슨 일이 있으면 나를 부르고."

남옥당은 천천히 문을 열고 나갔다.

수아에겐 문이 닫히는 소리도 멀게만 느껴졌다.

물끄러미 진영의 얼굴을 바라만 보았다.

자신을 세상에 있게 한 사람들 중 한 명.

이제까지 존재조차 모르던 사람.

언제나 그녀에게는 상관없는 말인 듯 느껴졌던 생소한 말.

아버지.

수아는 진영의 얼굴을 꼼꼼히 기억하기라도 할 듯 요리조리 뜯어보았다.

진영의 얼굴을 손가락으로 살짝 만져 보았다.

그때, 진영의 마른 입술이 벌어졌다.

"무… 울……"

수아는 깨끗한 면포에 적신 식힌 찻물을 진영의 마른 입술에 천천히 다독였다.

진영의 혀가 입술을 가볍게 핥았다.

더부룩한 수염 가로 물방울이 맺혔다.

아버지께 처음 드리는 물이다.

태어나서 처음 듣는 아비의 목소리다.

수아의 눈가는 뿌옇게 흐려졌다.

3

탁! 우직—!

규칙적으로 들리는 소리.

솔솔 눈발이 날리는 가운데 웃통을 벗고 장작을 패는 건장한 체구의 사나이가 있다.

시꺼먼 얼굴과는 대조적으로 희디흰 상체가 묘한 대비를 이루었다.

형설건이었다.

그의 곁으로 의령이 다가오자 형설건의 얼굴에 밝은 웃음이 떠올랐다.

"좋은 밤 되셨소이까?"

형설건의 집에 머문 지 이틀째. 그동안 의령과 형설건은 상당히 친숙해진 상태였다. 한광후라는 공통된 마음의 스승을 갖고 있는 그들은 쉽사리 친해졌던 것.

한광후의 행적에 대해 두런두런 이야기를 나누며 함께 한 술잔이 몇 동이를 비운 후였다. 그들의 말을 들으며 고화는 생긋거리며 즐겁게 의령을 바라보았고.

"저도 좀 해볼까요?"

"그러슈."

형설건이 빙긋 웃으며 의령에게 가볍게 도끼를 던졌다.

도끼를 받아 든 의령이 장작을 패기 시작했다.

형설건은 장작더미에 털썩 앉아 의령의 동작을 지켜보고 있었다.

"어? 많이 해본 솜씨로구만."

"그런가요?"

빙긋 웃으며 내려친 도끼에 장작의 속살이 쩍 하고 드러났다.

"서생 출신이 뭔 도끼질을 했소이까?"

의령이 빙긋 미소를 지었다.

"제 할아버지는 무엇이든 일을 하라고 하셨지요. 제가 택한 일은 이 장작 패기였습니다."

"역시 훌륭한 분이셨구만."

"감사합니다."

가뿐하게 말끔한 선을 그리는 군더더기없는 동작은 오랜 숙련이 없이는 나오지 않는 동작이었다. 한두 해 해본 솜씨가 아니었다. 의령의 장작 패기를 지켜보던 형설건이 피식 미소를 지었다.

"패주고 싶은 놈들이 많았나 보구려?"

"하하."

의령의 입에서 밝은 웃음이 튀어나왔다.

"어떻게 아셨습니까? 어릴 때, 동네에서 싸움 한 번 하고 나서 할아버지게 불호령을 맞았지요. 그 후론 아무리 저를 괴롭혀도 남을 때리지 않았답니다. 화풀이는 이놈들한테 대신했지요."

형설건이 큭큭 웃음을 터뜨렸다.

"나도 그랬거든! 천지사방에 패주고 싶은 놈들투성이인데 내겐 장작밖엔 없었소. 어르신을 만나기 전까지는."

의령이 빙긋 웃음을 지으며 다시 장작을 집었다.

오랜만에 일을 하니 기분이 새로웠다.

"내가 겪어본 바로도 공자는 어르신이 안심하고 뒤를 맡기셨으리라 생각되오."

"아마 하늘에서 저를 한심하게 내려다보실 겁니다. 한 학사님이 돌아가신 후에도 무수하게 부끄러운 일들을 저질렀습니다."

"왜 망설이는 것이오? 우리를 이끄는 게 고되다고 피할 사람은 아닌 듯 보이건만."

의령의 도끼가 장작을 갈랐다.

"제가 강호에서 무슨 일을 하고 있는지는 아시겠지요?"

형설건은 고개를 끄덕였다.

"천패궁과 싸우고 있지 않소. 대단한 일이지!"

"과분한 말씀입니다."

우직―!

"내일을 알 수 없는 신세입니다. 그린 제가 이렇게 한 학사님의 뒤를 이을 수 있겠습니까?"

형설건이 돌연 파안대소를 터뜨렸다.

의령의 동작이 멈추었다.

"공자는 아직도 어정쩡하구려."

"무엇이 말입니까?"

"복수를 결심하고도 냉혹한 복수귀가 되지 못하고, 대의를 생각하면서도 대의를 움켜잡지는 못하고 있으니 말이오."

의령의 얼굴에 쓸쓸한 미소가 감돌았다.

"그런가요?"

형설건은 고개를 끄덕였다.

"우리를 이끌게 되면 공자에게는 힘이 될 것이 자명하오. 냉혹한 복수귀가 되었다면 당연히 우리 힘을 가지려 할 것이요, 대의를 생각한다면 백성을 위하는 마음에서 당연히 우리를 이끌 것이오. 그런데도 망설이고 있으니 어정쩡한 게 아니고 뭐요?"

형설건은 장작더미에서 몸을 일으켰다.

"그게 다 분명한 뜻을 세우지 못했기 때문이오. 장부가 진정한 뜻을 세우면 모든 것은 그를 따라 움직이는 법. 초지일관(初志一貫)한 의지는 인생의 등불인 법이오."

의령은 고개를 떨어뜨리고 장작에 꽂힌 도끼를 물끄러미 바라보고 있었다.

형설건이 떠난 후원에는 의령만이 홀로 남았다.

그의 머리 위로 하얀 눈발이 날리고 있었다.

의령과 고화, 형설건이 마주 앉아 있다.

의령의 눈에는 무언가 결심한 듯한, 고화와 형설건의 눈에는 흐뭇한 기색이 엿보였다.

"주공, 정말 잘 생각하셨소이다."

"저도 잘하신 결정이라고 생각해요."

고화와 형설건은 각각 자신의 설득이 먹혀들었다고 흐뭇해하고 있었다. 그래서 그들의 눈빛에는 흐뭇함 속에 자랑스러움이 번뜩이는 중이었다.

"그 주공이라는 말은 그만 하셨으면 합니다."

"으음……. 그럼 저에게 '어르신'이라는 말을 듣고 싶으신 겁니까?"

못마땅한 듯한 형설건의 눈길에 의령은 손사래를 쳤다.

"무슨 말씀이십니까? 제가 훨씬 어릴 텐데. 우리가 주종(主從) 관계도 아닌데 주공이라는 말씀은 너무 과하십니다."

형설건은 쩝쩝 입맛을 다셨다.

"어르신도 그렇게 말씀하시며 호통을 치셨었는데……. 에휴!"

고화가 의아한 듯 물었다.

"그 호칭을 꼭 쓰셔야 할 이유라도?"

형설건의 얼굴에는 아쉬운 기색이 가득했다.

"뭔가 있어 보이지 않습니까? 어린 시절의 꿈이었답니다. 멋진 주공을 뫼시고 천하를 질타하는……."

고화가 입을 가리고 킥킥 웃었다.

나이답지 않은 유치한, 사내들만이 갖고 있을 그런 꿈. 그 유치하고도 아름다운 꿈이 사내의 마음을 밝히는 찬란한 불꽃임을 여인들은 잘 모른다. 알아도 무시하기 일쑤이다.

"어쨌든 그 호칭은 절대 반대입니다."

형설건은 난감한 듯 고개를 저었다. 그에게는 크나큰 마음의 상처였다.

"…그럼 뭐라고 부릅니까?"

"그냥 지금처럼 공자라고 하세요."

"에… 그건 안 될 말씀입니다. 뭔가 우리답지 않습니다. '어르신'에
는 우리들만의 그 무엇이 물씬 배어 있지만……."

고화는 간단한 호칭을 둘러싼 의논이 끝날 기미를 보이지 않자 타협
안을 제시했다. 그녀가 보기에는 한심스럽기 그지없는 의논이었다. 의
령이 알아야 할 것이 한둘이 아닐 텐데 헛되이 지나가는 시간이 아깝
기만 했다.

"공자가 좋으신 분은 공자로 부르고 어르신이 좋으신 분은 어르신으
로 부르기로 하면 되잖아요."

"그럼 난 뭐라고 부릅니까?"

형설건의 말에 고화의 눈썹이 치솟았다.

"부르고 싶은 대로 부르세요! 주공 빼고요."

"허… 좀 더 숙고와 연구가 필요하겠군요."

답답한 고화는 의령이 알아야 할 일을 먼저 묻기 시작했다.

"한 학사님이 이끌던 그 조직은 무어라 부르나요?"

"예?"

"무슨 회니, 무슨 단이니 그런 명칭이 있을 거 아니겠어요?"

"아무런 이름도 없습니다만."

"아니, 그런 곳도 있어요?"

"우리끼리 모인 거고 우리끼리 다 아는 데 무슨 특별한 이름 같은 걸
정할 필요가 있나요? 관(官)에라도 그 이름이 들어가면 괜히 몸만 피곤
해집니다."

오랜 세월 권력에 시달려 온 민초들의 지혜일 수도, 이름에 집착하
지 않는 실리를 취한 것일 수도 있었으나 고화로서는 도저히 이해를

할 수가 없었다.

"아니, 그럼 그곳은 어떻게 조직되어 있나요?"

"뭐, 조직이란 게 따로 있겠습니까? 물길 따라 지나가다 동네 나오면 만나는 장정들이 모두 우리들이고 근동 사람들에게 알려달라 전하면 알음알음 모두들 알게 되는 것이 우리들인데요."

고화의 입이 점점 벌어졌다.

"그럼 몇 개의 지역으로 나누지도 않았고 체계적인 연락망도 갖추지 않고 있다는 건가요?"

"그런 거 없어도 우리들끼리는 다 통합니다."

"도대체 그 우리들이라는 게 누구누구인지는 아세요?"

"황하에 기대서 땅 파먹고 사는 이들, 대운하를 관리하며 등골 빠지는 사람들이 다 우리지요."

"아니, 그런 흐리멍텅 물러 터진 모임이 한 학사님이 하나로 묶었다는 그것이란 말씀이세요?"

형설건은 확고하게 머리를 끄덕였다.

"물론입니다."

"도대체 그 모임의 어디가 하나로 묶여 있다는 건가요?"

"대운하, 대운하 하지만 황하와 장강, 전단강을 잇는 그 물길이 모두 하나라고 보십니까?"

모르는 밀이 나오자 고회는 입을 다물 수밖에 없었다.

"아니지요. 황하의 물길은 벌써 여러 차례 제멋대로나 아니면 우리들 손으로 바꾸었습니다. 낙양에서 북경으로 향하는 운하도 있지요. 운하에서 강으로 접어들 때의 수위도 각기 다릅니다. 물길 자체가 전혀 다르다는 말이지요."

"그게 어쨌다는 거죠?"

"나는 지금 낙양에 있지만 우리들은 머언 소주(蘇州)의 수위가 어떻게 변화하고 있는지 빤히 알고 있소이다. 이때쯤이면 어느 곳의 제방이 위험할지도 대충 파악하고 있지요. 대비하지 못해 제방이 무너질 위험이 발견되면 모두 달려가 그것을 보강합니다. 그래도 놓친 구멍 때문에 황하가 범람하면 모두 달려가 복구를 돕고 있지요. 이것이 하나가 된 것이 아니고 무엇입니까?"

의령은 고개를 연신 끄덕였다.

참으로 필요한 만큼만 결속되어 있다 할 수 있었기에 한광후다운 처사라 느끼고 있었다.

생업을 갖고 있는 이들이 최소한의 결사로만 연결되어 있다는 것은 아주 중요한 이점이었다. 그럼에도 끈끈할 수밖에 없는 것은 그들의 결사가 결국은 생존에 직결되어 있기 때문일 것이다.

고화가 조용해지자 농담조로 이야기하던 형설건이 웃음을 머금고 의령이 알아야 할 사항들과 할 일, 의령의 신표(信標)에 대해 조용히 이야기하기 시작했다.

흑화(黑話) 몇 마디면 서로의 신분을 확인할 수 있는 방법이 조용히 의령과 고화에게 전해졌다.

그 밤, 의령은 한광후의 뜻에 따라 '우리들'의 '어르신'이 되었다.

그것이 어떤 힘을 의령에게 줄지는 아직 미지수였지만.

4

남직예(南直隸)의 합비(合肥), 거대한 성채를 자랑하는 천패궁이 웅자를 드러내고 서 있다.

구릿빛 피부를 드러낸 사내 하나가 지그시 천패궁을 바라보고 있었다. 옆구리에 찬 기형도와 함께 왠지 이국적 풍모를 보이는 사내.

낙양을 홀로 출발한 의령이었다.

고화와 합비까지 함께 동행한다는 것은 무리였기 때문에 낙양에서 길을 나눈 터였다.

고화는 지금 은근히 죽이 잘 맞는 형설건과 함께 황하의 '우리들'을 만나고 있을 것이다. 그녀와는 합비에서 다시 조우하기로 약속했다. 모습을 바꾸어 그에게 접근하겠다 호언장담한 고화였다. 실력을 보여 주겠다던가.

무한을 거칠 때까지 인피면구로 꼼꼼히 변장을 했던 의령은 장강에 들어서며 월강의 얼굴을 드러내었다.

그의 행로는 은밀하기 짝이 없었으나 천패궁에서 탐지할 가능성을 곳곳에 남겨둔 치밀한 포석을 깔았다.

회회교를 탈출해 월강이 향하기로 한 곳은 천패궁의 외곽 신입 무사들의 집결지, 미패단(未覇團)이었다.

회회교에 있지 않은 월강이 천패궁에서 어느 정도의 가치가 있을지는 미지수였다. 이미 간세로서의 가치는 없어졌다 할 수 있는 형편.

그러나 월강이 잡고 있는 끈이 그리 만만한 것은 아니었다.

밀전의 전주인 공야치가 바로 월강의 끈이었다.

그를 포섭했던 인물은 죽고 없었으나 그의 상관인 공야치가 월강을 천패궁에 받아들이기로 했던 것.

능력을 인정받아야 본궁으로 들어갈 길이 열릴 터였다.

천패궁은 아무나 신입자로 뽑지 않는다.

어릴 때부터 입궁한 인물이 아닌 이상 세 가지 원칙을 반드시 지켰다.

신분이 확실한 자.

무공을 인정할 수 있는 자.

기존 궁도에게 추천을 받은 자. 추천을 할 수 있는 인물은 각주급 이상으로 한정되어 있었다.

의령은 천패궁의 외곽에 위치한 장방형의 거대한 토벽(土壁)을 바라보았다.

천패궁과는 분리되어 있으나 바로 곁에 위치한 흙을 쌓아 올린 성채. 그곳이 바로 그가 가야 할 미패단이었다.

"이름은?"

"월강."

"나이는?"

"스물아홉."

"출신은?"

"운남 대리."

"가족 관계는?"

"부모는 죽었고 키워준 형님도 죽고 없소."

날카로운 질문과 짧은 대답이 이어졌다. 질문을 하는 자도 대답을 하는 자도 감정이 담기지 않은 고조없는 어투. 그러나 그 속에는 허실을 탐지하려는 자와 이상없음을 밝히려는 자와의 끝없는 줄다리기가 있었다.

"추천인은?"

"밀전의 전주 공야치."

앞에 놓인 문건을 토대로 세 차례의 반복 질문을 차례를 바꾸고 세부 사항을 바꾸며 이행한 장한이 짧게 외쳤다.

"통과! 오층의 사호실을 쓰도록!"

월강은 말없이 자리에서 일어나 안내인을 따라나섰다.

그가 심문을 받은 곳은 장방형 토벽의 거대한 빈터에 자리 잡은 작은 누각이었다.

미패단으로 들어서는 문은 오직 하나밖에 없었다.

문을 따라 들어서면 조사를 받았던 바로 그 누각이 있고 그 뒤로 나무로 짜여진 계단이 오층까지 이어져 있다.

장방형의 사방에는 층층이 방들이 줄지어 있었다.

대략 둘러보아도 수백여 개의 방이 모여 있을 듯.

엄청난 규모였다.

맨 아래 일층에는 단체로 식사를 하는 곳과 주방이 위치해 있는 듯했고 한구석에는 미패단에 들어온 이들의 소유인 듯 말들이 투레질을 하고 있었다.

월강을 안내해 오층까지 오른 안내인이 문 앞에 서서 월강에게 말을 건넸다.

"이곳에서 지내시오. 며칠 후에 시험이 있을 거외다. 그때까지는 이곳을 나갈 수 없소. 이 안을 돌아다니는 것은 제한하지 않소만 말썽을 부리지는 마시오."

"시비를 걸지 않는 이상은."

월강이 짧게 대답한 후, 방문을 열고 들어서자 안내인이 투덜거렸다.

"제기랄. 더럽게 목이 뻣뻣한 인간이구만. 오늘 시체 하나 치우겠군. 내 알 바 아니지."

방에 들어선 월강의 눈이 침침한 방 안을 두리번거렸다.

그리 크지 않은 방 안에는 두 개의 침상이 놓여져 있고 조그만 창에서 많지 않은 햇빛이 들어서고 있었다.

오른편의 침상에서 장대한 그림자가 일어섰다.

선객이 있었던 것이다.

"자넨 누군가?"

거만하게 말을 던지는 사내는 후리후리한 키에 말상의 얼굴을 한 사내였다.

월강은 아무 대꾸도 하지 않고 왼쪽의 침상으로 다가가 털썩 몸을 던졌다.

말상의 기다란 얼굴이 잔뜩 구겨졌다.

"놈! 감히 거령패부(巨靈覇斧) 풍 어르신이 말씀하시는데 대꾸도 않고 드러누워?"

거령패부 풍각초(豊刻草)라면 섬서에서는 무명을 꽤 알아주는 사내였다. 커다란 덩치와 신력을 바탕으로 펼치는 도끼질로 여러 사람 작살낸 이력을 자랑했다.

"그런 성격으로 여태 살아 있다는 게 놀랍군."

피식 웃으며 한마디 던진 월강이 아예 벽을 보고 돌아눕자 풍각초의 얼굴이 푸들푸들 떨렸다.

"이익!"

어느새 집어 든 풍각초의 도끼가 월강의 머리를 노리고 부웅 소리를 내고 떨어졌다.

챙!

무엇으로 튕겨낸 것일까.

부르르 진동하는 도끼 자루를 놓치지 않으려고 풍각초는 손아귀에 꽈악 힘을 주었다.

그의 얼굴에는 경악과 함께 공포가 떠올라 있었다.

누구라도 자신의 목젖에 얇게 휘어진 안령도를 닮은 칼끝이 겨눠져 있다면 같은 표정을 지을 것이다. 자신이 보시도 느끼시도 못한 사이에 그 칼끝이 놓였다면 더욱.

월강의 무시무시한 눈빛이 풍각초의 얼굴에 틀어박혔다.

월강의 살기와 칼끝의 섬뜩함에 질린 풍각초의 얼굴은 안쓰러울 정도로 구겨져 있었다.

"내 이름은 월강이다. 두 번은 봐주지 않아."

월강이 칼을 거두고 침상에 드러눕자 풍각초는 스르르 자신의 침상에 주저앉았다.

기선을 제압하려 했던 것이 오히려 독이 되어 아니 함만 못한 상황이 된 것이다.

이제 이 방에 머무는 내내 풍각초는 월강에게 기를 펴지 못할 것이다. 원래 안목이 얕으면 조신하게 지내는 것이 좋은 법이건만.

풍각초가 저녁 식사를 마치고 돌아왔을 때까지도 월강은 지그시 눈을 감고 침상에 누워 있었다.

'이놈은 밥도 안 먹나?

돌연 월강이 몸을 일으켰다.

괜스레 찔끔한 풍각초가 얼어붙듯 서 있는 곳을 지나쳐 월강은 천천히 방을 나섰다.

"휴우."

풍각초는 창밖을 바라보며 슬픈 눈으로 중얼거렸다.

"어쩌다 내 꼴이 이렇게 되었누."

일층의 식당으로 내려선 월강은 간단히 자신의 몫을 챙겨 식사 시간이 거의 끝나 텅텅 빈 탁자의 한구석에 자리를 잡았다.

조금씩 입에 넣어 자근자근 씹는 품이 음식의 재료를 일일이 감별해내기라도 할 듯했다.

월강의 앞에 한 사람의 그림자가 드리워졌다.

"합석해도 되겠소?"

"난 혼자 있는 것이 좋소."

월강의 거부에도 아랑곳없이 퉁퉁한 몸집의 사내가 넉살 좋게 월강의 앞 자리에 털썩 주저앉았다.

월강은 눈살을 찌푸렸다.

"자자, 그러지 맙시다. 난 혼자서는 밥을 먹지 못한단 말이오. 깜박 잠이 든 새에 식사 시간이 벌써 끝나가지 뭐요? 음식도 식은 찌꺼기밖에 남지 않았군 그래. 빌어먹을. 형장도 너무 인상을 쓰지는 마시오. 날 알아서 나쁠 것은 없으니까. 처음 보는 얼굴인 걸 보니, 오늘 처음 들어온 모양이구려. 나하고 같이 밥을 먹어주면 이곳의 사정에 대해 소상히 알려주리다. 그리 손해 보는 일은 아닐 것이오."

월강이 별다른 말이 없자 사내가 되었다는 듯 부지런히 수저를 놀려 입 안을 채워갔다. 그러나 끊임없이 음성이 새어 나왔다. 그렇다고 음식이 입 밖으로 튀거나 하는 것은 아니었다. 쓸모가 많을 것 같지는 않지만 독특한 기술임에 틀림없었다.

"반갑소. 나는 화무옥(和霧玉)이라 하오. 형장의 이름은 어찌 되오?"

"월강."

"아! 월 형이시구려. 반갑소이다."

월강은 퉁퉁한 체구로 굴러다닐 듯 보이는 사내의 신분에 내심 놀라고 있었다.

화무옥이라는 세 자는 결코 간단한 이름이 아니었다. 장강의 수적들 사이에서 그 이름은 무적으로 통했다. 뽐매에 어울리시 않세도 그의 별호는 장강옥룡(長江玉龍)이라 했다. 그가 펼치는 수공의 모습이 장강을 가로지르는 옥룡을 방불케 한다던가.

"월 형은 몇 호실에 있소?"

"오층 사호."

"호! 거령패부랑 같은 방을 쓰는 거요?"

월강이 고개를 끄덕이자 화무옥은 입맛을 다셨다.

"그자는 성격이 더럽고 거만해 그리 사귈 만한 인물은 못 될 거요."

월강이 아무 말도 없었으나 화무옥은 개의치 않았다.

그는 식사를 하며 누군가에게 이야기하는 그 자체를 즐기는 듯했다.

"오층에 머물고 있다면 월 형도 대단한 분에게 추천을 받았겠구려. 나도 오층에 있소. 내 방은 육호요."

월강은 대꾸없이 조금씩 음식을 음미하고 있었다. 퉁퉁 부은 면발에 불과했으나 소중하기 그지없다는 듯 씹고 또 씹었다.

"아참, 내가 월 형에게 한 약속을 아직 못 지키고 있구려. 천패궁에 대해서도 말해 줄 것이 태산 같지만 차차 이야기해 주겠소. 아마 이틀쯤 후에 월 형은 미패단의 시험을 거쳐야 할 거요."

"어떤 시험이오?"

"이제야 좀 대화를 하는 것 같구만. 고맙소이다. 하하. 무공의 정도를 시험하는 거요. 내공과 파괴력, 경공 등을 간단히 측정하오. 내공의 측정은 쇳덩이를 드는 것이오. 파괴력 시험은 자신의 무공으로 격파 정도를 보여주는 거요. 경공으로는 얼마나 먼 거리를 건널 수 있는지 시험하는 정도요. 최소한 추천인이 추천한 만큼의 무공이 있나만을 측정하는 시험이오."

"당신은 그 시험을 통과했소?"

"그렇소이다. 나는 천패궁에 들어갈 때를 기다리며 대기하는 중이오."

"시험을 통과해도 곧바로 입궁할 수 있는 것이 아니란 말이오?"

화무옥의 얼굴에 미소가 떠올랐다.

"이곳에선 기거하는 층이 올라갈수록 추천인의 신분이 높거나 입단자의 무공이 높소이다. 우리같이 오층에 있는 사람들은 천패궁의 신입자들 중에도 최고수에 속한다고 할 수 있소이다. 그런 사람들의 자리가 그리 빨리 나는 것은 아니지요. 하지만 이제 오층에 있는 사람들 중 시험을 통과한 이들은 아마 모두 방을 비울 수 있을 게요."

"그건 왜 그렇소?"

화무옥은 비밀스러운 이야기라는 듯 갑자기 목소리를 낮추었다.

"실은 얼마 전부터 천패궁 상층부의 인원이 눈에 띌 정도로 줄어들고 있소. 무시무시한 살수들이 나타났다는 소문도 있고 천패궁 내에서 숙청당했다는 소문도 있지만 확실한 것은 인원 보충이 절실한 상태라는 거요. 우리 같은 사람들이 자리를 잡기에는 맞춤인 환경이라 할 수 있소."

월강은 표정없는 얼굴로 고개를 끄덕였다.

어느새 화무옥의 식사는 끝나 있었다. 그 많은 말들을 쏟아내면서도 화무옥은 월강보다도 빨리 식사를 끝냈던 것이다. 감탄할 만한 속도였다.

월강도 식사를 마치고 천천히 일어섰다.

화무옥도 얼른 자리에서 일어났다.

"오늘 월 형이 아니었으면 처량하게 혼자 죽치고 앉아 밥을 먹을 뻔했소. 정말 고맙소이다. 그럼 또 보도록 합시다."

바삐 걸음을 옮기는 화무옥의 뒷모습을 바라보며 월강은 뒤늦게 미소를 지었다. 천패궁의 상층부가 눈에 띄게 줄어들었다는 말이 그의 기분을 좋게 만들었다.

화무옥의 말대로 월강은 이틀 뒤 미패단의 시험을 치렀다.

커다란 무쇠 향로를 들어 올리는 시험은 가뿐히 통과했다.

버거워 보이지도 지나치게 쉬워 보이지도 않는 동작이었다.

"합격!"

파괴력의 시험은 철로 만든 인형에게 얼마나 깊숙이 타격을 안기나 를 보는 것이었다.

월강은 인형의 목을 아예 잘라 버렸다.

"하… 합격!"

경공 시험은 뻥 뚫린 토벽 성채의 천장을 가로지른 줄을 멀리 뛰면 서도 안전하게 타는 것이었다.

월강은 단 한 번 발을 디디고 육십여 장의 줄을 뛰어넘었다.

"하, 합격!"

그를 보는 시선이 달라졌음이 피부로 느껴졌다.

그로부터 이틀 후, 오층에 있던 미패단의 신입들이 조를 이루어 본 궁으로 속속 들어가기 시작했다.

월강도 풍각초, 화무옥 등과 함께 다섯이 짝이 되어 천패궁 본궁으 로 들어가게 되었다.

풍각초의 얼굴은 잔뜩 굳어 있었고 화무옥의 얼굴엔 빙글빙글 웃음 이 떠올라 있었다. 작게 찢어진 그의 눈이 안 보일 정도였다.

처음 조사를 받았던 누각에 모인 다섯 중 둘은 처음 보는 사람들이 었다.

말 많은 화무옥이 월강에게 그들을 인사시켰다. 풍각초나 화무옥과 는 이미 안면이 있는 듯했다.

"월 형, 이분은 해남의 유명한 검객이신 연파검(燕破劍) 동복(東福) 선배시오."

중년의 혈색 좋은 미장부였다.

월강이 가볍게 인사했다.

"월강이오."

"반갑네. 동복이네."

동복의 옆에 서 있는 호리호리한 중년인의 차례였다.

"이분은……."

"나는 번쾌(繁快)라 한다."

왠지 짙은 호기심이 배인 얼굴로 월강을 바라보는 번쾌. 강호에서 섬전비보(閃電飛步)라면 모르는 사람이 없을 정도로 손꼽히는 신법의 달인이었다.

"경공 시험에서 육십여 장을 한 번만 디디고 통과했다지?"

"그렇소."

번쾌의 입에 가는 선이 생겼다.

"나는 한 번도 안 디딜 수 있어."

월강의 덤덤한 목소리가 이어졌다.

"그렇소?"

그래? 너 좋겠다는 말투.

번쾌의 입에 비릿한 웃음이 생겨났다.

"운남의 촌놈이 입이 맵구나."

월강은 상대도 하지 않고 허공에 눈길을 던졌다. 짖어봐라 하는 투였다.

화무옥이 나섰다.

"좋은 날에 왜들 그러십니까? 이제 우리 차례가 된 듯하니 어서 가십시다."

화무옥의 뒤를 따라 네 명의 신입자들이 서서히 미패단을 빠져나오기 시작했다.

눈앞에 펼쳐지는 장대한 천패궁.

성채의 주위를 깊숙이 파고 물을 채운 호성하(護城河)가 마치 성도를 연상케 했다.

한단의 천패궁 자체만으로도 이미 하나의 성도라 할 수 있을 지경인지도 몰랐다.

그만큼 규모와 축성이 엄청났다.

호성하의 다리를 건너 천패궁의 정문을 통과하는 월강의 눈이 날카롭게 빛나고 있었다.

마침내 천패궁 안에 들어온 것.

그가 꼭 만나봐야 할 네 명의 인물들이 떠올랐다.

'기다려라……'

그의 뒤로 천천히 장대한 성문이 닫히고 있었다.

구구구궁!

『위령촉루』 5권에 계속…

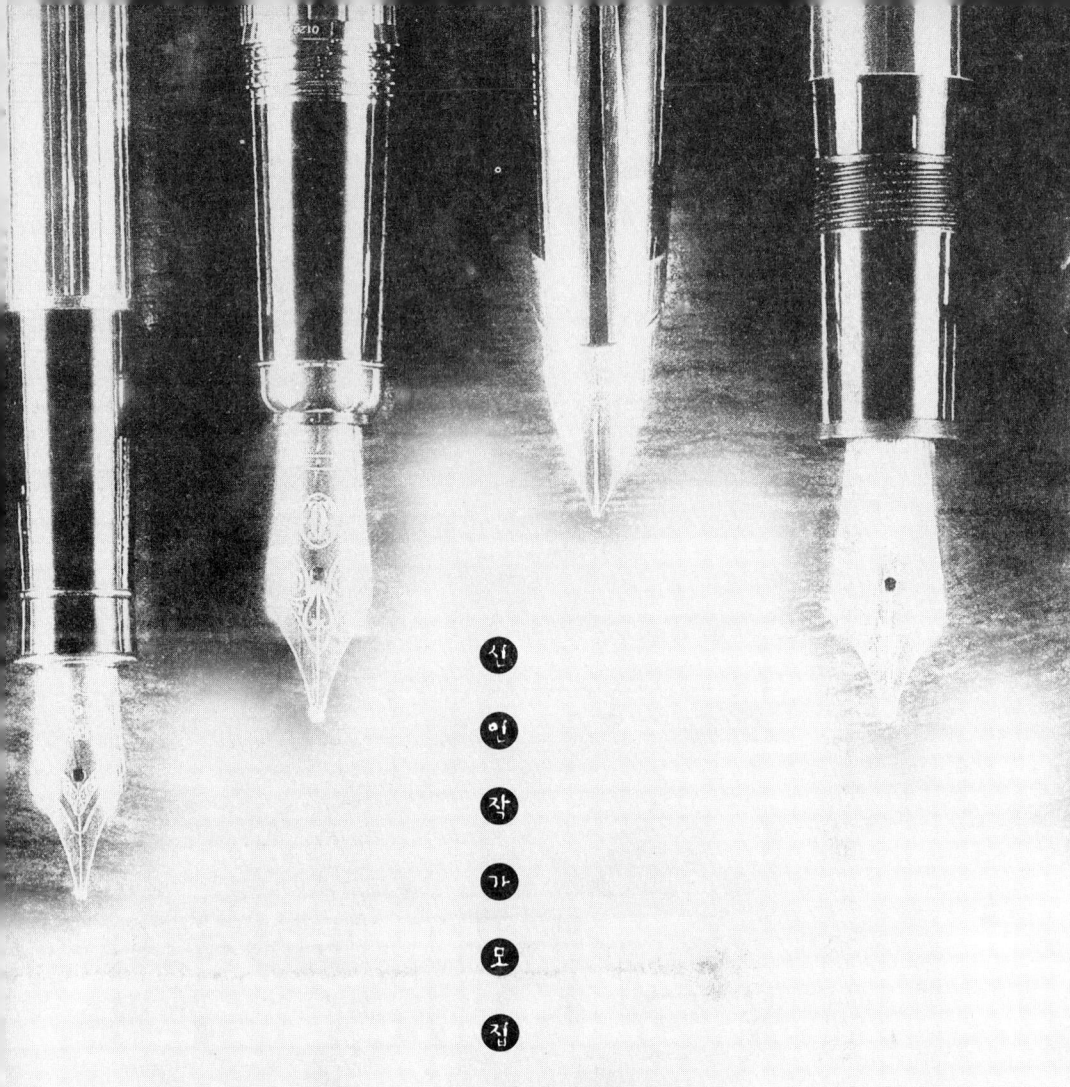

신
인
작
가
모
집

시작이 반이라고 했습니다.
작가의 길에 대한 보이지 않는 벽을 과감히 깨뜨리십시오!
청어람은 작가 지망생 여러분들의
멋진 방향타가 되어드리겠습니다.

저희 도서출판 청어람에서는
소설 신인 작가분들을 모집합니다.
판타지와 무협을 사랑하시는 분들의 많은 참여를 바랍니다.
소정의 원고(A4용지 150매)를 메일이나 우편으로 보내주시면
검토 후 출판 여부를 알려드리겠습니다.

주소:경기도 부천시 원미구 심곡1동 350-1 남성B/D 3F 우편번호420-011
TEL:032-656-4452 · **FAX**:032-656-4453
http://www.chungeoram.com
e-mail:chungeoram@chungeoram.com